○闲雅小品丛书○

主编 曹亚瑟

# 绝代有佳人
## ——女性小品赏读

林赶秋 注评

中州古籍出版社
·郑州·

图书在版编目(CIP)数据

绝代有佳人：女性小品赏读 / 林赶秋著．—郑州：中州古籍出版社，2015．1（2023．6重印）
（闲雅小品丛书）
ISBN 978-7-5348-4980-0

Ⅰ．①绝… Ⅱ．①林… Ⅲ．①小品文 – 作品集 – 中国 Ⅳ．① I262

中国版本图书馆 CIP 数据核字（2014）第 266940 号

JUEDAI YOU JIAREN：NÜXING XIAOPIN SHANGDU
**绝代有佳人：女性小品赏读**

| | |
|---|---|
| 丛书策划 | 梁瑞霞 |
| 责任编辑 | 张 雯 |
| 责任校对 | 李接力 |
| 装帧设计 | 知耕书房 |

| | |
|---|---|
| 出 版 社 | 中州古籍出版社（地址：郑州市郑东新区祥盛街 27 号 6 层 邮编：450016　电话：0371-65723280） |
| 发行单位 | 河南省新华书店发行集团有限公司 |
| 承印单位 | 郑州市毛庄印刷有限公司 |
| 开　　本 | 890 mm×1240 mm　A5 |
| 印　　张 | 9.25 |
| 字　　数 | 196 千字 |
| 版　　次 | 2015 年 1 月第 1 版 |
| 印　　次 | 2023 年 6 月第 4 次印刷 |
| 定　　价 | 25.00 元 |

本书如有印装质量问题，请联系出版社调换。

# 前言

"在人类呱呱坠地之始,就必须靠女人的乳房始能赖以生长,婴儿的牙牙学语也是女人所传授,我们最初的眼泪是女人给我们抑止的,我们最后的一口气也大都是在女人的身旁吐出来……"英国诗人拜伦的浪漫道白,道出了女人的价值所在。说得直白一些,就是法国作家朱伊所谓:"如果没有女人,在我们生命的起点将失去扶持的力量,中年失去欢乐,老年失去安慰。"而最美的赞颂出自印度史诗《摩诃婆罗多》:"女人是男人的一半,是他最好的朋友,是所有快乐之源。女人及她那温柔的话语,是孤独中的良伴,是苦恼人的母亲,是茫茫人生旅途中的甘泉。"中国先贤更是将女人的能力上升到了哲学的高度,《黄帝书》《老子》都曾高声咏叹:"玄牝之门,是谓天地根。"玄牝之门就是玄秘的阴户,古代哲学家由阴户生殖推想到时空之始也屹立着一位伟大的"万物之母",她能生产天地、孕育万物。

毫无疑问,女人正因母亲的角色而伟大,更因爱人的角色而万古流芳。

从古老而正统的《诗经》开始,就已不吝笔墨地大赞女性之美:"手如柔荑,肤如凝脂,领如蝤蛴,齿如瓠犀,螓首蛾眉,巧笑倩兮,美目盼兮。"这些绝妙好辞一经流传,遂成为后世沿用不替的套语。随后,《诗》亡然后《春秋》作,质拙的诗乐不再流行,散文开始大行其道。《春秋》的权威注本《左传》以散文的笔触将《诗经》里的知名作者许穆夫人托出历史的水面,千载以降,仍是如此的鲜活淋漓:她先国后家,将国家利益高高置于个人婚姻之上;她才华横溢,蜚声方国内外。西汉末年,刘向编《列女传》,也专为许穆夫人立传,盛推她的"慈惠而远识",足见女性之风华绝代可以穿越时空,永垂不朽。

魏晋近承东汉的动乱,远绍战国的活跃,成为"人"的大写时期。(而西方直到16世纪文艺复兴时期,才有所谓"人的发现",或者说"人的自觉"。)人们不再热衷于清议政事,而开始清谈玄理,赏誉人物,品藻文艺,反观自身的形体与精神,追求本我的安逸和解脱,于是贤媛、婢女各类女性也顺势进入了文人的毫端,一颦一笑、片言只语,不但风尚了当时,也成就了后世,如《世说新语》。俄国文学评论家别林斯基说过:"艺术性在于:仅用一个特征、一句话,就能够把任你写上十来本书也无法表现的东西表现出来。"《世说新语》就是这样做的,而且做得出类拔萃,无意之间,竟开了宗、立了派。若说《论语》是圣人的言行记录,《世说新语》则如题所示,已扩展为世人的琐语选登,所以女性的言论也从此错出屡见,光彩照人。小品作为短小精悍的散文,也从此不容小觑,以往所谓"街谈巷语""残丛小语"不仅于休闲娱乐有可助之兴,也于治身理家有可观之处。

觉醒的是魏晋,开放的是唐宋。唐宋的繁荣城市,一度跻身世界中心区域,各族各种你来我往,女人开始正面参政议政,女诗人、女词人的队伍空前庞大,女冠、娼妓甚至成为其中的扛鼎执耳之辈。谨以芳名昭著的上官婉儿为例。她年未及笄,即为武则天掌管文诰,有"巾帼宰相"之名;曾建议扩大书馆,增设学士;还主持风雅,代朝廷品评天下诗文,一时词臣多集其门,视其为国家文化艺术的最高仲裁官、最权威的评论家。再来看看宋代女性在文学上取得的成就。《全宋词》共收录1200多位词人,其中女性有83位,相对《诗品》122位诗人中仅有4位女性、《文选》30卷只收了2位女作家的作品、《全唐诗》900卷内女子之作只占9卷而言,这是一个不小的飞跃。又据统计,宋代女性的诗词集、笔记等书原有40多种,掀起了中国古代女性文学创作的一个高潮。"目前有词作流传的这八十余位宋代女性,在其作品中反映了与同时代的男性词人不同的社会生活和思想感情，词作大都是个人心声的直接流露，是反映那个时代女子生活情况和思想感情的绝唱，为今人认识和理解宋代女性的生存状况、社会地位和精神生活，提供了真实可感的材料，有较大的社会意义和艺术价值。"(《宋代女性词研究》)李清照及其词作就是其中的佼佼者。她的小品散文堪称《古文观止》之类选本的沧海遗珠，如《词论》，简述三代词史，历数各名家之利病，不足千言，起承转合，臻于完美，不徒俯睨巾帼，直欲压倒须眉。而《金石录后序》，不但将妻子和丈夫的爱好、生活、遭遇娓娓道来，且随机又自然地映照出国家的命运、时代的风云。

一提及元代女性，就忍不住会想到一虚一实的两位热血女儿。虚的是关汉卿剧本里的人物——窦娥，她"没来由犯王法，不提防遭刑宪，叫声屈动地惊天。顷刻间游魂先赴森罗殿，怎不将天地也生埋怨"。实的是赵孟頫的妻子管道昇。赵孟頫年近半百时，很想仿效有桃叶、桃根的王学士和有朝云、暮云的苏学士，多娶几个吴姬越女。管道昇知道后，写了一首词："你侬我侬，忒煞多情，情多处，热如火，把一块泥，捻一个你，塑一个我。将咱两个，一齐打破，用水调和。再捻一个你，再塑一个我，我泥中有你，你泥中有我。与你生同一个衾，死同一个椁。"赵孟頫看了，大笑而止。此二人无疑是元代女性的人格代表，烈性、激情、大方大胆地用澎湃贲张的语言文字吐露着自己的爱与恨、傲气与浪漫。管道昇病逝之后，赵孟頫写了好几篇小品来深情追念她，如《醉梦帖》云："孟頫自老妻之亡，伤悼痛切，如在醉梦，当是诸幻未离，理自应尔。虽畴昔蒙师教诲，到此亦打不过，盖是平生得老妻之助整卅年，一旦丧之，岂特失左右手而已耶？哀痛之极，如何可言！"

中国古代男性知识分子和女性的自我意识的觉醒，"言志派"文学特别是性灵小品的发展，都在晚明以后达到了一个崭新的境界。如《影梅盦忆语》，以及其作者冒辟疆与秦淮名妓董小宛的结合，不仅礼赞了真挚炽热的爱情，而且对传统礼教习俗进行了无畏的挑战。近人认为西方女性文学大约经历了三个阶段：初期的女性作家们自身就具有一种贬低或无视自己性别身份的"厌女心理"，只是希望进入男性作家把持的文学殿堂，渴望自己能达到男性作家那样的文学成就。她们接受男性的价值标准和话语方式，对男性评论界的意见非常敏感。第二阶段的女性文学以揭示两性不平等为内容，以争取社会、经济、婚姻、家庭诸领域中的女性平等权利为主题，但在确立女性自身的文学话语方面尚缺乏明晰的意识。直到当代，女性文学终于跨入了一个新时期。随着女性自我意识的觉醒，女性作家开始寻找女性不同于男性的自我身份和价值观念，同时致力于确定女性的性别特质和话语方式。其实在东方也一样，清代一位姓李的女作家显然已臻于第二阶段，难怪她敢于吟诗当面讽刺男人:"三寸弓鞋自古无,观音大士赤双趺。不知裹足从何起?起自人间贱丈夫!"

但直到曹雪芹《红楼梦》问世,女性及其感情才得到早应有的至上礼赞。他一则称道:"忽念及当日所有之女子,一一细考较去,觉其行止见识皆出我之上,我堂堂须眉,诚不若彼裙钗。"再则喟叹:"老天,老天,你有多少精华灵秀,生出这些人上之人来!"西方文艺复兴是离神返人,曹雪芹则以一己之力去道尊人。他生于男权社会而能跳脱男权,出身上层而能主张男女平等,中国文化缺失的人性光辉至其笔下方始大放异彩、面目全出!从某种角度来看,《红楼梦》的一些段落也不失为"情情"或"情不情"的小品美文。

千言万语一句话,各代的女性各有各的佳,各有各的美:有美的身体,以身体悦人;有美的思想,以思想悦人;有美的文字,以文字悦人。本书从自先秦泊清如恒沙的散文小品之中撷英选粹,希望能用精简的笺注赏析来凸显她们的音容笑貌、风采魅力于万一,以见江山毓人助人并不独独钟情于须眉男子,绵绵历史长河推波淘沙之后,亦有巾帼才人可以擎天立地、彪炳竹帛!

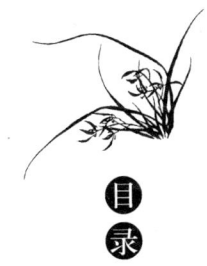

# 目录

## 卷一　女子有才

| | | |
|---|---|---|
| 左丘明 | 许穆夫人 | 3 |
| 葛　洪 | 戚夫人 | 6 |
| 范　晔 | 蔡文姬诵忆四百篇 | 9 |
| 刘义庆 | 谢庭赏雪 | 13 |
| 武则天 | 织锦回文记 | 16 |
| 张　说 | 唐昭容上官氏文集序 | 21 |
| 陈师道 | 花蕊夫人 | 26 |
| 佚　名 | 人似黄花瘦 | 29 |
| 辛文房 | 薛涛 | 32 |
| | 鱼玄机 | 36 |
| 田汝成 | 朱淑真 | 40 |
| 张　岱 | 朱楚生 | 43 |
| | 苏小小 | 46 |
| | 小青 | 49 |

| 王贞仪 | 周夫人诗集序 | 52 |
| 袁　枚 | 高夫人 | 57 |
| | 陆夫人 | 60 |
| | 闺中知己 | 63 |
| 贾　茗 | 翾风 | 66 |
| | 曹大家 | 70 |

## 卷二　女子有貌

| 晏　婴 | 灵公禁妇人为丈夫饰 | 77 |
| 佚　名 | 魏姝掩鼻 | 79 |
| | 阴姬 | 82 |
| 吕不韦 | 一笑倾国 | 85 |
| 葛　洪 | 文君姣好 | 88 |
| 刘义庆 | 潘美左丑 | 91 |
| | 阮醉邻家妇 | 94 |
| | 偷香 | 96 |
| 刘　斧 | 绝色杨贵妃 | 99 |
| 陆　容 | 目送美姝 | 103 |
| 冯梦龙 | 张丽华 | 106 |
| | 李夫人 | 109 |
| | 刘采春 | 114 |
| 张　岱 | 疗饥 | 118 |
| 李　渔 | 眉眼 | 121 |
| 袁　枚 | 顾东山之女 | 124 |

|  |  |  |
|---|---|---|
|  | 三生无缘 ………………………… | 127 |
| 贾　茗 | 西施 ……………………………… | 130 |
|  | 昭君出塞 ………………………… | 135 |
|  | 飞燕合德 ………………………… | 139 |

## 卷三　女子有情

|  |  |  |
|---|---|---|
| 徐　淑 | 答秦嘉 …………………………… | 145 |
| 应　劭 | 百里奚之妻 ……………………… | 149 |
| 佚　名 | 孟女哭长城 ……………………… | 152 |
| 张　实 | 红叶良媒 ………………………… | 155 |
| 李清照 | 金石录后序 ……………………… | 160 |
| 孔平仲 | 长孙皇后 ………………………… | 165 |
| 冯梦龙 | 美人虞 …………………………… | 168 |
|  | 李师师 …………………………… | 172 |
|  | 管道昇 …………………………… | 177 |
|  | 祝英台 …………………………… | 180 |
|  | 朝云 ……………………………… | 183 |
|  | 唐婉 ……………………………… | 187 |
| 张　岱 | 章台柳 …………………………… | 191 |
| 冒　襄 | 董小宛 …………………………… | 194 |
| 王士禛 | 三世姻缘 ………………………… | 199 |
| 袁　枚 | 蓬山路远 ………………………… | 203 |
| 沈　复 | 陈芸 ……………………………… | 206 |
| 陈裴之 | 紫姬 ……………………………… | 211 |

| | | |
|---|---|---|
| 苟山 | 秋笑 | 216 |
| 贾茗 | 夜奔相如 | 221 |

## 卷四　女子有智

| | | |
|---|---|---|
| 左丘明 | 徐吾犯之妹 | 227 |
| 杜泰姬 | 教子 | 230 |
| 刘向 | 孟母三迁 | 232 |
| 刘义庆 | 郑婢对诗 | 235 |
| | 桓妇送新衣 | 238 |
| | 卿卿 | 240 |
| 李濬 | 狄仁杰堂姨 | 242 |
| 苏轼 | 亡妻王氏 | 245 |
| 祝穆 | 磨杵成针 | 248 |
| 徐媛 | 训子书 | 251 |
| 冯梦龙 | 马皇后 | 254 |
| | 李邦彦母 | 257 |
| | 王珪母 | 259 |
| | 罗敷 | 262 |
| | 班婕妤 | 265 |
| 张岱 | 夜辨绝弦 | 268 |
| | 作歌明志 | 270 |
| 袁枚 | 裹足起自人间贱丈夫 | 272 |
| | 女状元 | 275 |
| | 妾命累卿 | 278 |

卷一

女子有才

## 许穆夫人① 左丘明②

初,惠公③之即位也少,齐人使昭伯烝于宣姜④,不可,强之,生齐子、戴公、文公、宋桓夫人、许穆夫人。文公为卫之多患也,先适齐。及败,宋桓公逆⑤诸河,宵济⑥。卫之遗民男女七百有⑦三十人,益之以共、滕⑧之民为五千人,立戴公,以庐于曹⑨。许穆夫人赋《载驰》⑩。齐侯⑪使公子无亏帅车三百乘、甲士三千人以戍曹,归公乘马、祭服五称⑫、牛羊豕鸡狗皆三百,与门材⑬,归夫人鱼轩、重锦三十两⑭。

《左传》

【注释】

①许穆夫人(约前690~?):春秋时卫国人,诗人,嫁于许国穆公,代表作有《泉水》《载驰》《竹竿》等。

②左丘明(生卒年不详):春秋时鲁国人,史学家,与孔子同时,或在其前。一说复姓左丘,名明;一说单姓左,名丘明。双目失明,曾担任鲁国太史,相传曾著《左传》《国语》等书。《左传》亦称《春秋左氏传》或《左氏春秋》,保存了大量先秦史料,文字优美,多用事实诠释《春秋》,同《公羊传》《穀梁传》完全用义理解释有异。

③惠公:卫惠公,卫懿公之父,即位时只有十五六岁。

④昭伯:姬姓,名顽,是卫宣公的幼子,庶出。急子、卫惠公的兄弟。烝:以下淫上,和母辈发生性关系。宣姜:齐僖公的女儿,卫宣公的夫人,卫惠公的生母。

⑤逆：迎接。

⑥宵济：乘夜渡河。

⑦有（yòu）：通"又"，用于整数（七百）与零数（三十）之间。

⑧共、滕：卫国的两个城邑。

⑨庐于曹：临时寄居于曹地。曹，即《载驰》中的"漕"，卫国的城邑之一，下同。

⑩《载驰》：《诗经·鄘风》的末篇。

⑪齐侯：指齐桓公，前685～前643年在位。

⑫归（kuì）：通"馈"，赠送。乘（shèng）马：四匹马，与上文之"乘"（犹言"辆"）音同意异。五称（chèn）：五套。

⑬门材：建造门户的木材。

⑭鱼轩：以鱼兽皮为装饰的车子，贵妇人才有资格乘用。重锦：熟细锦，结实的好锦。两：古代布匹两丈为一端，两端为一两。

**【赏读】**

　　日月轮转，沧桑替换，在一个战争频仍的遥远年代，一个女人的事迹能载入青史，她的文学作品还被收进经典让人家弦户诵，并且一直流传至今，这是多么不容易的幸事。诚如袁枚所推测："针黹之余，不暇弄笔墨，而又无人唱和而表章之，则淹没而不宣者多矣！"可想而知，她当年的举动是多么引人瞩目，她的言论是多么耸人听闻。她就是华夏历史上最早的爱国女诗人许穆夫人，也是世界上最早的一位女诗人，她比被哲学家柏拉图誉为"第十位缪斯女神"的古希腊女诗人萨福还早出生八十年。

　　借当下的观念来评判，她的出生并不光彩。她是卫宣公的儿子昭伯与其庶母宣姜所生，放在今天算是"乱伦"，当时却是被齐襄公（姜姓，名诸儿，齐僖公的儿子，齐桓公的哥哥，卫惠公的舅舅）所强迫而为。巧的是，《左传》又记载："卫宣公烝于夷姜，生急子。"夷姜则是宣公的庶母，即他父亲卫庄公之妾。前后两辈人都是如此，不得不教人怀疑这是一种源远流长的婚姻形式——"收继婚"，如匈奴兄死妻嫂、父死妻后母之类。那齐襄公为何要强迫昭伯呢？他的理由很简单，说当初宣姜本来嫁的是急子，结果被公公卫宣公扒灰，占为己有。卫宣公死后，宣姜与急子的婚约仍然有效。而急子已经去世，作为急子的弟弟，昭伯有必要替兄长践行婚约。

在五姊妹（除许穆夫人自己而外，她尚有三个哥——齐子、戴公和文公、一个姐——宋桓夫人）之中，许穆夫人年龄最小，但出名也最早，以至于许、齐两国（实际上就是许穆公和齐桓公）都来向她求婚。卫懿公准备将她许配给许国，早慧的她却非常有政治远见地分析道："今者许小而远，齐大而近。若今之世，强者为雄。"一旦边境有敌寇入侵，到时候赴告大国支援，我又在大国之内，不就更好办了吗？可是，"卫侯不听，而嫁之于许"。大约十年之后，卫国为北狄人所灭，也可说是败在了爱鹤成癖的卫懿公的手里。许穆夫人的姐夫宋桓公迎接卫国的遗民渡河，将其暂时安置在漕邑，并拥立她的哥哥戴公为君。戴公立一月而死，文公从齐回国即位。她一听到国破兄亡的消息，便快马加鞭赶到漕邑吊唁，目的在于为卫国策划向齐国求援。可是许国的大夫们对此极为反对，竟然不辞劳苦奔走前来阻拦。这引起了许穆夫人的愤慨，她又悲痛卫国的颠覆，又哀伤许国弱小不能相救，于是写了《载驰》一诗抒发自己的复杂情愫。

最后，齐桓公不知是对许穆夫人余情未了，还是出于外交考虑，抑或二者兼而有之，不仅派兵护卫，而且还馈送了若干物资。也许是记情感恩，公元前656年，许穆公竟随齐桓公伐楚，甚至病死在了军队里。

## 戚夫人① 葛 洪②

高帝戚夫人善鼓瑟击筑。帝常拥夫人，倚瑟而弦歌③，毕，每泣下流涟④。夫人善为翘袖折腰⑤之舞，歌《出塞》《入塞》《望归》之曲，侍婢⑥数百皆习之，后宫齐首⑦高唱，声入云霄。

戚姬以百炼金为驱环⑧，照见指骨，上恶之，以赐侍儿鸣玉、耀光等各四枚。

赵王如意⑨年幼，未能亲外傅⑩，戚姬使旧赵王内傅⑪赵媪傅之，号其室曰养德宫⑫，后改为鱼藻宫。

《西京杂记》

【注释】

①戚夫人（？～前194）：又称戚姬，一名戚懿，晋陵（今江苏睢宁县梁集镇戚姬村）人。西汉初年的歌舞名家，刘邦的宠妃，刘如意生母。刘邦死后，她被吕后虐杀并弃于厕所，死状甚惨，后被民众奉为厕神。（详见《月令广义·正月令》）

②葛洪（284～364或343）：字稚川，自号抱朴子，东晋丹阳郡句容（今江苏句容）人。著名道教学者、炼丹家、医药学家。三国方士葛玄之侄孙，世袭小仙翁。他曾受封为关内侯，后隐居罗浮山炼丹。著有《神仙传》《抱朴子》《肘后备急方》《西京杂记》等。

③弦歌：随着瑟声而歌唱。弦，指琴、瑟等弦乐器。

④流连：亦作"流涟"，哭泣流泪的样子。

⑤翘袖折腰：楚舞的姿态。山东出土的汉代画像石舞图、成都出土的战国铜壶桑女采桑图、河南出土的画砖上都有这一舞姿，而

略有区别：石舞图里的"翘袖"是双臂伸直举过头顶，"折腰"是面向一点下旁腰；采桑图里的"翘袖"类似中国古典舞的舞姿"顺风旗"，"折腰"是在拧腰的基础上出前胯或出后臀；河南画砖上的"翘袖"是"两袖平飞起"，"折腰"则是"折旁腰九十度"。

⑥侍婢：一本作"侍妇"。

⑦齐首：一本作"齐音"。

⑧百炼金：经过多次锻炼的金属。驱（kōu）环：指环、戒指之类。

⑨赵王如意：即刘如意（前208～前194），汉高祖刘邦第三子。汉高祖七年封代王，九年徙为赵王。刘邦数次欲立其为太子，因大臣与吕后反对而罢。高祖崩，被吕后鸩杀，谥隐。

⑩亲：亲近。外傅：教学之师。

⑪旧赵王：指张敖。汉高祖七年封张耳为赵王，五年，其子敖嗣立，八年，废为宣平侯。内傅：保姆。

⑫养德宫：在甘泉宫内。甘泉山有秦始皇所修林光宫，汉武帝元封二年于宫旁更作甘泉宫，其遗址位于今陕西咸阳淳化城北的甘泉山南麓。

## 【赏读】

明人李开先的剧本《宝剑记》中的男主角林冲有一句台词："男儿有泪不轻弹，只因未到伤心处。"可谓见道之语。刘邦扫灭暴秦，安定天下，成为汉代开国之高帝。他有斩白蛇的豪放，也有抱着美人弦歌而泣的温柔。这应该不是因为伤心，而是一种自我释放，是向内心的单纯的回归。阅人无数的现代知名女性们曾如是说："见过很多类型的男人后，最终觉得男人最大的特点就是单纯，即便年纪大了也还是像小孩子的感觉。如果一个男的总是让女友感到他的成熟，那么，我想，这个女人可能没有能走进他的内心。""爱一个人就是在他的头衔、地位、学历、经历、善行、劣迹之外，看出真正的他不过是个孩子，好孩子或坏孩子，所以疼了他。"被爱人拥着，弹着瑟，为他伴奏，听他先歌后泣，戚夫人当是疼爱刘邦的。刘邦每次唱完歌，都能在她的面前泣下流涟，可见戚姬早已走进了他的内心。

两人也有互换角色的时候。刘邦曾对戚夫人说：你为我跳楚舞，我为你唱楚歌。歌词是这样的："鸿鹄高飞，一举千里。羽翼以就，横绝四海。横绝四海，又可奈何！虽有矰缴，尚安所施？"歌数阕，"戚夫人歔欷流涕"。

我想，他们也应该有过没有眼泪的"琴瑟和谐，鸾凤和鸣"时光，一人跳翘袖折腰之舞，一人唱"大风起兮"之歌，如此如此，这般这般，真真惹人遐想。

法国先锋时装女设计师、世界名牌香奈尔的创始人可可·香奈儿说："当你了解男人都是小孩子，你就了解人生所有的事情。"看似夸张，实则精辟。戚夫人显然就是这样解人。她果断将珍贵而罕见的戒指分赐侍女，她知道，若因这区区小饰物忤怒高祖，极有可能会招致失宠的可怕结局，那就太不值当了！这种能透视指骨的戒指不知是用什么金属、什么工艺制作的，或许是国外传入的，亦未可知。刘邦讨厌它，大概是觉得不祥吧，照得见手指里的骨头，该是多么恐怖！戚姬以"养德""鱼藻"命名儿子的宫室，则存有期许和徽戒之意。她还为儿子找来教养过前代赵王的保姆来教养他，可谓费尽心机。照顾丈夫和儿子几乎就是她人生所有的事情，她自然要如此这般谨慎从事。为什么说以"鱼藻"名宫有徽戒之意呢？原来《诗经·小雅》有《鱼藻》之篇，描写周王在镐京安乐宴饮的情景，旧说认为其意在讽刺幽王荒淫误国。"鱼藻"一词表面文雅，却暗含微讽，于此亦可见戚夫人的博雅。

## 蔡文姬①诵忆四百篇  范 晔②

陈留董祀妻者,同郡蔡邕③之女也,名琰,字文姬。博学有才辩,又妙于音律。适④河东卫仲道。夫亡无子,归宁于家。兴平中,天下丧乱,文姬为胡骑所获,没于南匈奴左贤王⑤,在胡中十二年,生二子。曹操⑥素与邕善,痛其无嗣,乃遣使者以金璧赎之,而重嫁于祀。

祀为屯田都尉,犯法当死,文姬诣曹操请之。时公卿名士及远方使驿坐者满堂,操谓宾客曰:"蔡伯喈女在外,今为诸君见之。"及文姬进,蓬首徒行⑦,叩头请罪,音辞清辩,旨甚酸哀,众皆为改容。操曰:"诚实相矜,然文状已去,奈何?"文姬曰:"明公厩马万匹,虎士⑧成林,何惜疾足一骑⑨,而不济垂死之命乎?"操感其言,乃追原⑩祀罪。

时且寒,赐以头巾履袜。操因问曰:"闻夫人家先多坟籍,犹能忆识之不⑪?"文姬曰:"昔亡父赐书四千许卷,流离涂炭⑫,罔有存者,今所诵忆,裁⑬四百余篇耳。"操曰:"今当使十吏就夫人写之。"文姬曰:"妾闻男女之别,礼不亲授⑭,乞给纸笔,真草⑮唯命。"于是缮书⑯送之,文无遗误。

《后汉书》

## 【注释】

①蔡文姬(177~?):名琰(yǎn),原字昭姬,晋时避司马昭

讳，改字文姬，陈留圉（今河南杞县）人。东汉著名女诗人、琴家。今存诗三首，即五言、骚体《悲愤诗》各一首和《胡笳十八拍》一首。

②范晔（398～445）：字蔚宗，顺阳（今河南淅川）人，南朝宋史学家。宋文帝元嘉九年（432），范晔因为“左迁宣城太守，不得志，乃删众家《后汉书》为一家之作”，开始撰写《后汉书》，至元嘉二十二年（445）被杀止，写成了十纪、八十列传。原计划作的十志，未及完成，今本《后汉书》中的八志三十卷是南朝梁人刘昭从司马彪的《续汉书》里抽出来补进去的。

③蔡邕（yōng）（132～192）：字伯喈，陈留圉人，东汉文学家、书法家。董卓专权时，拜左中郎将，故后人也称他为“蔡中郎”。蔡邕除通经史、善辞赋外，还精于篆、隶，创“飞白”书。书法作品以《熹平石经》名望最高，文学作品以《述行赋》较为著名。观下文“多坟籍”云云，可知他也是藏书家，《博物志》说“蔡邕有书万卷，汉末年载数车与王粲”。

④适：女子出嫁。

⑤左贤王：匈奴贵族封号。通常被指定为单于的第一继承者，故其地位之尊也仅次于单于。

⑥曹操（155～220）：字孟德，沛国谯（今安徽亳州）人，著名政治家、军事家、文学家、书法家，三国中曹魏政权的缔造者。其子曹丕称帝后，被追尊为魏武帝。

⑦徒行：赤足而行。

⑧虎士：勇猛如虎之战士。

⑨疾足一骑：一人骑一匹快马。

⑩原：宽宥，饶恕。

⑪识（zhì）：记住。不（fǒu）：否。

⑫涂炭：泥淖炭火，比喻极端困苦的境遇。典出《尚书·仲虺

之诰》:"有夏昏德,民坠涂炭。"成语"生灵涂炭"本此。

⑬裁:才。

⑭礼不亲授:即"男女授受不亲",出自《孟子·离娄上》。

⑮真草:楷书和草书。

⑯缮书:缮录,誊写。

**【赏读】**

蔡文姬的人生经历真可谓跌宕起伏,像极了她所处的那个时代——小说家罗贯中曾略带夸张地描写道:"建宁二年四月望日,帝御温德殿。方升座,殿角狂风骤起,只见一条大青蛇从梁上飞将下来,蟠于椅上。帝惊倒,左右急救入宫,百官俱奔避。须臾,蛇不见了。忽然大雷大雨,加以冰雹,落到半夜方止,坏却房屋无数。建宁四年二月,洛阳地震;又海水泛溢,沿海居民,尽被大浪卷入海中。光和元年,雌鸡化雄。六月朔,黑气十余丈,飞入温德殿中。秋七月,有虹现于玉堂,五原山岸尽皆崩裂。种种不祥,非止一端。帝下诏问群臣以灾异之由,议郎蔡邕上疏,以为蜺堕鸡化乃妇寺干政之所致,言颇切直。帝览奏叹息,因起更衣。曹节在后窃视,悉宣告左右;遂以他事陷邕于罪,放归田里。后张让、赵忠、封谞、段珪、曹节、侯览、蹇硕、程旷、夏恽、郭胜十人朋比为奸,号为'十常侍'。帝尊信张让,呼为'阿父'。朝政日非,以致天下人心思乱,盗贼蜂起。"改用史学家黎东方的话说,就是:"官吏的生活费与娱乐费,都是取之于老百姓的,却不替老百姓做事。水利的工程,让它荒废不修。黄河决口,别的河流也颇有泛滥的。大水之年以后,常常有大旱之年。水灾与旱灾,轮流地逼得老百姓没有日子过。天公又不作美。老天,不仅对人世间贪污横行与种种不合理的现象,视若无睹,而且助纣为虐,于水灾、旱灾以外,又加了地震、地陷、蝗虫、瘟疫。"一言以蔽之,即国运衰落,内忧不断。随之

而来的还有外族的侵扰,蔡文姬就是在这时被外族掳走的。这悲惨沉痛的一切,她在《胡笳十八拍》里倒是表述得相当简括:

> 我生之初尚无为,我生之后汉祚衰。
> 天不仁兮降离乱,地不仁兮使我逢此时。
> 干戈日寻兮道路危,民卒流亡兮共哀悲。
> 烟尘蔽野兮胡虏盛,志意乖兮节义亏。
> 对殊俗兮非我宜,遭恶辱兮当告谁?
> 笳一会兮琴一拍,心愤怨兮无人知。

直到第三次婚姻的意外降临,才真正把她从命运的泥淖内拯救了出来。但马上又陷入了另一场危机之中:丈夫犯法当死。于是她不惜蓬头跣足、叩头请罪,用清辩而酸哀的言辞感动了自己的救命恩人曹操,挽回了丈夫的生命。

当初曹操用金璧赎回她,表面上是念及跟她父亲蔡邕的交情,实际上也是为了抢救古代文化的结晶——"坟籍"——一些濒临失传的古书。遭遇乱离坎坷,且在胡地忍辱了十二年,蔡文姬仍能一字无误地忆写四百多篇文书,其博学强记简直惊人骇俗。这件事很快不胫而走,千古传诵。

## 谢庭赏雪　刘义庆①

谢太傅②寒雪日内集,与儿女讲论文艺。俄而雪骤③,公欣然曰:"白雪纷纷何所似?"兄子胡儿④曰:"撒盐空中差可⑤拟。"兄女⑥曰:"未若柳絮因风起。"公大笑乐。即公大兄无奕女、左将军王凝之妻也。

《世说新语》

【注释】

①刘义庆(403~444):刘宋宗室,武帝刘裕的侄儿,长沙景王刘道怜的次子,过继给临川烈王刘道规,袭封临川王。为人恬淡寡欲,爱好文史,不少文人雅士集其门下,当时名士如袁淑、陆展、何长瑜、鲍照等人都受到过他的礼遇。曾汇集门客编著有《徐州先贤传》《幽明录》《宣验记》《世说新语》等书。《世说新语》记述了东汉至东晋间士人的言行、逸闻和思想,反映了当时的社会风貌。今本系北宋晏殊整理,比较重要的注本出自梁代刘孝标之手。

②谢太傅:即谢安(320~385),字安石,卒赠太傅,故称。东晋政治家、军事家,官至宰相。曾祖谢缵,曹魏时任过长安典农中郎将;祖父谢衡,是西晋有名的儒学家,"博物多闻",任过吴兴太守、侍中、吏部尚书、中护军等官职;父亲谢裒,永嘉之乱时携家南渡,在东晋政权中担任过侍中、吏部尚书等要职。谢安出身于这样的名门世家,从小耳濡目染,在德行、学问、风度等方面都有良好修养和出色表现。

③俄而雪骤:不一会儿,雪下得更猛了。俄而,不久,顷刻;

也作"俄尔"。

④兄子胡儿：即谢朗，字长度，小字胡儿，陈郡阳夏（今河南太康）人。谢安二哥谢据的长子，谢重的父亲。历著作郎，仕至东阳太守。

⑤差（chā）可：勉强可以。

⑥兄女：即公大兄无奕女、左将军王凝之妻谢道韫（349～409）。无奕即谢安大哥谢奕（？～358），字无奕，卒赠镇西将军。王凝之（？～399），字叔平，书圣王羲之的次子，善草、隶书，深信五斗米道，做过江州刺史、左将军、会稽内史等。谢道韫有文才，所作诗、赋、诔、讼等多已亡佚，《艺文类聚》存其《登山》（又名《泰山吟》）、《拟嵇中散咏松》二诗，《全晋文》收其《论语赞》一文。其书法"雍容和雅，芬馥可玩"，也为后世所称道。

## 【赏读】

比喻是蹩脚的，也是万能的。德国文艺理论家赫尔德说：博大精深的理论的开创者常常从比喻开始。捷克裔法国作家米兰·昆德拉甚至一再强调："比喻是一种危险的东西。人是不能和比喻闹着玩的。一个简单比喻，便可从中产生爱情。"德国哲学家尼采则认为：比喻是通向认识的工具、追求真理的阶梯。"盐絮家风"的佳话可以当这句话的注脚。

雪，在科学家眼里，不过是"一种纤细的、羽毛状结构的、冰晶形态的降水，是大气中的水汽在冰点以下温度时形成的。雪可以单个晶体降落，或者以大量晶体合并成的大薄片飘下"。至于飘下时的优美姿态，就得留给文学家来描述了。白雪纷纷何所似？谢朗觉得："撒盐空中差可拟。"说下雪略似撒盐，不太准确，《诗》云"如彼雨雪，先集维霰"，雪前的霰很细碎，且下得急而簌簌作响，倒是极像在抛撒盐粒。所以谢道韫认为："未若柳絮因风起。"白雪纷纷扬扬,更如柳絮随风而飘散。这一下就得到了谢安的赞许:"大笑乐。""拈花微笑"是向内的领会和默许,大笑则是对外的反馈和品评,而且是最高的评语。在形象思维的领域里,这两个相对而言恰当和不恰当的比喻真成了帮助我们认识雪的工具。

所谓"内集",就是家庭聚会。谢安隐居东山时,兄弟的子女都归他教养,这样的聚会自然不少。"儿女"云云,并不只是他的亲生子女。谢安善于教育子弟,往往以身作则、潜移默化。其中"封胡羯末"四杰、"大小谢"二诗人均出类拔萃,尤以谢玄、谢道韫兄妹最受谢安喜爱。一次,谢安曾问子侄们:《诗经》中哪一句最佳?谢玄说是"昔我往矣,杨柳依依。今我来思,雨雪霏霏",谢安未置可否。而谢道韫说是"吉甫作诵,穆如清风。仲山甫永怀,以慰其心",谢安却赞她有"雅人深致"。看来,谢安一向都偏爱谢道韫更多一些,咏絮之时也是如此。

事实上,谢道韫的文学地位也自有公论。宋人晁说之《复次韵寄子我四首》诗云:"谢娘莫道能联句,郑婢无烦亦读书。"这跟韩愈《喜雪献裴尚书》"拟盐吟旧句"、冯时行《雪中用黄太史韵》"密雪谁人巧拟盐"一样,只是在运用《世说新语》的典故,并无褒贬。清人汪玢《〈漱玉词汇钞〉序》言:"一代扫眉才子,自大家、道韫而后,曾有几人乎?"则将谢道韫跟曹大家、李清照并称为"一代扫眉才子",这个评价不可谓不高。曹大家、李清照在女才子之中算是大气的,那么谢道韫呢?再来看看她的《拟嵇中散咏松》:"遥望山上松,隆冬不能凋。愿想游下憩,瞻彼万仞条。腾跃未能升,顿足俟王乔。时哉不我与,大运所飘飖。"气势并不亚于李清照的《咏史》诗(也是五言,也提到了"嵇中散")。

## 织锦回文记　武则天[①]

前秦苻坚[②]时，秦州刺史扶风窦滔妻苏氏，陈留令武功苏道质第三女也。名蕙，字若兰。识知精明，仪容秀丽，谦默自守[③]，不求显扬。行年十六归于窦氏，滔甚敬之。然苏氏性近于急，颇伤妒嫉也。

滔字连波，右将军子真之孙，郎之第二子也。风神伟秀，该[④]通经史，允文允武[⑤]，时论高[⑥]之。苻坚委以心膂[⑦]之任，备历显职，皆有政闻。迁秦州刺史，以忤旨，谪戍燉煌[⑧]。会坚克晋襄阳，虑有危逼，藉滔才略，乃拜安南将军，留镇襄阳焉。

初[⑨]，滔有宠姬赵阳台，歌舞之妙，无出其右[⑩]，滔置之别所[⑪]。苏氏知之，求而获焉，苦加捶辱[⑫]，滔深以为憾。阳台又专伺苏氏之短，谗毁交至，滔益忿苏氏焉。苏氏时年二十一。及滔将镇襄阳，邀苏氏同往，苏氏忿之，不与偕行。滔遂携阳台之任，断苏氏音问。

苏氏悔恨自伤，因织锦回文，五采[⑬]相宣，莹心耀目，其锦纵广八寸，题诗二百余首，计八百余言，纵横反覆，皆成章句。其文点画无缺，才情之妙，超古迈今，名曰《璇玑图》[⑭]。然读者不能尽通，苏氏笑而谓人曰："徘徊宛转，自成文章，非我佳人，莫之能解。"遂令苍头[⑮]赍[⑯]至襄阳焉。滔省览锦字，感其妙绝，因送阳台之关中，而具车徒盛礼邀迎苏氏归于汉南，恩好愈重。

苏氏著文词五千余言，属隋季丧乱，文字散落，追求不获，而锦字回文盛见传写，是代近闺怨之宗旨，属文之士咸龟鉴焉。朕听政之暇，留心坟典⑰，散帙之次，偶见斯图，因述若兰之材，复美连波之悔过，遂制此记，聊示将来也。

《文苑英华》

**【注释】**

①武则天（624～705）：祖籍并州文水（今山西文水），生于利州（今四川广元）。唐开国功臣武士彠次女，中国历史上唯一得到普遍承认的女皇帝。高宗永徽六年，立为皇后。中宗即位，称皇太后。不久，遂自称皇帝，改国号曰周，自名曰曌，在位十五年。中宗反正，谥为"则天顺圣皇后"。著有《垂拱集》《金轮集》，已佚，今存诗四十七首。今人辑有《武则天集》。《织锦回文记》传为武则天作于"如意元年五月一日"，即公元692年农历五月初一。

②苻坚（338～385）：字永固，又字文玉，小名坚头，十六国时期前秦世祖宣昭皇帝，357至385年在位。苻坚在位前期励精图治，使前秦基本统一了北方，但后来在伐晋的"淝水之战"中大败，自此一蹶不振。

③谦默自守：谦抑静默，自坚其操守。

④该：古同"赅"，完备。

⑤允文允武：语出《诗经·鲁颂·泮水》，能文能武。"允"是语助词。

⑥高：尊崇。

⑦心膂（lǚ）：心与脊梁骨，比喻重要的部门或职任。

⑧谪戍（shù）：贬谪戍边，因罪而被遣送至边远地区充军守卫。燉（dūn）煌：即敦煌。

⑨初：起初，当初。中国的历史叙事习惯以"初"作为追溯往事的起始语。

⑩无出其右：没有能超过她的。出，超出。右，上，古代以右为尊。

⑪别所：正宅以外的宅邸。

⑫捶辱：拷打侮辱。

⑬采：同"彩"。

⑭璇玑图：璇玑，古代观测天象的仪器。柳宗元《乞巧文》："缪辘璇玑，经纬星辰，能成文章。"苏氏所织之锦纵横八寸，五彩相交，题诗二百余首，纵横反覆，皆成章句，就像璇玑经纬星辰，故名《璇玑图》，图及读法详见李汝珍《镜花缘》第四十一回。

⑮苍头：奴仆。

⑯赍（jī）：送。

⑰坟典：原指"三坟五典"，后转为古代典籍的通称。孔安国《尚书序》："伏羲、神农、黄帝之书谓之三坟，言大道也；少昊、颛顼、高辛、唐、虞之书谓之五典，言常道也。"

## 【赏读】

"聪明男子做公卿，女子聪明不出身。若许裙钗应科举，女儿那见逊公卿。"这首佚名古诗说的就是人如其名、兰心蕙质的苏蕙，苏蕙显然就是这样的一位聪明女子。

回文诗是我国古典诗歌中一种较为独特的体裁，一种高端的文字游戏，"回复读之，皆歌而成文也"。值得特别一提的是，最早的和最好最著名的回文诗都出自女性之妙手。

现在可见到的回文诗，以苏伯玉妻《盘中诗》为最早。晋人苏伯玉出仕蜀地，觉得此间乐，遂久而不归。他的妻子居住在长安，不胜相思之苦，乃作《盘中诗》以寄，既倾诉了想念之深情，又使伯玉感悔，而用意忠厚，全在柔婉，不在怨怒。顾名思义，该诗写于盘中，从中央起句，回环盘旋而至于四角，似歌谣，又似乐府，杂乱成文，竟成千秋绝调。其诗不长，全文如下：

山树高，鸟鸣悲。泉水深，鲤鱼肥。空仓雀，常苦饥。吏人妇，会夫稀。出门望，见白衣。谓当是，而更非。还入门，中心悲。北上堂，西入阶。急机绞，杼声催。长叹息，当语谁？君有行，妾念之。山有日，还无期。结中带，长相思。君忘妾，天知之。妾忘君，罪当治。妾有行，宜知之。黄者金，白者玉。高者山，下者谷。姓为苏，字伯玉。作人才多，智谋足，家居长安身在蜀。何惜马蹄归不数？羊肉千斤酒百斛，令君马肥麦与粟。今时人，智不足，与其书，不能读。当从中央周四角。

真是无独有偶，苏伯玉妻笑"今时人，智不足，与其书，不能读"，而当"读者不能尽通"最好最著名的回文诗《璇玑图》之际，苏蕙也笑称："非我佳人，莫之能解。"但苏伯玉妻更为忠厚一些，最后还是提示了解读这种回文密码的方法。

郑振铎认为："汉、魏之际，智人颇喜弄滑稽，作隐语；若蔡邕之题《曹娥碑》后，曹操之叹'鸡肋'，成了一时的风气，至晋为衰。由文字的离合游戏，进一步而到了'当从中央周四角'一类的文字部位的游戏，乃是极自然的趋势。更进一步而到了苏若兰《回文诗》的复杂读法，也是极自然的趋势。"我觉得应该说，充分表现女性诗人灵心巧思的回文诗是一种爱人之间的亲密昵语，不足为外人道也，而不仅仅为了卖弄自己的才智幽默，其最核心的目的很实在，是要叫忘归负义的爱人回心转意。于是，这种"卖弄"多半发自潜意识，并非刻意为之。就好比绝大多数有文学才情的女子，念兹在兹的主要还是自己的感情与幸福，并不太想在文字上求工求名。即便有的作品一不小心又工又有名，也多半是在抒写自己失去或远离幸福的小我情愁。有时甚至可以这么概述：她们写的不是诗文，而是寂寞。

清代学者李汝珍曾说：一代女帝武则天"因见苏蕙织锦回文《璇玑图》，甚为喜爱，时刻翻阅，竟于八百言中得诗二百余首，欢喜非常，即亲自作了一篇序文"。他还说：她"见了《璇玑图》，因爱苏蕙才情之妙，古今罕有，才做此序"。看来，有才之人更加爱才，惺惺的自古惜惺惺，女人之间亦不例外，只要你不当她的情敌。

## 唐昭容上官氏文集序 张 说①

上官昭容②者，故中书侍郎仪之孙也。明淑挺生③，才华绝代；敏识聆听，探微镜理；开卷海纳，宛若前闻；摇笔云飞，咸同宿构。初，沛国夫人之方娠④也，梦巨人畀⑤之大秤，曰："以是秤量天下。"及昭容既生，弥月⑥，夫人弄之曰："秤量天下，岂在子乎？"孩遂哑哑应之曰："是。"生而能言，盖为灵也。越在襁褓，入于掖庭⑦。天实启之，故毁家而资国；运将兴也，故成德而受任。

自则天久视⑧之后、中宗景龙⑨之际，十数年间，六合⑩清谧。内峻图书之府，外辟修文之馆。搜英猎俊，野无遗才。右职以精学为先，大臣以无文为耻。每豫游宫观，行幸河山，白云起而帝歌，翠华飞而臣赋，雅颂之盛，与三代同风，岂惟圣后之好文，亦云奥主之协赞者也。古者有女史记功书过，复有女尚书决事宫阁，昭容两朝专美，一日万机⑪，顾问不遗，应接如响。虽汉称班媛⑫，晋誉左嫔⑬，文章之道不殊，辅佐之功则异。迹秘九天之上，身没重泉之下，嘉猷令范⑭，代罕得闻，庶几后学，呜呼何仰！

然则大君据四海之图，悬百灵之命，喜则九围挟纩⑮，怒则千里流血，静则黔黎乂安，动则苍氓罢弊。入耳之语，谅其难乎？贵而势大者疑，贱而礼绝者隔；近而言轻者忽，远而意忠者忤。惟窈窕柔曼⑰，诱掖善心，忘味九德⑱之衢，倾情六艺之圃，故登岷巡海之意寝,剪胡刈越之威息,璇台⑲珍服之态消,从禽嗜乐之端废。独使温柔之教渐于生人,风雅之声流于来叶⑳。非夫玄黄毓粹,贞明助思,众妙扶识,群灵挟志,诞异人之资,授兴王之瑞,其孰能臻斯懿乎?

《唐文粹》

## 【注释】

①张说(yuè)(667~730):字道济,一字说之,原籍范阳(今河北涿州)。武后策贤良方正,张说年才弱冠,对策第一,授东宫校书,累官至凤阁舍人。前后三任宰相,掌文学之任凡三十年,封燕国公,擅长文学,当时朝廷重要辞章多出其手,尤长于碑文墓志,与许国公苏颋齐名,并称"燕许大手笔"。谥文贞。《旧唐书》载其《谏武后幸三阳宫不时还都疏》等疏表三篇。曾仿照《神农本草经》写有奇文《钱本草》,以钱喻药,诊治时弊。或说《虬髯客传》也是他的作品。

②上官昭容(664~710):名婉儿,陕州陕县(今河南三门峡)人,唐高宗中书侍郎上官仪的孙女。上官仪获罪遭诛后,上官婉儿随母亲被发配入内庭为奴。十四岁时,因聪慧善文得武则天重用,掌管宫中制诰多年,有"巾帼宰相"之名。中宗即位,被封为昭容。后在"唐隆之变"中被临淄王李隆基所杀。原有集,今已失传。《全唐诗》存其诗三十二篇。

③挺生:超群出众。

④娠(shēn):怀孕。

⑤畀(bì):给予。

⑥弥月:小儿初生满一月。

⑦掖庭:宫中旁舍,妃嫔居住的地方。

⑧久视（700）：武则天的年号。

⑨景龙（707～710）：唐中宗李显的年号。

⑩六合：天地四方。

⑪一日万机：日理万机，每天要处理成千上万的事情。

⑫班媛：指班婕妤。

⑬左嫔：指左芬（？～300），西晋文学家左思的妹妹，为晋武帝司马炎的嫔妃，有才学，善作文。原有集，已失传。

⑭嘉猷（yóu）令范：良好的规划和典范。

⑮挟纩（xié kuàng）：披着绵衣，比喻因受抚慰而感到温暖。

⑯苍氓（méng）：与"黔黎"一样，亦指百姓。

⑰柔曼：柔和舒缓。

⑱九德：中华传统文化中的九种美德。有三说：一见《尚书·皋陶谟》，为"宽而栗、柔而立、愿而恭、乱而敬、扰而毅、直而温、简而廉、刚而塞、强而义"；二见《左传·昭公二十八年》，为"心能制义曰'度'，德正应和曰'莫'，照临四方曰'明'，勤施无私曰'类'，教诲不倦曰'长'，赏庆刑威曰'君'，慈和遍服曰'顺'，择善而从之曰'比'，经纬天地曰'文'"；三见《逸周书·常训》，为"忠、信、敬、刚、柔、和、固、贞、顺"。

⑲璇台：饰以美玉的夏朝高台，泛指华美的台观。

⑳来叶：后世。

【赏读】

悠悠历史之中，各代的女性各有各的美：有美的容貌，以容貌悦人；有美的文字，以文字悦人。同样是豆蔻年华，同样是在十四岁那一年：武则天因为有美的容貌，被唐太宗召入皇宫，封为才人；而上官婉儿却因有美的文字，被已贵为"武后"的武则天召见。召见时举行了一场笔试，《新唐书》称她"有所制作，若素构"，也就是张序所谓"摇笔云飞,咸同宿构"。古代汉语形容快笔捷才,常用"宿构"一词,如《文心雕龙·神思》"子建援牍如口诵,仲宣举笔似宿构",说曹植曹子建拿起笔来写文章好像在抄写背诵过的旧作,王粲王仲宣提起笔来作辞赋有如在誊写事先打好的腹稿。上官婉儿显然有过之而无不及,她曾"自言才艺是天真,不服丈夫胜妇人",显然她有足够的本钱,才如此自信,所谓"无才安敢傲"。

才艺是天真,换言之,天才是天生的,这和同样富有天赋的医学女博士菲利斯茂(1894~1989)的看法可谓不谋而合、中西辉映,她在《艺术家的童年:性欲和天赋的发展阶段》一文内直言不讳:"我个人大体上相信,天才是一种'神明的禀赋',并且在出生时业已奠定。"上官婉儿生而能言,"盖为灵也",灵即神明,也就是说她是神童。或许有人会怀疑这件事的真实性,但一旦了解如下史实以后,问号就会冰释。郭沫若在《我怎样写〈武则天〉》中说道:"她是武后在文笔上的助手,后来被唐中宗封为昭容(是第六位的妃嫔),又成为唐中宗和韦后的助手,但她并不是党同韦后的。唐中宗为韦后所毒死,李隆基(后为唐玄宗)起兵诛除韦后及其党羽,拥立了自己的父亲相王轮(是为睿宗)。李隆基拥兵入宫时,上官婉儿自以为无罪,还亲自掌灯下阶迎接,然为李隆基拔剑斩杀于阶下。上官婉儿死时年仅四十四岁。上官婉儿之死是很可惜而且冤枉的。"开元初,唐玄宗李隆基大概意识到了自己错杀了好人,下令收集上官婉儿的诗文,编成文集二十卷,并诏张说为之作序。而张说是和上官婉儿同时期的人,除了避讳故意隐去玄宗亲手杀掉上官一事之外,他应该没有必要去过誉溢美。

所谓"独使温柔之教渐于生人,风雅之声流于来叶"亦然,是在大方承认上官婉儿曾开一代诗风。"温柔之教"指诗教而言,《毛诗序》云:"温柔敦厚,诗教也。"正如郭沫若所指出的:"盛唐诗人大抵生于上官昭容之后,是在她的流风遗韵中长大的。"例如李白生于武后长安元年（701），此时上官昭容三十八岁。杜甫生于唐玄宗即位之年（712），是在上官死后第三年。唐德宗贞元十四年（798），诗人崔仁亮于东都洛阳买得魏晋南北朝时的志怪小说《研神记》一卷，"有昭容列名书缝处"，应该是当年上官参与编印的。他的友人——"天才俊拔"的吕温（771~811）因此大发感叹，遂赋《上官昭容书楼歌》一诗，开篇也说："汉家婕妤唐昭容，工诗能赋千载同。"这时上距上官婉儿之死已将近九十年，而犹深为后人所思慕，足证"风雅之声流于来叶"之言不诬不夸张。

# 花蕊夫人① 陈师道②

费氏,蜀之青城人,以才色入蜀宫,后主嬖③之,号花蕊夫人,效王建④作《宫词》百首。国亡,入备后宫,太祖⑤闻之,召使陈诗。诵其《国亡诗》⑥云:"君王城上竖降旗,妾在深宫那得知。十四万人齐解甲,更无一个是男儿。"太祖悦。盖蜀兵十四万,而王师数万尔。

《后山诗话》

## 【注释】

①花蕊夫人(生卒年不详):后蜀皇帝孟昶(934~965年在位)的费贵妃,女诗人,青城(今四川都江堰)人。幼能文,尤其擅长于"宫词"(中国古诗的一个特殊品类,专门描写后妃、宫女的生活),世传《宫词》百首,实际上只有九十八首,收录于《全唐诗》。

②陈师道(1053~1102):北宋官员,"江西诗社宗派"代表诗人,"苏门六君子"之一。字无己,又字履常,自号后山居士,彭城(今江苏徐州)人。一生安贫乐道,闭门苦吟,有"闭门觅句陈无己"之称。亦作词,风格与诗相近,以拗峭惊警见长。有《后山诗话》《后山先生集》《后山词》。

③嬖(bì):宠幸。

④王建(847~918):字光图,许州舞阳(今属河南)人。五代十国时期前蜀开国皇帝,907~918年在位,庙号高祖,其墓"永陵"今为成都名胜。

⑤太祖：宋太祖赵匡胤（927～976）。

⑥《国亡诗》：又作《亡国诗》、《述国亡诗》或《奉召作》。

**【赏读】**

　　后蜀广政初期，后主孟昶偕"少擅殊色，眉目如画"的宠妃张太华同辇游青城山。张太华"被震而殒"，后主伤心不已，用红锦龙褥将她包裹后埋在了九天丈人观前的白杨树下。

　　广政六年（943），孟昶下诏挑选良家女子入备后宫，青城县费氏成了其中的佼佼者。她不久即被纳为慧妃，别号跟前蜀的小徐妃一样，也称"花蕊夫人"。古来都借花来譬喻美丽女子的面貌，但夫人的娇媚，花尚不足以比拟，故题曰"花蕊"。下面这首宫词记叙了她"以才色入宫"时的概况："年初十五最风流，新赐云鬟使上头。按罢霓裳归院里，画楼朱阁总重修。"以此推算，费氏当生于后唐明宗天成三年（928）左右。一说，花蕊夫人于后蜀明德四年（937）被选入宫中，其时十五岁，与《十国春秋》的记载略有出入，似不足为训。

　　后蜀花蕊夫人的一生是大喜大悲而短暂的一生，与孟昶共同生活了二十二年左右，直到965年国破身亡于北宋，可能还不足四十岁。但她的百首《宫词》、葭萌驿题词、宋宫赋《国亡诗》则是她一生几个重要阶段的代表作，足以彪炳文学史册、永垂不朽。清人吴文锡《青城山吊花蕊夫人》一诗概括得极为精练："内家本事诗犹在，城上降旗恨未休。试问葭萌题驿处，有无水殿任梳头。"

　　"水殿任梳头"指花蕊夫人的宫词时代。孟昶夜寝喜听滴水之声，宫人为了取悦于他，便用水车踏水模拟滩头细流，花蕊夫人曾作《宫词》记之："水车踏水上宫城，寝殿檐头滴滴鸣。助得圣人高枕兴，夜凉长作远滩声。"而吴氏借此略寓嘲讽之意，仿佛觉得后蜀亡国也有她的责任一般。

在被宋军押送北上汴京的途中，花蕊夫人就像槛车中的"绿鹅"，芳心将碎，在葭萌关（时为后蜀边境）的驿壁上匆匆地题写了半阕《采桑子》："初离蜀道心将碎，离恨绵绵。春日如年。马上时时闻杜鹃。"表达了她离蜀时悲愤的心境，这就是后蜀史上著名的"葭萌题驿"事件。

　　而"城上"句是指入宋宫后之事：宋太祖赵匡胤令花蕊夫人呈诗述孟昶亡国的缘由，她忠愤满腔，口占了"当令普天下须眉一时俯首"的《国亡诗》。宋太祖兵不血刃，以少胜多，听了此诗自然大喜。而花蕊夫人却是以沉痛出之，恨铁不成钢，伤心人别有怀抱。由此我们也可在"似花蕊之轻"之外，看到花蕊夫人性格中坚贞倔强的一面。

　　孟昶被从水路押入宋宫后一周即暴卒，葬于洛阳邙山，死得蹊跷而冤枉。花蕊夫人伺机报仇，"尝进毒，屡为患，不能禁"，终于被宋太祖赐死，一说被赵匡义射死，葬于福建崇安。但是20世纪50年代，人们在四川广汉发现了"孟昶暨花蕊夫人墓"，何时何因何人将这对苦命鸳鸯合葬，史无明文，就不好妄断了。

## 人似黄花瘦　佚　名

赵明诚①幼时,其父将为择妇。明诚昼寝②,梦诵一书,觉来惟忆三句,云:"言与司合,安上已脱,芝芙草拔。"以告其父。其父为解曰:"汝待得能文词妇也。'言与司合'是'词'字,'安上已脱'是'女'字,'芝芙草拔'是'之夫'二字,非谓汝为词女之夫乎?"后李翁以女女之③,即易安④也,果有文章。

易安以《重阳·醉花阴》词函致明诚⑤。明诚叹赏,自愧弗逮,务欲胜之,一切谢客,忘食忘寝者三日夜,得五十阕,杂易安作,以示友人陆德夫。德夫玩⑥之再三,曰:"只三句绝佳。"明诚诘⑦之。曰:"莫道不销魂,帘卷西风,人似黄花瘦。"政⑧易安作也。

《外传》

## 【注释】

①赵明诚(1081~1129),字德甫(亦作德父、德夫),密州诸城(今山东诸城)人,宋徽宗崇宁年间宰相赵挺之第三子。著名金石学家、文物收藏鉴赏家及古文字研究家。代表作有《金石录》等。

②昼寝:语出《论语·公冶长》,在白天睡觉。

③李翁以女女之:李家父亲将女儿嫁给他。李翁,李格非(约1045~约1105),字文叔,北宋文学家,"苏门后四学士"之一,李清照之父。

④易安:即李清照(1084~?),号易安居士,生于济南(今山东济南章丘明水)。一代词人、诗人、学者、书画达人,京东路提刑李格非文叔

之女，建康守赵明诚德甫之妻。所著《易安居士文集》《易安词》已佚，后人辑有《漱玉词》，今人辑有《李清照集》。

⑤易安以《重阳·醉花阴》词函致明诚：易安把《重阳·醉花阴》词装在信函里寄给明诚。"重阳"是词题，"醉花阴"是词牌，全词为："薄雾浓云愁永昼，瑞脑消金兽。佳节又重阳，玉枕纱厨，半夜凉初透。东篱把酒黄昏后，有暗香盈袖。莫道不消魂，帘卷西风，人似黄花瘦。"

⑥玩：玩味，赏读。此"玩"字与《十翼·系辞传》"君子居则观其象而玩其辞"之"玩"、《论衡·案书》"刘子政玩弄《左氏》，童仆妻子皆呻吟之"（与郑玄诗婢故事殊堪连类）之"玩"同义。

⑦诘（jié）：追问。

⑧政：通"正"，正好。

## 【赏读】

《围城》写父亲方遯翁对他的儿子方鸿渐讲："女人念了几句书最难驾驭。男人非比她高一层，不能和她平等匹配。所以大学毕业生才娶中学女生，留学生娶大学女生。女人留洋得了博士，只有洋人才敢娶她，否则男人至少是双料博士，鸿渐，我这话没说错罢？这跟'嫁女必须胜吾家，娶妇必须不若吾家'，一个道理。"如果从家庭背景而言，李格非的官职低于赵挺之的官职，李父将女儿嫁给赵家，正符合"嫁女必须胜吾家"之说；而赵明诚娶了李易安，也正是"娶妇必须不若吾家"。但若从文学才华上说，则刚好相反。李易安写词，高出赵明诚肯定不止一层而已。但学者和作家组合成家庭，也照样是一种平等匹配，也可以融洽幸福，赵李的结合就是最佳例证。而这样的匹配即便算是空前，也非绝后，因为《围城》作者钱锺书就曾将夫人杨绛和自己比作"清照与明诚"，说："世情搬演栩如生,空际传神着墨轻。自笑争名文士习,厌闻清照与明诚。"

钱锺书笑自己当年也有文士争名的习气,要与爱妻一争高低。不过仅就长篇小说而论,钱锺书的成就确实比赢了夫人杨绛,不像赵明诚,甭说胜负了,就连一首原创的词作也没能流传下来。

# 薛 涛① 辛文房②

涛，字洪度，成都乐妓也。性辨惠，调翰墨③。居浣花里，种菖蒲④满门，傍⑤即东北走长安道也，往来车马留连。元和中，元微之⑥使蜀，密意求访，府公严司空知之，遣涛往侍。微之登翰林，以诗寄之曰："锦江滑腻峨嵋秀，幻出文君与薛涛。言语巧偷鹦鹉舌，文章分得凤皇⑦毛。纷纷辞客皆停笔，个个公卿欲梦刀⑧。别后相思隔烟水，菖蒲花发五云⑨高。"及武元衡⑩入相，奏授校书郎；蜀人呼妓为"校书"，自涛始也。后胡曾赠诗曰："万里桥边女校书，枇杷树下闭门居。扫眉才子知多少，管领春风总不如。"涛工为小诗，惜成都笺幅大，遂皆制狭之，人以便焉，名曰"薛涛笺"。且机警闲捷，座间谈笑风生。高骈⑪镇蜀门日，命之佐酒，行一字慊音令⑫，且得形象，曰："口，似没梁斗。"答曰："川，似三条椽。"公曰："奈一条曲何？"曰："相公为西川节度，尚用一破斗，况穷酒佐杂一曲椽，何足怪哉！"其敏捷类此特多，座客赏叹。其所作诗，稍欺⑬良匠，词意不苟，情尽笔墨，翰苑崇高，辄能攀附⑭，殊不意裙裾之下出此异物，岂得匪其人而弃其学哉⑮？

《唐才子传》

## 【注释】

①薛涛（770~832）：字洪度，唐代女诗人。善歌舞，工诗词，曾与当时多位名士和官员唱和。武元衡曾奏薛涛为校书郎，未授，人们却因此而称其为"女校书"。暮年屏居成都浣花溪，着女冠服；好制松花小笺，时号"薛涛笺"。原有《锦江集》五卷，中多有名

公赠答之作，已失传。明人辑有《薛涛诗》。

②辛文房：字良史。元朝前期西域人，泰定元年（1324）官居省郎之职。他以刘长卿的字为名，以于良史的名字，可见极为热爱唐诗、倾慕唐人。撰有《唐才子传》十卷，为398位唐、五代诗人立传。其书评骘精审，似钟嵘《诗品》；标举新异，似刘义庆《世说新语》；而叙次古雅，则又与皇甫谧《高士传》相似。

③调翰墨："调"应作"娴"。据《宣和书谱》，薛涛善于书法，无女子气，其行书妙处颇得王羲之的笔法。

④菖蒲：一种天南星科的水生草本植物，有香气。初夏开花，花黄色。

⑤傍：同"旁"。

⑥元微之（779～831）：即元稹，字微之，别字威明，官至宰相，洛阳（今河南洛阳）人。曾和白居易共同提倡"新乐府"，世称"元白"。作有传奇《会真记》，为《西厢记》故事所取材。

⑦凤皇：即凤凰。南北朝以后，开始普遍将古籍中的"凤皇"改写为"凤凰"。

⑧梦刀：陆机《晋书·武纪》："王浚之在巴郡也，梦悬四刀于其上，甚恶之。浚主簿李毅拜贺曰：'夫三刀为州，而见四为益一也，明府其临益州乎？'后果为益州刺史。"后即用"刀州"代称益州，以"梦刀"为官吏升迁之典。

⑨五云：唐人韦陟开元中袭郇国公，所书"陟"字如五朵云，当时人多仿效，谓之"郇公五云体"。此处语意双关，既形容菖蒲花高入云，又暗示薛涛书法好。

⑩武元衡（758～815）：字伯苍，缑氏（今河南偃师）人。武则天曾侄孙。元和二年，拜门下侍郎平章事，寻出为剑南节度使。谥忠愍。有《临淮集》十卷、诗一百九十二首。

⑪高骈（？～887）：字千里，南平郡王崇文之孙。唐僖宗立，

加同中书门下平章事,迁剑南西川节度使,进检校司徒,封燕国公。有诗五十首。

⑫一字惬音令:酒令之一种,又名"一字象形令""改一字令"。惬音,押韵。

⑬欺:压倒,胜过。

⑭攀附:援引而上。此处用为褒义。

⑮岂得匪其人而弃其学哉:据《永乐大典》,应作"岂得以匪人而弃其学哉"。大意为:岂能因她身份低下而对她的成就摒弃不录呢?

## 【赏读】

薛涛是个谜一样的女子。她的籍贯成谜,有"成都""长安""嘉州""南郑""郧阳"诸说;她的身世成谜,一说是"良家女",一说是"乐妓",一说是官二代;她父亲的名讳成谜,一说叫"薛郑",一说叫"薛郧";就连她自己的名讳也成谜,一作"薛涛",一作"薛陶",究竟"薛涛"和"薛陶"是一个人,还是两个人?等等,不一而足。

但她的夙慧是确切无疑的。薛涛八九岁时,已知声律。一日,她的父亲闲坐庭院中,指着井旁挺拔的梧桐古树吟了一联:"庭除一古桐,耸干入云中。"然后叫薛涛续成一首诗。薛涛不假思索,立马应声道:"枝迎南北鸟,叶送往来风。"语工而韵整,其父听了却"愀然久之",或许是直觉到了其间的不祥。后来薛涛沦入乐籍(古时官妓属乐部),迎来送往,似乎于此就已埋下了伏笔,真可谓一诗成谶!值得注意的是,联句里的桐并不是现在俗称的"法国梧桐",而是土生土长的"中国梧桐"。中国梧桐树身很像白杨树,很直,不宜遮阴,果实可以食用。法国梧桐树干和叶片都比中国梧桐的粗大,非常适合遮阴,果实不能食用。我国古代城市多用青槐作为行道树,而种植梧桐于庭院。

薛涛的捷悟也真实不虚,在行"一字惬音令"的故事里可见一斑。该酒令的行令方法是:不拘几人,每人先说一字,再根据该字的形状说出一句话,要求与先说的那个字同韵,又要贴切,紧扣该字,不能者罚酒。例如"口"与"斗"押韵,斗乃口大底小的方形量具,中有一柄,亦称为梁。去其梁,俯视斗,其形状正像一口字。《镜花缘》第九十三回众才女在行"双声叠韵令"的同时穿插了"象形酒令",实即"一字惬音令",如"我说一个'甘'字,好象木匠用的刨子","我说'非'字,好象笸子"。诸如此类,都不如高、薛的令来得有韵有味。说高骈镇蜀时命薛涛佐酒,是个"时代错乱"(anachronism)。高骈镇蜀是在唐僖宗乾符二年(875),此时离薛涛逝世已经过了四十三年,二人不可能见面且同席。而高骈的祖父高崇文曾于唐宪宗元和元年(806)节度西川,当时薛涛只有三十七岁,她写有一首诗名叫《贼平后上高相公》,相公尊称的就是高崇文。所以,命薛涛佐酒并与之行酒令的应该是高崇文,而非其孙高骈。

前面的"胡曾赠诗"也是一个"时代错乱"。邵阳(今属湖南)人胡曾大约生于840年,乾符元年(874)为剑南西川节度使高骈掌书记。乾符五年,高骈徙荆南节度使,又从赴荆南。显然也跟薛涛的年代了不相及。南宋陈解元本《王建诗集》已载此赠诗,其为王建作品无疑。颍川(今河南许昌)人王建字仲初,与薛涛同代。

# 鱼玄机① 辛文房

玄机，长安人，女道士也。性聪慧，好读书，尤工韵调②，情致繁缛③。咸通中及笄④，为李亿补阙⑤侍宠。夫人妒，不能容，亿遣隶咸宜观披戴。有怨李诗云："易求无价宝，难得有心郎⑥。"与李郢端公⑦同巷，居止接近，诗筒往反⑧。复与温庭筠⑨交游，有相寄篇什。尝登崇真观南楼，睹新进士题名，赋诗曰："云峰满目放春情，历历银钩指下生。自恨罗衣掩诗句，举头空羡榜中名⑩。"观其志意激切，使为一男子，必有用之才，作者颇赏怜之。时京师诸宫宇女郎皆清俊济楚⑪、簪星曳月⑫，惟以吟咏自遣⑬，玄机杰出，多见酬酢⑭云。

《唐才子传》

## 【注释】

①鱼玄机（844？～868？）：字幼薇，一说字蕙兰。长安（今陕西西安）人，晚唐著名女道士、女诗人。现存诗50首。

②韵调：气韵格调，引申为诗歌。

③情致繁缛（rù）：情感丰富，风致华丽。

④咸通中及笄（jī）：咸通年间，鱼氏十五岁。及笄，古代女子满十五岁要盘发插笄，以示成年。

⑤李亿补阙：李亿字子安，唐宣宗大中十二年（858）戊寅科状元，官授补阙。

⑥"易求无价宝"二句：出自《赠邻女》（一作《寄李亿员

外》）一诗。

⑦李郢（yǐng）端公：字楚望，长安人。大中十年（856）登进士第，官终侍御史。唐人敬称侍御史为端公，故云"李郢端公"。《全唐诗》收其诗五十八首。

⑧诗筒往反：以竹筒盛诗，互相传看。

⑨温庭筠（yún）（812～870）：旧名岐，字飞卿，太原祁（今山西祁县）人。晚唐著名诗人、花间派词人。文思敏捷，叉手八次而成八韵，故绰号"温八叉"；常替人考试，可谓"枪手"中之捷才。后人为其集有《温庭筠诗集》及《金奁集》。

⑩"云峰满目放春情"四句：出自《游崇真观南楼睹新及第题名处》。崇真观，在唐长安朱雀街东新昌坊内。银钩，银质或银色的帘钩，比喻书法笔姿遒劲。罗衣，轻软丝织品制成的衣服，此代指女子身份。

⑪济楚：形容衣着整洁漂亮。

⑫簪星曳月：形容佩带光彩耀眼。"京师诸宫宇女郎皆清俊济楚、簪星曳月"较写实的描述可参见顾敻《虞美人》词："少年艳质胜琼英……莲冠稳篸钿篦横，飘飘罗袖碧云轻。"

⑬自遣：自我消遣，抒发排遣自己的感情。又，唐诗中多有以"自遣"为题者。

⑭酬酢（zuò）：主客相互敬酒，主敬客称酬，客还敬称酢。泛指交际应酬。


## 【赏读】

"易求无价宝，难得有心郎。"这是鱼玄机的传世名句，也似她一生感情生活的缩影。其中还有这么一层意思：易求有心郎，难得长情人。萧伯纳说："此时此刻在地球上，约有两万个人适合当你的人生伴侣，就看你先遇到哪一个。如果在第二个理想伴侣出现之前,你已经跟前一个人发展出相知相惜、互相信赖的深层关系,那后者就会变成你的好朋友。但是若你跟前一个人没有培养出深层关系,感情就容易动摇、变心,直到你与这些理想伴侣候选人的其中一位拥有稳固的深情,才是幸福的开始,漂泊的结束。"罗兰·巴特也说:"我一生中遇到过成千上万个身体,并对其中的数百个产生欲望;但我真正爱上的只有一个。"贺兰特·凯查杜里安亦云:"爱情也以它的专一性而不同于其他感情,我们能爱许多人,但在一段时间里只会真正地爱上一个人。"风流才女鱼玄机终其一生,交友如云,也没能遇见那个真正爱她的有心并长情的郎。

最先李亿纳她为妾,不过贪恋的是她的美色。这引起了他夫人的嫉恨,一山不容二虎,李亿遂把鱼玄机送去当了道姑。当时京城诸道观里的女冠们个个都清秀摩登,而且颇能写诗作文,常与俗世的墨客骚人相互唱酬、交往。鱼玄机很快就成了其中的翘楚:"色既倾国,思乃入神。喜读书属文,尤致意于一吟一咏。""尤致意于一吟一咏"也就是"尤工韵调"的意思。"而风月赏玩之佳句,往往播于士林。然蕙兰弱质,不能自持,复为豪侠所调,乃从游处焉。于是风流之士争修饰以求狎,或载酒诣之者,必鸣琴赋诗,间以谑浪。"(《三水小牍》)或许因此,晚唐人皇甫枚在《三水小牍》一书内竟说她是"倡家女",也就是妓女。这些风流之士应该就包括李郢和温庭筠在内。

鱼玄机有一些暧昧的诗,都跟温氏有关。某个冬夜,鱼玄机写诗寄给温飞卿:

> 苦忆搜思灯下吟,不眠长夜怕寒衾。
> 满庭木叶愁风起,透幌纱窗惜月沉。
> 疏散未闲终遂愿,盛衰空见本来心。
> 幽栖莫定梧桐处,暮雀啾啾绕竹林。

"怕寒衾"的潜台词就是求"温"暖,"满庭"直接点明"庭"字,"竹"别称"筠"。全诗隐藏温飞卿的名字,又苦忆,甚至不眠,简直就是赤裸裸的情书。某个秋夜,鱼玄机再《寄飞卿》:

　　阶砌乱蛩鸣,庭柯烟露清。
　　月中邻乐响,楼上远山明。
　　珍簟凉风著,瑶琴寄恨生。
　　稽君懒书札,底物慰秋情。

　　前一首好像还是热恋之中的相思之语,这一首已变为"怨温诗"。怨他来信少了、没了,于是簟席更凉、秋恨更深,只好抚琴自遣。凉、庭、簟三字也分别影射、照应着温、庭、筠三字,爱之深,思之切,于此可见一斑。"懒书札"云云,预示着大诗人温庭筠也只是她命中的过客罢了。

## 朱淑真　田汝成[①]

朱淑真者，钱唐人。幼警慧[②]，善读书，工诗，风流蕴藉[③]。早年，父母无识，嫁市井民家。其夫村恶[④]，籧篨戚施[⑤]，种种可厌，淑真抑郁不得志，作诗多忧愁怨恨之思。时牵情于才子，竟无知音，悒悒抱恚[⑥]而死。父母复以佛法，并其平生著作荼毗[⑦]之，今所传者不过百中之一耳。临安王唐佐为之立传，宛陵魏端礼为之辑其诗词，名曰《断肠集》。

《西湖游览志余》

## 【注释】

①田汝成（1503～1557）：字叔禾，原为钱塘（今浙江杭州）人，因与诗人蒋灼交厚，移家居余杭方山。明嘉靖五年（1526）进士，曾任南京刑部主事、礼部主事，福建提学副使等职。后罢官归里，盘桓湖山之间，遍览浙西名胜。博学工文，著述良多，有《田叔禾集》《炎徼纪闻》《龙凭记略》《辽记》《武夷游咏》《西湖游览志》《西湖游览志余》等。

②警慧：机敏聪慧。

③风流蕴藉：形容人、文、诗、画等风雅潇洒，含蓄内秀。

④村恶：乡气可恶。

⑤籧篨（qú chú）戚施：语出《诗经·邶风·新台》："燕婉之求，籧篨不鲜。""燕婉之求，得此戚施。"讲的是：本想求"燕婉"（美好）的爱人，却得来个鸠胸、驼背。"籧篨，不能俯，疾之丑者也。盖籧篨本竹席之名，人或编之以为囷，其状如人臃肿而不能俯

者,故又因以名此疾也",就是鸠胸;"戚施不能仰,亦丑疾也",就是驼背。

⑥悒(yì)悒:抑郁。抱恚(huì):含恨。

⑦荼毗(pí):梵文的音译,指佛教僧侣死后将尸体火化。此处指焚烧文稿。

## 【赏读】

选择了"幽栖"的生活方式,又处于风雨如磐的封建社会,朱淑真居士的身世自然会变得扑朔迷离。籍贯不定,一说是钱塘人,一说是海宁人;生卒年不详,况周颐《蕙风词话》以为北宋绍圣(1094~1098)中尚在世,一说南宋绍定(1228~1233)中在世,从其作品内容和魏仲恭(端礼)撰于淳熙壬寅(1182)三月望日的《断肠集序》来看,她大概是北宋末至南宋初人。

相传,朱淑真生于仕宦家庭,幼聪慧,工书画,通音律,善诗词。少年时性情爽朗,有过一段美好的自由恋情。后迫于父母之命、媒妁之言下嫁一市井庸夫,因情趣各异,没有共同语言,最终愤而离归娘家过起了独居生活,整天价郁郁寡欢:"其死也,不能葬骨于地下,如青冢之可吊,并其诗为父母一火焚之,今所传者百不一存,是重不幸也,呜呼冤哉!"听闻了这些悲惨的际遇,临安王唐佐为她作序,通判平江军事魏仲恭为她题集,他们用他们的性灵文字"慰其芳魂于九泉寂寞之滨,未为不遇也",言外之意似取《庄子》所谓"万世之后而一遇大圣,知其解者,是旦暮遇之也"。

魏氏还特别谈到自己的一次经历,大有"凡有井水饮处,即能歌柳词"之遗韵:"比往武陵,见旅邸中好事者往往传诵朱淑真词,每窃听之,清新婉丽,蓄思含情,能道人意中事,岂泛泛者所能及,未尝不一唱三叹也。"不啻如此,魏氏还"观其诗想其人",大加赞叹与感喟:"每临风对月,触目伤怀,皆寓于诗以写其胸中不平之气,竟无知音,悒悒抱恨而终。自古佳人多命薄,岂止颜色如花命如叶耶?""颜色如花命如叶"原为白居易《陵园妾》诗中之句,让我又想起天花藏主人《两交婚序》中的一段妙论:"红颜已逝,即妄称落雁沉鱼,亦有信之者,无可质也。至若才在诗文,或脍炙而流涎,或哕心而欲呕,其情立见,谁能掩之?始知性情之芳香、齿牙之灵慧出之幽而幽,出之秀而秀,种自天生,不容伪也。"朱淑真或许就是"出之幽而幽"的代表人物吧。魏氏《序》的开篇也隐有此义:"尝闻摛辞丽句固非女子之事,间有天姿秀发、性灵钟慧、出言吐句有奇男子之所不如,虽欲掩其名不可得耳,如蜀之花蕊夫人、近时之李易安,尤其显显著名者,各有宫词、乐府行乎世。然所谓脍炙者可一二数,岂能皆佳也?""尝闻摛辞丽句固非女子之事",闻自何人?也许就闻自朱淑真,她说过:"翰墨文章之能非妇人女子之事,性之所好、情之所钟,不觉自鸣尔。"

　　魏氏的弦外之音仿佛是说朱淑真的诗词首首皆佳,他怕自己立论不稳,便紧接着举出了武陵听词一事来作为铁证。众口难调,魏氏过度推崇朱淑真,用心良苦,应该得到我们的理解。他只是顺便借朱淑真的身世抒发抒发知音难逢这一症候群式的感想而已,并非刻意要去贬抑花蕊夫人和李清照的作品。他为朱淑真的诗集题名"断肠",反倒是对中国文化的一个颇有价值的贡献,应该得到我们的表扬。

## 朱楚生① 张　岱②

朱楚生，女戏耳③，调腔④戏耳。其科白⑤之妙，有本腔不能得十分之一者。盖四明姚益城先生精音律，尝与楚生辈讲究关节，妙入情理，如《江天暮雪》《霄光剑》《画中人》等戏，虽昆山老教师细细摹拟，断不能加其毫末⑥也。班中脚色足以鼓吹⑦楚生者，方留之，故班次愈妙⑧。楚生色⑨不甚美，虽绝世佳人，无其风韵；楚楚谡谡⑩，其孤意⑪在眉，其深情在睫，其解意在烟视媚行⑫。性命于戏，下全力为之。曲白有误，稍为订正之，虽后数月，其误处必改削⑬如所语。

楚生多坐驰，一往⑭深情，摇飏⑮无主。一日，同余在定香桥，日晡烟生，林木窅冥⑯，楚生低头不语，泣如雨下。余问之，作饰语以对。劳心忡忡⑰，终以情死。

《陶庵梦忆》

## 【注释】

①朱楚生（生卒年不详）：明代杭州名伶，擅长演唱调腔戏，常和张岱等文艺界名流交游。其生平事迹见于《陶庵梦忆》卷四、卷五等。

②张岱（1597～1689）：又名维城，字宗子，又字石公，号陶庵、蝶庵（居士）、天孙、六休（居士），山阴（今浙江绍兴）人。因祖籍为四川绵竹（古属剑州），所以诗文中常署作蜀人张岱、剑南张岱、古剑陶庵老人。明末清初文学家、史学家，长期侨居杭州。

博学多才，主要以小品文著称，代表作有《陶庵梦忆》《西湖梦寻》《夜航船》等。

③耳：语气词，无意义。

④调腔：中国古老剧种之一，也叫"掉腔"，明末清初流行于浙江杭州、绍兴一带。现在叫"新昌高腔"，被誉为"中国戏曲活化石"。

⑤科白：戏曲中角色的动作和道白。

⑥断不能加其毫末：绝对不能超过她一点。毫末，毫毛的末端，比喻极其细微。

⑦鼓吹：宣扬，烘托。

⑧班次：排行。妙：此处是"高"的意思。

⑨色：容貌。

⑩楚楚谡（sù）谡：形容风度清雅高迈。

⑪孤意：孤高的情意。

⑫烟视媚行：微微地看，慢慢地走。

⑬改削：删改。

⑭一往：一直，始终。

⑮摇飏（yáng）：摇曳。亦作"摇扬"。

⑯窅冥：幽暗。

⑰劳心忡（chōng）忡：字面上本自《楚辞·九歌·云中君》"思夫君兮叹息，极劳心兮忡忡"，意思则可远溯到《诗经·召南·草虫》"未见君子，忧心忡忡"。忡忡，忧虑不安。

## 【赏读】

明代的西湖景区有一处赏心悦目的所在——定香桥，因宋代的定香庵而得名。张岱似乎特别喜欢这个地方，专门写有一篇《定香桥小记》（又名《不系园》），大略是说：崇祯"甲戌十月，携楚生往不系园看红叶。至定香桥,客不期而至者八人",全是些身怀绝技、能弹能唱的文青,于是一场友人聚会兼文艺会演就此徐徐展开。

每当傍晚时分(日晡),定香桥一带烟霭升腾,"林木窅冥",特别适合游目骋怀,也适合出神发呆,就是所谓"坐驰"。经常静坐遐想的朱楚生可谓一往有深情,可惜终其一生,却像一朵蒲公英,"摇飏无主"。她也许爱上了某个风一样的男子,也许因为自己的戏子身份,或者对方并不爱她,所以那天在定香桥,她才"低头不语,泣如雨下"。作为好朋友甚至算得上是蓝颜知己,张岱很关心地问她为什么这样伤心,她却用一些无关紧要的话掩饰了过去。"其孤意在眉,其深情在睫",舞台之上唱念做打是如此,舞台之下,她自己真实的感情生活也会在眉睫之间有所流露,同样敏感的张岱当然能察觉,他知道她这次是真的爱了,而且爱得很深很痴。

朱楚生对调腔戏的爱也同样很深很痴。用张岱的话说,就是:"性命于戏,下全力为之。"用京剧业内的行话来讲,就是:"不疯魔,不成活。"难怪即便是私下随意露上一小手,也能臻于"妙绝"之境界,如《定香桥小记》所载。高徒的背后定有名师,四明(浙江旧宁波府的别称)精通音律的姚益城先生就是楚生的名师,连关节之处也毫不保留,倾囊以授。在戏班里,楚生的容貌并不出众,但是她气质好,天赋高,又刻苦用功("曲白有误,稍为订正之,虽后数月,其误处必改削如所语"),得到了师傅的青睐("班中脚色足以鼓吹楚生者,方留之"),很快楚生就成了名角儿。

## 苏小小[1]  张 岱

苏小小者,南齐时钱塘名妓也。貌绝青楼[2],才空士类,当时莫不艳称[3]。以年少早卒,葬于西泠之坞。芳魂不殁,往往花间出现。宋时有司马槱[4]者,字才仲,在洛下梦一美人,搴帷而歌,问其名,曰:"西陵苏小小也。"问歌何曲,曰:"《黄金缕》。"后五年,才仲以东坡[5]荐举,为秦少章[6]幕下官,因道其事。少章异之,曰:"苏小之墓今在西泠,何不酹酒[7]吊之?"才仲往寻其墓拜之。是夜,梦与同寝,曰:"妾愿酬[8]矣。"自是幽昏[9]三载,才仲亦卒于杭,葬小小墓侧。

《西湖梦寻》

【注释】

①苏小小(479~约502):南北朝南齐时期生活在钱塘的著名歌伎,或称其为"中国版的茶花女"。传说曾与豪门公子阮郁相爱,西泠桥(一名西陵)即两人结同心之处。清代诗人袁枚曾随身携带私章一枚,上刻"钱塘苏小是乡亲"。据张岱的著录,她传世的文学作品有一首诗(或名《同心歌》)和一首词(或名《黄金缕》),词的内容是:"妾本钱塘江上住,花落花开,不管流年度。燕子衔将春色去,纱窗几阵黄梅雨。斜插玉梳云半吐,檀板轻敲,唱彻黄金缕。梦断彩云无觅处,夜凉明月生南浦。"

②青楼:妓院。

③艳称:艳羡称赞。

④司马槱(yǒu):字才仲,陕州夏台(今山西夏县)人,司马

光从孙。元祐年间，以苏轼荐，应贤良方正能直言极谏科，入第五等，赐同进士出身，累迁河中府司理参军，终知杭州，卒于任上。存词二首，其中之一是《蝶恋花》："家在钱塘江上住。花落花开，不管年华度。燕子又将春色去。纱窗一阵黄昏雨。斜插犀梳云半吐。檀板清歌，唱彻黄金缕。望断云行无去处。梦回明月生春浦。"与《黄金缕》颇多雷同。

⑤东坡：苏东坡。

⑥秦少章：即秦覯，字少章，北宋著名词人秦观的弟弟，进士出身，也擅长文学，一说《黄金缕》是他的词作。陈师道有《九日寄秦覯》诗，张耒有《送秦少章赴临安簿序》文，可见其交游之一斑。

⑦酹（lèi）酒：以酒浇地，表示祭奠。

⑧酬：实现愿望。

⑨幽昏：幽婚，人与鬼结婚。

【赏读】

2009年，我第一次游西湖，看见的苏小小墓不像鬲（《列子·天瑞》说"坟"如"鬲"），倒真像一个馒头，不过不是土馒头，而是上了漆的水泥馒头，旁边也没有什么司马槱之墓。这并不奇怪，因为"屋宇有生也有死"，墓有坟起的时候，也有被时间铲平的时候。只有故事、传说能一直活在人们的心头和口头，苏小小的幽婚就是显例。

早在宋代，关于苏小小的传说就有了多种版本。张耒（1054～1114）的《柯山集》记载："司马槱……制举中第，调关中第一幕官。行次里中，一日昼寐，恍惚间见一美妇人，衣裳甚古，入幄中，执板歌曰：'家在……黄昏雨。'歌阕而去。槱因续成一曲：'斜插……生春浦。'后易杭州幕官。或云其官舍下乃苏小墓，而槱竟卒于官。"何薳（1077~1145）的《春渚纪闻》则如是说："司马才仲初在洛下，昼寝，梦一美姝牵帷而歌曰：'妾本钱塘……黄昏雨。'才仲爱其词，因询曲名，云是《黄金缕》。且曰：'后日相见于钱塘江上。'及才仲以东坡先生荐，应制举中第，遂为钱塘幕官。其廨舍后，唐苏小墓在焉。时秦少章为钱塘尉，为续其词后云：'斜插……生春浦。'不逾年，而才仲得疾。所乘画水舆舣泊河塘。柁工遽见才仲携一丽人登舟，即前声喏，继而火起舟尾。"如此看来，《黄金缕》的版权真该属于司马槱，前半阕虽然是苏小小所唱，但也是在司马槱的梦中。为什么别人梦不见苏小小，偏偏让司马槱梦见了呢？"或云其官舍下乃苏小墓"，或云苏小墓在"其廨舍后"，原来因缘是从此而起啊！

## 小青① 张　岱

　　小青，广陵人。十岁时遇老尼②，口授《心经》③，一过成诵。尼曰："是儿早慧福薄，乞付我作弟子。"母不许。长好读书，解音律，善奕④棋。误落武林富人，为其小妇。大妇奇妒，凌逼万状。一日，携小青往天竺⑤，大妇曰："西方佛无量，乃世独礼大士，何耶？"小青曰："以慈悲故耳。"大妇笑曰："我亦慈悲若。"乃匿之孤山佛舍，令一尼与俱。小青无事，辄临池自照，好与影语，絮絮如问答，人见辄止。故其诗有"瘦影自临春水照，卿须怜我我怜卿"之句。后病瘵⑥，绝粒⑦，日饮梨汁少许，奄奄⑧待尽。乃呼画师写照，更换再三，都不谓似。后画师注视良久，匠意妖纤⑨。乃曰："是矣。"以梨酒供之榻前，连呼："小青！小青！"一恸而绝，年仅十八。遗诗一帙。大妇闻其死，立至佛舍，索其图并诗焚之，遽去。

《西湖梦寻》

**【注释】**

　　①小青（生卒年不详）：姓冯，名玄玄，字小青。明代万历年间南直隶扬州（今属江苏）人。嫁杭州冯生为妾，讳同姓，仅以字称。工诗词，解音律。现存九绝句、一古诗、一词、一书信，共十二篇。

　　②老尼：老尼姑。尼，梵语"比丘尼"的简称，佛教中出家修行的女子。

③《心经》：佛教经典，有多个汉译本。以唐代玄奘法师所译流传最广，共二百六十字，全名《摩诃般若波罗蜜多心经》。

④奕：通"弈"，下棋。

⑤天竺：山名。《湖山便览》："自灵鹫至天门，周数十里，二山相夹，峦岫重裹，杭人统号曰天竺山。"灵鹫，灵隐山的别称。天门，指天竺山。

⑥瘵（zhài）：病，多指痨病。

⑦绝粒：断绝饮食。

⑧奄奄：气息微弱。

⑨匠意：刻意。妖纤：妖媚纤弱。

## 【赏读】

用现在的标准来看，小青是个地道的"萝莉"，死时年仅十八；又是一个早慧福薄的"天才儿童"，十岁就能听书成诵。有人怀疑史上并不存在这个奇女子，因为"合小青二字乃'情'也"，许是太同情她了，"恨不粉妒妇之骨以饲狗"，所以宁愿世间没有这样薄命红颜。但吴某《紫云歌》的小序却说："冯紫云，为小青女弟，归会稽马髦伯。"既然她还有个妹妹，张岱的口吻又确凿，小青应该实有其人。

为什么叫她"小青"，而不称"冯小青"？据说是为了避其夫之讳，其夫即那个"武林富人"，此人乃杭州一"豪公子"，也姓冯，不但话痨，而且"憨跳不韵"。觑其反矣，小青却是一位十足的韵人。她的母亲是女塾师，小青从幼时便随之就学，又"所游多名闺，遂得精涉诸技，妙解声律"。一韵嫁一不韵，可谓遇人不淑，所以说"误落"；《诗经》云"鱼网之设，鸿则离之"，陶潜曰"误落尘网中"，都是这样事与愿违、不如人意。

人生识字忧患始，多才惹得多愁，忧愁一多，难免会伤身减寿。

当初那个传授《心经》的老尼对小青的家人还说了这么一句预言："即不尔，无令识字，可三十年活耳。"如果不愿她入空门当我的弟子，那么就别教她认字，这样还可以活到三十岁。老尼此话有一定道理。家人听了却觉得虚妄不可信，谁也无法料到后来的悲惨遭遇会加剧磨耗她的生命。

《女聊斋志异》卷三以《小青传》排头，说她"虽素闲仪则，而风期逸艳，绰约自好，其天性也"。既是淑女，又是美女，而且自恋。无事之时，"辄临池自照，好与影语，絮絮如问答，人见辄止"。在潘光旦所译霭理士《性心理学》内，这种情形被称为"影恋或'奈煞西施现象'（narcissism）"。narcissism 又可以翻译为"自我陶醉""孤芳自赏""自恋"。希腊神话里说，美男子奈煞西施拒绝了山林女神的求爱，使女神憔悴而死，报复之神就罚令他和泉水中自身的倒影谈恋爱，奈煞西施对影歆歠，日复一日，最后也憔悴而死。其实，一种最低限度的影恋原是人皆有之的心理状态，像小青那样动辄就顾影自怜、自言自语，显然已经跨进了变态之阈。

作为小青恋影的直接证据就是她的那句名诗"卿须怜我我怜卿"（《红楼梦》第八十九回曾原样挪用此句），这显然是在"与影语"，是小青在和自己的影子对话。清代著名诗人黄仲则《两当轩集》卷十八《风流子·江上遇旧》"卿须怜我，我更怜卿"应该即点化自小青之句，虽然这个"我"是"未成名"之"我"，这个"卿"是"今已嫁"之"卿"，并非指黄诗人自己的身与影。

## 周夫人诗集序  王贞仪[①]

余少不知学，而耽习柔翰[②]，喜与文字为侣。然性特孤僻，不能接纳名媛才女相与讲论。而目前之所称名媛才女者，亦不足以究深学、知大道。虽有一二人，又不过互相标榜，汲汲然求知于时。问其学所造就，则词章呫哔[③]、剪红刻翠[④]、传香奁[⑤]之韵事而已，否则代成赝作而已，亦何异乎罕遘之有？此仪既有鉴乎人。是以益深叹己之暗汶[⑥]浅俗、孤陋寡识，抑且守身畏名，所谓踽踽凉凉[⑦]，自笑以为殆闺中之狂士也。

往仪居吉林，交陈宛玉[⑧]女史，又从其祖母谦夊老人为弟子列。老人训以女子之道，明大体之识，教以古文及诗之法，雠勘[⑨]往来，于是少得见解。时复共宛玉把晤，所谈不越正体，所习无非女红，所攻无非笔墨文翰事，盖谦夊老人，我姆师[⑩]也。而宛玉与仪，亦庶几闺阁中之芝兰金石之交[⑪]哉！

近回白下，又得交周夫人。夫人固维扬名族女，且亦贤母也，名载芳，字湘蘅，为仪中表姻戚。为人也，则庄静恭默。仪每见，肃然晤语，不啻对巨儒宿耆[⑫]，而承提撕[⑬]之力为独多。暇日，夫人以其诗若文、著述一册相示，且命之为序。欣然快读，璀璨星繁，殆若镕首山、若耶之金以铸鼎象剑[⑭]，独得黄冶炉锤[⑮]变化之秘，无怪乎当世皆推传以为女博士云。噫！以夫人之所作，直可方于鬓眉[⑯]，而比乎我谦夊老人，以视世之名媛才女组缀成集者，真麟凤之与鹦雀[⑰]也。而犹且兢兢然不敢自以为是，并不少求名于闺梱⑱以外，此正其所学者深，故益自秘，又乌得以香奁浅近测议之哉？在昔，鲁邑人有以木钻穿石槃⑲者，久不倦，卒得美玉于石中。今夫人年未四十，将来之学益长，而志愈歉⑳，宜其入乎古人堂奥矣。至于可传与不可传，又俟之异日。仪不敢效名媛才女互相标榜于当世之陋习用谀夫人，而夫人亦正无乐乎仪之谀之也。

《德风亭初集》


【注释】

①王贞仪（1768～1797）：字德卿，安徽天长人，迁居江宁（今江苏南京），所以自号"江宁女史"。女科学家、女医家、女作家。贞仪深受祖父影响，幼好读书吟诗，尤喜天文、数学。著有《历算简存》五卷、《象数窥余》四卷、《星象图释》二卷、《筹算易知》一卷、《重订策算证讹》一卷、《西洋筹算增删》一卷，另有《德风亭初集》十三卷、《绣纴余笺》十卷、《文选诗赋参评》十卷、《女蒙拾诵》一卷、《沉疴呓语》一卷。

②耽习：专心学习。柔翰：毛笔。

③呫哔（chān bì）：诵读。

④剪红刻翠："红"和"翠"代表那些女性化的形容，"剪"和"刻"则指其细腻的描写。古人常用"剪红刻翠"来形容宋词的特质。

⑤香奁：妇女妆具，盛放香粉、镜子等物的匣子，借指闺阁。

⑥暗汶（mén）：昏暗，不明。

⑦踽（jǔ）踽凉凉：孤独寡合的样子。

⑧陈宛玉（生卒年不详）：名凝田，随其祖父陈瀹斋宦于四方，

幼即慧秀过人，瀹斋爱之备至。十七岁，嫁给山左孔氏。因王贞仪祖父与陈瀹斋是故交，贞仪客居吉林时，陈瀹斋夫人卜谦父乃命宛玉与贞仪订雁序之好。陈宛玉撰有《吟香楼诗集》，由贞仪作序。二人吉林一别后，仍有书信往来，陈氏曾将自己的古文寄与贞仪删订。

⑨雠（chóu）勘：校勘。

⑩姆师：古时以妇道教授女子的女老师。

⑪芝兰金石之交：芝草和兰草之间的交往，金石般坚不可摧的友谊。比喻品德高尚的人之间的深情厚谊。

⑫宿耆（qí）：年高望重的人。

⑬提撕：提携；教导。

⑭镕首山、若耶之金以铸鼎象剑：古代用"金"指"铜"。首山在河南襄城县南，相传黄帝曾采山中之铜铸鼎。若耶，溪名，在浙江绍兴县境内，水涸则出铜，春秋时人欧冶子曾以之铸剑。下文的"黄冶"就是黄帝和欧冶子的简称。

⑮炉锤：锤炼。

⑯鬓（zhěn）眉：须眉，代指男子。

⑰鹦（yàn）雀：小鸟，与麟凤相对而言，以喻境界之悬殊。

⑱梱（kǔn）：同"阃"，门槛。

⑲槃（pán）：同"盘"。

⑳志愈歉：心里越感觉不足。歉，少，不足。

# 【赏读】

毫不夸张地讲，王贞仪简直就是一个空前绝后的才女。桐城学者肖穆曾为她写传，赞她"兼资文武，六艺旁通，博而能精"。就连"一代儒宗"、中国 18 世纪最为渊博和专精的学术大师钱大昕也"重其学，以为班昭以后一人而已"。南京藏书家朱绪曾更是不吝溢美之辞:"德卿于书无所不窥,工诗、古人辞,尤精天算,贯通中西。自古才女如谢道蕴、左芬之属能为诗矣,未闻其能文章也;曹大家续汉史矣,宋宣文传周官矣,未闻其通天算也。德卿以一人兼之,可谓彤管之杓魁、青闺之妆并乎?"彤管就是赤管毛笔,古代女史以此记事,后因代指女子文墨之事。北斗第一至第四星为魁,第五至第七星为杓,故"魁杓"或"杓魁"亦指整个北斗七星。彤管之杓魁,相当于说王贞仪是才女中的泰斗。

王贞仪又是一位家学渊源深厚的佳人。祖父王者辅也是学问家,尤热心于律数,藏书极丰,著述亦多,曾做到宣化知府,后因事谪戍吉林。父亲王锡琛也颇能知书识礼,业儒兼医,有医名。王贞仪自幼随祖母董氏读书,九岁开始学诗。十一岁时,她跟着祖母和父亲去吉林探望祖父。在吉林期间,和白鹤仙、陈宛玉、吴小莲诸女友同学诗文于卜谦父,"朝千诗,暮百艺,一时投赠答和诸篇什且盈囊筐"。与此同时,又学射骑于蒙古阿将军夫人。十六岁,王贞仪随祖母护送祖父灵柩回南京。不久,又跟着祖母和父亲由北京出潼关,到陕西,经湖北、湖南至广东,十八岁由广东回天长老家。十九岁,再到南京。几年中,她游历了大半个中国。后来,她追述这一段的生活说:"忆昔游历山海区,三山五岳快攀途。足行万里书万卷,尝拟雄心胜丈夫。"壮游归来,王贞仪便沉浸于祖父的大量藏书之内,刻苦学习,勤于笔耕。二十五岁,与宣城的詹牧结婚,虽不免也要扮演家庭妇女的角色,但在女红中馈之余,仍坚持钻研学术,不废吟咏,"犹然占毕如书生"。占毕也就是咕哔,即诵读、吟咏。

前辈才女著名者如朱淑真,曾曰:"翰墨文章之能,非妇人女子之事。"再则曰:"女子弄文诚可罪,那堪咏月更吟风!磨穿铁砚非吾事,绣折金针却有功。"王贞仪却一反诸如此类的退让、示弱和妄自菲薄,她从来就认为女人也有正式从事文学的权利:"吾之居其间也,有女工之事,有诵读之乐。……或曰:'女工者,女子之常务;诵读者,非女子事也。'……嗟乎!是非君子之言也。""默观目前之女士,多半有不守姆教,不谨壸矩,不端大体,或略识之无,朝学执笔,暮即自命为才女。……至于有柳絮之才,而罕柏舟之操。……今世迂疏之士,动谓妇人女子不当以诵读吟咏为事。夫同是人也,则同是心性,'六经'诸书皆教人以正性、明善、修身、齐家之学,而岂徒为男子辈设哉?"表达得是如此直接而剀切!

## 高夫人  袁　枚①

高文良公夫人，名琬，字季玉，蔡将军毓荣之女、尚书斑②之妹也。其母国色，相传为吴宫旧人。夫人生而明艳，娴雅能诗。公巡抚苏州，与总督某不合，屡为所倾③，而公卓然孤立。咏《白燕》第五句云："有色何曾相假借。"沉思未对。适夫人至，代握笔曰："不群仍恐太分明。"盖规④之也。夫人博极群书，兼通政治。文良公之奏疏文檄等作，每与商定。诗集不传。记其《咏九华峰寺》云："萝壁松门一径深，题名犹记旧铺金。苔生尘鼎无香火，经蚀僧厨有蠹蟫⑤。赤手屠鲸⑥千载事，白头归佛一生心。征南部曲今谁是？剩有枯禅守故林。"此为其父平吴逆后获咎归空门⑦而作也。

《随园诗话》

## 【注释】

①袁枚（1716~1797）：清代诗人，与赵翼、蒋士铨合称"江右三大家"。字子才，号简斋，别号仓山居士、随园主人等。钱塘（今浙江杭州）人。乾隆进士，历任溧水、江宁等县知县，不避权贵，有政绩。四十岁即告归，于南京小仓山筑"随园"，搜集书籍，吟咏其中。广收诗弟子，女弟子尤众。袁枚创作讲求性情，风格清新，反对清初以来拟古和形式主义的风气，著有《随园诗话》《小仓山房集》等。

②斑：即蔡斑（？~1743），字若璞，号禹功，别号无动居士，

又号松山季子,汉军正白旗人,云贵总督蔡毓荣之子,辽宁锦州人。著有《守素堂诗集》等。

③倾:倾轧,排挤打击。

④规:规劝。

⑤蟫(yín):《尔雅》:"蟫,白鱼。"郭璞注:"衣书中虫,一名蛃鱼。"又称衣鱼、书鱼、壁鱼、蠹鱼、银鱼、书虫、铰剪虫。一种昆虫,体长而扁,有银色细鳞如鱼,畏光,好蠹食书籍、衣服、糨糊、胶质等物。

⑥屠鲸:和下文"平吴逆"指的是同一件事,即蔡毓荣于康熙十四年(1675)率绿旗兵征讨"三藩之乱"。他先后败吴三桂部于岳州、长沙、衡州、辰州、贵阳、云南。

⑦获咎归空门:蔡毓荣以吴三桂的孙女为妾,坐罪,被戍黑龙江,此所谓"获咎"。归空门,指心归佛学,并非身遁空门。

## 【赏读】

在古代中国,"凡禽鸟皆贵白者,以为异种"。因为人们尚不了解动物的"白化现象",有些甚至只是对偶然事件的强化和迷信,比如"殷汤有白鸠之祥","山有二石室,有一神井,白鹿、白鹤、白鸠时来饮之","白兔,王者敬耆老则见",也许当时的数量不多,导致人们少所见而多所怪。白燕恐怕也是如此。

白燕又名白玉鸟、芙蓉鸟、金丝雀等,原产于加那利群岛。国内饲养的金丝雀,一般体长十二至十四厘米,体色有黄色、白色、橘红色、古铜色等,其中以白羽毛、红眼睛者最为名贵。白燕的洁白不群,给人印象深刻,所以屡屡被形诸笔墨。元末明初诗人袁凯,人送雅号"袁白燕",因《白燕》一诗闻名,其中有句云:"旧时王谢应见稀。月明汉水初无影,雪满梁园尚未归。"说的就是它的色白而珍稀。高氏夫妇联句咏白燕,亦然:"有色何曾相假借";"不群仍恐太分明"。才子小说《平山冷燕》第一回《太平世才星降瑞圣明朝白燕呈祥》里的"才女中之神童"山黛的白燕诗也是这样表达："淡额羞从鸦借色,瘦襟止许雪添肥。飞回夜黑还留影……卷帘惟我洁身归。"

高夫人本身也像一只白燕,博极群书,擅长诗歌,兼通政治,这些于古代女流之辈也是不多见的。尤其是她写自己的父亲"赤手屠鲸千载事,白头归佛一生心",如果抽离具体的人与事,这句完全点破了为数不少的中国古代知识分子的终极抉择——或者将心倾向甚至归依于佛学,或者干脆全身遁入空门。

## 陆夫人 袁 枚

松江曹黄门先生陆夫人,自号秀林山人。归先生时,年才十七,奁具①旁皆文史②也。尤爱《楚词》③,针黹暇,必朗诵之。侍婢私语曰:"夫人所诵,与在家时何异?"先生因赠诗云:"幽意闲情不自知,碧窗吟遍楚人词。添香④侍女听来惯,笑说书声似旧时。"因戒夫人曰:"卿爱屈子⑤词,此生不当得意。"已而果亡。先生为梓⑥其《梯山阁遗稿》。《冬日病起》云:"病里生涯百事赊⑦,一弦一柱谱《平沙》⑧。弹来却怪人偷听,闲倚栏杆看雪花。"《寄外》云:"烟水迢迢泛木兰⑨,寒风残雪怯衣单。客裘自着江边雨,莫作临行泪点看。"余闻方问亭宫保,少时亦爱《离骚》,自忏⑩云:"爱读《离骚》便不祥。"其后功名显赫。然则黄门先生之言,亦未必尽然与?先生讳一士,官御史。

《随园诗话》

【注释】

①奁具:嫁妆。

②文史:文史书籍。

③《楚词》:即《楚辞》。宋元之后,或写作《楚词》。

④添香:古代焚香时,使用的"香"是经过"合香"方式制成的香丸、香球、香饼或散末,需用香匙或香箸将其置于隔火片上,慢慢烤出香气。明代佚名画家作品《千秋绝艳》中"莺莺烧夜香"的情节正是"添香侍女"的形象化。

⑤屈子：对战国时期楚国诗人屈原的尊称。

⑥梓（zǐ）：印刷用的雕版，此处用如动词"付梓"，把稿件交付排印。

⑦赊：通"奢"，奢侈。

⑧《平沙》：即古琴名曲《平沙落雁》，初见于明《古音正宗》，历代刊刻竟至五十余谱，传为唐陈立昂所制，亦曰宋毛敏仲所制，或曰明朱权所制，众说纷纭，难以考定。

⑨木兰：木兰舟。原指以木兰树造的船，后常用为船的美称。

⑩自忏：悔过自忏，自陈懊悔。

**【赏读】**

屈原《离骚》一书，伤生忧世，重言曾欷，别有怀抱者读之，不觉危涕坠心。骚者，愁也。不管"离骚"是因离别而愁，还是远离忧愁，如后世诗题之"遣愁"，愁之情绪密布贯穿《离骚》则是古今所公认的。无奈"一切避愁之路莫非迎愁之径"，屈原"宁流浪而犹流连"，以死亡为逃亡，最后"从彭咸之所居"就成了他的归宿。屈原愁而至于死，且是自杀而死，此之谓"不祥"，宜矣。但爱读《离骚》也不祥，甚至一生不得意，则是因为有些读者入乎其中却不能出乎其外，感染了屈子的愁绪跳脱不出来，或自我进行心理暗示，深信"诗可以怨"、诗必须怨，最终导致"死读书，读书死"。陆夫人的早亡，方问亭的尚未显赫，却并不都是死读《离骚》造成的，其间尚有命与运。

死读之外，还有一种"熟读"。《世说新语·任诞》记载读书少、不熟悉用兵、笃信佛教的东晋刺史王孝伯言："名士不必须奇才，但使常得无事，痛饮酒，熟读《离骚》，便可称名士。"此话讽刺的是那些伪名士。一经真名士闻一多化用，却成了一种风度。据学生回忆，闻一多上课时穿一件黑色长袍，昂然阔步进入教室，先掏出烟盒向学生笑着问:"哪位吸烟?"学生们笑而不接,他就自己点上一支。在灯光下,烟雾缭绕,然后,他拖长声音说上一句:"痛饮酒,熟读《离骚》,方得谓真名士!"这才开始讲楚辞。

陆夫人每逢针黹之暇,必朗诵《离骚》,这又不仅仅是一种风度了,简直成了生活习惯。最难能可贵的是,"幽意闲情不自知",婚前婚后均一以贯之,正因为如此这般不装不刻意,陆夫人才是真名士。

## 闺中知己 袁 枚

吴江严蕊珠①女子,年才十八,而聪明绝世,典环簪为束脩②,受业门下。余问:"曾读仓山③诗否?"曰:"不读不来受业也。他人诗,或有句无篇,或有篇无句。惟先生能兼之。尤爱先生骈体文字。"因朗背《于忠肃庙碑》千余言。余问:"此中典故颇多,汝能知所出处乎?"曰:"能知十之四五。"随即引据某书某史,历历如指掌④。且曰:"人但知先生之四六用典,而不知先生之诗用典乎。先生之诗,专主性灵,故运化成语,驱使百家,人习而不察。譬如盐在水中,食者但知盐味,不见有盐也。然非读破万卷且细心者,不能指其出处。"因又历指数联为证。余为骇然。因思虞仲翔⑤云:"得一知己,死可无恨。"余女弟子虽二十余人,而如蕊珠之博雅,金纤纤之领解,席佩兰之推尊本朝第一,皆闺中之三大知己也。蕊珠扶其母夫人出见,年六十二岁矣。白发飘萧⑥,呼余为伯父。余愕然⑦。夫人曰:"伯父抱我怀中,赐果,而忘记乎?"询之,乃李玉洲先生之女孙,余尝住其家故也。记抱时夫人才四岁耳。方知人果寿长,便有呼彭祖⑧为小儿之意。满座为之皲然⑨。

《随园诗话补遗》

**【注释】**

①严蕊珠(生卒年不详):清代女诗人。字绿华,江苏元和人。

曾师事袁枚，未嫁而夭，著有《露香阁诗存》。

②典环簪为束脩：典当了环簪等首饰置办束脩。束脩，学生致送教师的酬金。

③仓山：指袁枚自己，他曾别号"仓山居士"。

④历历如指掌：（引据典故）一个个清晰分明，如指示掌中之物。

⑤虞仲翔：即虞翻（164~233），字仲翔，会稽余姚（今浙江余姚）人。日南太守虞歆之子，三国时吴国学者、官员。他本是会稽太守王朗部下功曹，后投奔孙策，自此仕于东吴。他于经学颇有造诣，尤其精通《易》学。

⑥飘萧：头发稀疏的样子。

⑦愕（è）然：很吃惊的样子。

⑧彭祖：殷朝大夫，姓篯，名铿，帝颛顼之孙，陆终氏之中子，相传活了八百余岁。

⑨冁（chǎn）然：笑的样子。

**【赏读】**

文学理论家刘勰曾喟叹："知音其难哉！音实难知，知实难逢，逢其知音千载其一乎！"无独有偶，思想家李贽也曾感慨："呜呼！何代无人，特恨无识人者！何世希音，特恨无赏音者！"在文学家冯梦龙看来，"恩德相结者谓之知己，腹心相照者谓之知心，声气相求者谓之知音，总来叫做相知"。经学家虞仲翔"得一知己，死可无恨"之说应该就是就这"相知"而言。袁枚所谓知己，则与刘、冯二氏的"知音"相当，李氏易一字作"赏音"。

袁枚有感于"得一知己，死可无恨"之言，自称其有三大知己，而且还是红颜知己，言外之意自己真幸运到了极致，甚至可以说是"千秋有幸"。此三人皆是吴门才女，或博雅强记，或善于领解，或被推尊为当朝第一。

三大知己之一的金纤纤名逸，字纤纤，江苏长洲（今苏州）人。嫁同乡陈竹士，陈亦为袁枚弟子。袁枚视金纤纤为"知己"在于她"领解尤超"，即对诗特别是随园诗有着非凡的领会理解能力，或曰具有特出的鉴赏水平，简言之就是悟性高。金逸曾与竹士同梦至一处，烟水无际，楼台出没云气中，仿佛有人告之曰："此秋水渡也。"因共联句，醒而忆"秋水楼台碧近天"七字。其后纤纤小病于母家，一夕扶病归，谓竹士曰："侬殆不起矣。昨夜梦数女伴邀登一舟云：'将往秋水渡。'梦兆如此，欲生得乎？"过了十日，果然病逝。这件事虽然有点玄，但亦可略见其领解之妙。金逸著有《瘦吟楼诗》及《虎山唱和诗》。她殁后，杨蕊渊、李纽兰、陈雪兰三女士慷慨解囊捐金，刻其《瘦吟楼诗》。与清代文学家杨芳灿齐名的陈文述有诗云"蛾眉都有千秋意，肯使遗编付劫尘"，即指此事。此处，肯的意思是不肯。袁枚更是亲作墓志铭，推其为吴门闺秀之"祭酒"。祭酒本非官名，古时凡同辈之长，皆曰祭酒。

除了"闺中之三大知己"而外，袁枚还有一位"生平第一知己"——"槃槃大才子""西川张船山"。张船山就是张问陶，与袁枚、赵翼并称为清代乾嘉性灵派三大家。袁枚力倡"性灵说"，说"性情以外本无诗"。所以当女弟子严蕊珠一针见血地指出"先生之诗，专主性灵"之时，袁枚难免会戚戚然心有所动，要许她为闺中三大知己之祭酒了。何以见得？很显然，因为将她排在了第一位。

## 翾 风 贾 茗[①]

石季伦[②]爱婢名翾风,魏末于胡中得之。年始十岁,使房内养之。至十五,无有比其容貌,特以姿态见美。妙别玉声,巧观金色。石氏之富,方比王家,骄侈当世,珍宝奇异,视同瓦砾,积如粪土,皆殊方异国所得,莫有辨识其出处者。乃使翾风别其声色,悉知其处,言:"西方北方,玉声沉重而性温润,佩服者益人性灵;东方南方,玉声轻洁而性清凉,佩服者利人精神。"石氏侍人[③]美艳者数千人,翾风最以文辞擅爱。石崇尝语之曰:"吾百年之后,当指白日,以汝为殉!"答曰:"生爱死离,不如无爱,妾得为殉,身其何朽!"于是弥见宠爱。崇常择美姿容相类者十人,装饰衣服大小一等,使忽视不相分别,常侍于侧。使翾风调玉以付工人,为倒龙之佩,紫金为凤冠之钗,言刻玉为倒龙之势,铸金钗象凤皇之冠。结袖绕楹而舞,昼夜相接,谓之"恒舞"。欲有所召,不呼姓名,悉听佩声,视钗色,玉声轻者居前,金色艳者居后,以为行次而进也。使数十人各含异香,行而语笑,则口气从风而扬。又屑沉水之香如尘末,布象床上,使所爱者践之,无迹者赐以真珠百琲[④],有迹者节其饮食,令身轻弱。故闺中相戏曰:"尔非细骨轻躯,那得百琲真珠?"及翾风年三十,妙年者争嫉之,竞相排毁[⑤]。石崇受潛润之言,即退翾风为房老[⑥],使主群少,乃怀怨而作五言诗曰:"春华谁不美,卒伤秋落时。突烟还自低,鄙退岂所期。桂芳徒自蠹,失爱在娥眉。坐见芳时歇，憔悴空自嗤。"石氏房中并歌此为乐曲，至晋末乃止。

《女聊斋志异》

**【注释】**

①贾茗（生卒年不详）：生平事迹不详，大约是生活于清末的苏州女子。著有《女聊斋志异》四卷，题"古吴靓芬女史贾茗辑"。书前有署名匪遑之《叙》，略云："靓芬贾女史者，素崇拜蒲留仙之著作者也，而尤倾倒于《聊斋志异》一书。故其居恒读书之处，尝自颜其斋曰'女聊斋'，盖所以志慕也。既而辑是编既竟，以其笔致之隽颖，词藻之古艳，叙事之简曲，而能达结构之紧峭而得势，情文兼至。其笔墨直足登聊斋之堂，而入其室。而其事迹又均系之于女子，因亦以斋居之名名其书曰《女聊斋》。"

②石季伦（249～300）：即石崇，字季伦，渤海南皮（今河北沧州市南皮县）人，西晋开国元勋、号称"娇无双"的美男石苞之子，著名富豪。因其曾任南蛮校尉，故又称"石尉"；俗亦讹作"石太尉"，如《醒世恒言·杜子春三入长安》"要学那石太尉的奢华"。石崇又为文学团体"金谷二十四友"之一，代表作品有《王明君辞》《思归引》《楚妃叹》《金谷诗序》等。

③侍人：女侍，婢妾。里面除了随身的奴仆外，恐怕也有一些是石氏的性伴侣。

④真珠：即珍珠。百琲（bèi）：《玉篇·玉部》："琲，珠五百枚也。"百琲，极言珍珠之多。

⑤排毁：排斥诋毁。

⑥房老：婢妾年久而色衰者，谓之"房老"，亦曰"房长"。

**【赏读】**

"以姿态见美",具体怎么个美法,上下文都没说,但是"翾风"一词在有意无意之间透露了个中消息。洪昇《长生殿》为了形容女子舞姿轻盈回旋,不惜极尽比喻之能事:"逸态横生,浓姿百出,宛若翾风回雪,恍如飞燕游龙。"这直接源自曹植《洛神赋》"其形也,翩若惊鸿,婉若游龙。……仿佛兮若轻云之蔽月,飘飖兮若流风之回雪"云云。翾风姿态之美,于是依稀可见。

《女聊斋志异》卷一《翾风》一开头就标明故事出自《拾遗记》,精确地说,是东晋王子年《拾遗记》卷九《晋时事》"石季伦爱婢名翔风"一段。翔风跟流风、翾风,实际上是同一个意思——回风、回旋的风。

能区别玉的声、性,并说出其产地和用途,翾风简直就是一位杰出的宝石鉴定专家。英国汉学家李约瑟在其皇皇巨著《中国科学技术史》"矿物学"一章中提到了《拾遗记》,却没有拈出这精彩的一节,不能不说是一个大大的遗憾。

《拾遗记》下面这一个故事,被冯梦龙《情史》卷十四《情仇类》选录时全部删掉了,它从侧面表现了翾风"妙别玉声,能观金色"的专业技能。故事是这样的:

> 崇常择美容姿相类者十人,装饰衣服大小一等,使忽视不相分别,常侍于侧。使翔风调玉以付工人,为倒龙之佩,萦金为凤冠之钗,言刻玉为倒龙之势,铸金钗象凤皇之冠。结袖绕楹而舞,昼夜相接,谓之"恒舞"。欲有所召,不呼姓名,悉听佩声,视钗色,玉声轻者居前,金色艳者居后,以为行次而进也。使数十人各含异香,行而语笑,则口气从风而扬。又屑沉水之香,如尘末,布象床上,使所爱者践之。无迹者赐以真

珠百琲，有迹者节其饮食，令身轻弱。故阃中相戏曰："尔非细骨轻躯，那得百琲真珠？"

看样子，石崇是个瘦子控，因为跳舞者一旦微胖，就会在沉香屑上留下足迹。翾风到了三十岁还会被妙龄女子嫉妒甚至诽谤诋毁，应该跟她调玉的工作有关，佩玉之声不轻者显然会把责任推到她身上，以为是她在从中作祟，殊不知这主要是取决于石崇的听觉。或者有这样一种可能，玉声同等轻，但是由石崇听来，却有了轻重之别，毕竟人有"视错觉"，亦有"听错觉"。

# 曹大家① 贾 茗

扶风②曹世叔妻者,同郡班彪③之女也,名昭,字惠班,一名姬,博学高才。世叔早卒,有节行法度。兄固著《汉书》④,其八表⑤及《天文志》未竟⑥而卒。和帝诏昭,就东观臧书阁⑦,踵⑧而成之。帝数召入宫,令皇后、诸贵人⑨师事焉。号曰大家⑩。每有贡献异物,辄诏大家作赋颂。及邓太后临朝,与闻政事。以出入之勤,特封子成关内侯,官至齐相。时《汉书》始出,多不能通者。同郡马融⑪伏于阁下,从昭受读,后又诏融兄续,继昭成之。永初中,太后兄大将军邓骘⑫以母忧,上书乞身。太后不欲许,以问昭。昭因上疏,太后从而许之。于是骘等各还里第焉。作《女诫》七篇。马融善之,令妻女习焉,昭女妹曹丰生⑬亦有才慧,为书以难之,辞有可观。昭年七十余卒,皇太后素服举哀,使者监护丧事。所著赋、颂、铭、诔、问、注、哀辞、书、论、上疏、遗令,凡十六篇,子妇丁氏⑭为撰集之,又作《大家赞》焉。

《女聊斋志异》

【注释】

①曹大家:即班昭(约49~约120。一说约45~约117),一名姬,字惠班,扶风安陵(今陕西咸阳东北)人。因她的丈夫是曹世叔,故被称为曹大家。著有《女诫》《东征赋》等。

②扶风：扶风郡，在今陕西境内。

③班彪（3~54）：字叔皮，史学家。西汉末，班彪劝窦融辅助光武帝建立东汉有功，被封徐县令，但此后不久因病退职。作《史记后传》65篇，为班固《汉书》打下了基础。

④兄固著《汉书》：固即班昭之兄班固（32~92），字孟坚。除兰台令史，迁为郎，典校秘书，潜心二十余年，修成《汉书》。迁玄武司马，撰《白虎通德论》。汉和帝时，曾随窦宪出征匈奴，为中护军，兵败受牵连，死于狱中。善辞赋，有《两都赋》等。

⑤八表：指《汉书》卷十三至卷二十之"八表"，班昭所作。

⑥竟：完成。

⑦东观（guàn）臧（cáng，古同"藏"）书阁：东观位于东汉洛阳南宫。章帝、和帝以后，为宫廷收藏图籍档案及修撰史书的主要处所，后又辟为近臣习读经传的地方。

⑧踵（zhǒng）：跟随。

⑨贵人：指妃嫔。

⑩大家（gū）：本义为"大姑"，是汉代关中地区对年长女子的尊称。班昭在汉和帝元年时（89），已经41岁了，又因为博学高才，颇受宫里人的尊敬，所以被称为"曹大家"。

⑪马融（79~166）：字季长，右扶风茂陵（今陕西兴平东北）人。东汉名将马援的从孙，著名经学家，尤长于古文经学。任武都、南郡太守，在东观著述。他设帐授徒，门人常有千人之多，卢植、郑玄都是其门徒。

⑫邓骘（？~121）：字昭伯，南阳新野人。初辟大将军窦宪府，因妹入宫，兄弟皆除郎中。及妹为后，他三迁虎贲中郎将。和帝死后，策立出生百日的殇帝和年幼的安帝，邓太后临朝，自任大将军，专断朝政。他曾倡节俭，并举荐杨震等人，借以取得官僚大地主的支持。太后死，安帝与宦官李闰合谋诛灭邓氏家族，骘绝食

自杀。

⑬曹丰生：曹世叔之妹，班昭的小姑。

⑭丁氏：班昭的儿媳。

**【赏读】**

中国古代最杰出的长篇学者小说《镜花缘》开卷第一回的第一段，作者李汝珍一本正经地写道："昔曹大家《女诫》云：'女有四行：一曰妇德，二曰妇言，三曰妇容，四曰妇功。'此四者，女人之大节而不可无者也。今开卷为何以班昭《女诫》作引？盖此书所载虽闺阁琐事、儿女闲情，然如大家所谓四行者历历有人：不惟金玉其质，亦且冰雪为心。非素日恪遵《女诫》、敬守良箴，何能至此？岂可因事涉杳渺，人有妍媸，一并使之泯灭？故于灯前月夕，长夏余冬，濡毫戏墨，汇为一编：其贤者彰之，不肖者鄙之；女有为女，妇有为妇；常有为常，变有为变。所叙虽近琐细，而曲终之奏要归于正，淫词秽语概所不录。其中奇奇幻幻，悉由群芳被谪以发其端，试观首卷，便知梗概。"在积重难返的封建男权思想笼罩下，"消磨三十多年层层心血"写成《镜花缘》的李汝珍不仅密切关注女性命运，而且还积极探求女性出路问题，将她们视为群芳下凡，让她们走出闺阁，走向社会，但他仍旧没能走出班昭为中国妇女画下的那个圈。作为现存的中国史上最早的妇女德行规范，《女诫》的面世是中国女性深层次接受以父系、男性利益为本位的封建伦理纲常的一个明显标志。《女诫》的原话说"四行"是"女人之大德，而不可乏之者也"，李汝珍改"大德"为"大节"，只是为了避免与"妇德"之德字重复而已，并无实质性的差别。

"四行"就是著名的"三从四德"中的四德，并非班昭所发明，始见于《周礼·天官冢宰第一·九嫔》，但最早的详细阐释却是由她完成的。此处只聊聊"妇德"。班昭认为"妇德，不必才明绝异",意思是有才即可,不必超群。有人认为明人所谓"女子无才便是德"即从此而来,我坚决不同意,二者完全背道而驰。陈继儒赞"女子无才便是德"是"至言",他的歪理如下:"女子通文识字而能明大义者固为贤德,然不可多得。其他便喜看曲本小说,挑动邪心,甚至舞文弄法,做出丑事,反不如不识字、守拙安分之为愈也。"班昭却觉得只要做到"清闲贞静,守节整齐,行己有耻,动静有法",就算具备了妇德,并没有说"不如不识字、守拙安分"那样的混账话。《女诫》"夫云妇德,不必才明绝异也……清闲贞静,守节整齐,行己有耻,动静有法,是谓妇德",是互文见义,连成一句来理解才是班昭的本意。"妇言""妇容""妇功"云云仿此。

但是,班昭自己偏偏就是一位才明绝异的女子,既通文识字,又深明大义。例如:郑玄是真正的大师,他的老师马融也是大师,马融的老师却是班昭,这真是文化有根,薪传不替,文化有幸,泻瓶有寄。诚如桓谭的《新论》所言:"道必当传其人。得其人,道路相遇,辄教之;如非其人,口是而心非者,虽寸断支解,而道犹不出也。"

# 卷二 女子有貌

## 灵公禁妇人为丈夫饰 晏 婴①

　　灵公好妇人而丈夫饰②者，国人③尽服之。公使吏禁之，曰："女子而男子饰者，裂其衣，断其带。"裂衣断带相望，而不止。晏子见，公问曰："寡人使吏禁女子而男饰，裂断其衣带，相望而不止者，何也？"晏子对曰："君使服之于内，而禁之于外，犹悬牛首于门，而卖马肉于内④也。公何以不使内⑤勿服，则外莫敢为也。"公曰："善！"使内勿服，逾月，而国莫之服。

《晏子春秋》

**【注释】**

　　①晏婴（前578～前500）：字平仲，习惯上多称晏子，夷维（今山东高密）人。齐国上大夫晏弱之子，春秋后期一位重要的政治家、思想家、外交家。据说身材不高，其貌不扬，以生活节俭、谦恭下士著称。齐灵公二十六年（前556）晏弱病卒后，晏婴历任灵公、庄公、景公三朝的卿相，辅政长达50余年。从汉至唐，正史一直都把《晏子春秋》的作者定为晏婴。

　　②灵公好妇人而丈夫饰：潘光旦曾将此视为中国文献里关于女子"服饰的逆转现象"（transvestism，今译"异性装扮癖"或"易装癖"）最早的例子。灵公，齐灵公（？～前554），姜姓，吕氏，名环，父为齐顷公，春秋时齐国国君。公元前581年至公元前554年在位，其间有名相晏弱、晏婴父子相继辅政，国事清明。

　　③国人：全国的女人，宫外的女人，下文省略为"外"和"国"。

　　④悬牛首于门，而卖马肉于内：相当于宋人释普济《五灯会

元》、释惟白《续传灯录》中的"悬羊头卖狗肉"。

⑤内：宫内女人，也就是前文之"妇人"。

## 【赏读】

俗话云："三分人才，七分打扮。"即便是超级大美女，也离不开合适的服装的衬托。《慎子》讲过这样一个道理。毛嫱、西施，"天下之至姣也"，是天下最漂亮的女人，让她们戴上打鬼驱疫用的假面具"魌头"，看见的人都会被吓跑；但只要换上一套华丽的细料衣服，行人都会停步回头。由是观之，服装可以使美女增色，如果不穿，姣美也会大大减色。这是自然规律，不可违背，不存在谁取悦谁的问题。齐灵公喜欢女人穿男装，全国的女人都起而效仿，这就是典型的"上行下效"，主要为了取悦男性，对应着女性文学的第一阶段。

更有甚者，则为"上有所好，下必甚焉"。《墨子》里有个极好的例子。说从前楚灵王喜欢他的臣子有纤细的腰，所以朝中的大臣唯恐自己腰肥体胖，失去宠信，因而不敢多吃，都是每天只吃一顿饭，每天起床整装时，先抑制住呼吸，然后把腰带束紧，扶着墙壁才能站起来。到了第二年，满朝文武大臣的脸色都成了黑黄色。古语曰："吴王好剑客，百姓多创瘢；楚王好细腰，宫中多饿死。"（潘光旦认为"其实所好并不在腰，而在腰的上下两头"，欲其昂乳而翘臀。）"城中好高髻，四方高一尺；城中好广眉，四方且半额；城中好大袖，四方全匹帛。"这比齐灵公的国人真是有过之而无不及。

## 魏姝掩鼻  佚 名

魏王遗楚王①美人，楚王说之。夫人郑袖②知王之说新人也，甚爱新人。衣服玩好，择其所喜而为之；宫室卧具③，择其所善而为之。爱之甚于王。王曰："妇人所以事夫者，色也；而妒者，其情也。今郑袖知寡人之说新人也，其爱之甚于寡人，此孝子之所以事亲、忠臣之所以事君也。"郑袖知王以己为不妒也，因谓新人曰："王爱子美矣。虽然，恶子④之鼻。子为见王，则必掩子鼻。"新人见王，因掩其鼻。王谓郑袖曰："夫新人见寡人，则掩其鼻，何也？"郑袖曰："妾知也。"王曰："虽恶⑤，必言之。"郑袖曰："其似恶闻君王之臭也。"王曰："悍⑥哉！"令劓⑦之，无使逆命⑧。

《战国策》

【注释】

①魏王：即魏哀王，一说魏襄王。或据《竹书纪年》论断，魏哀王就是魏襄王。遗（wèi）：赠送。楚王：指楚怀王熊槐（前360～前296）。

②郑袖（生卒年不详）：楚怀王的夫人，亦称"南后"。

③卧具：枕、席、被褥等的统称。

④恶（wù）：讨厌，憎恨。下文"恶闻"之"恶"，同此。子：对对方的尊称，相当于"您"。

⑤恶（è）：不好。

⑥悍：刁蛮。
⑦劓（yì）：古代割掉鼻子的一种酷刑。此处用为动词。
⑧无使逆命：不得违令。

**【赏读】**

  赤条条地来，冷冰冰地去，人人莫不如此。什么是男，什么是女，若不是服装的性别化，从生理到心理，大家的区别其实是很小的。用汉字来表达，男人若是"凸"，女人则为"凹"。用诗人的话说，我们都有一颗"半雌半雄的头脑"，"我们每个人都有两种力量支配着一切，一种是男性的力量，一种是女性的力量。在男人的头脑里男性胜过女性，而在女性的头脑里女性胜过男性。最正常、最适宜的情况是这两种力量一起和谐生存、精神融合"。正如弗吉尼亚·伍尔夫所分析的："两性尽管不同，它们却是融合的。在每一个人身上，都发生着从一种性别向另一种性别的摇摆，而往往只靠服装保持着男性或女性的表象，但潜在的性别却与表面形象截然对立。"潜在的心理，男女也有太多的同曲同工之处，例如《战国策》拈出的两点："睹貌而相悦者，人之情也"，"妒者，其情也"。光凭天性而言，男女都善于以貌取人，都善妒，无分老幼妍媸。你看就连"色既倾国""仙貌长芳又胜花"的鱼玄机还会去嫉妒一个女仆，主要因为她"亦明慧有色"，妒之不足，竟继之以笞，直至其气绝身亡。鱼玄机的极端行为或许乃是失恋后的一种报复——以妒还妒，当初她遭大妇之妒，被爱人亲自遣送到道观里出家，她肯定是极不情愿而耿耿于怀的。

  如果说鱼玄机的妒还是一种直接报复、一种正面杀戮的话，那么郑袖的妒就已升级为《三十六计》的第三计——借刀杀人："敌已明，友未定，引友杀敌，不自出力。"这是一种更狠毒的杀戮，被杀的美人虽然不至于死，却比死更难受——因为破相了。"妇人所以事夫者，色也"，这话有点像三国时期魏国玄学家荀粲的名言："妇人德不足称，当以色为主。"色就是相。女人没有了色相，就会失宠，尤其是在六宫粉黛的惨烈竞争之中。

"掩鼻"后来成了典故，用之入诗的人大多将其视为贬义词，如白居易《读史五首》其四"掩鼻戮宠姬"，韩偓《故都》"掩鼻计成终不觉"等等；唯独唐人长孙佐辅《古宫怨》诗云"拊心却笑西子颦，掩鼻谁忧郑姬谤"，反其道而行之，谓宫女自恃貌美，不怕别人设计谗毁。"拊心"就是《庄子·天运》"故西施病心而颦其里，其里之丑人见之而美之，归亦捧心而颦其里"之"捧心"。美人病了仍有美感，丑人没病装病，则倍增其丑。东施捧心是羡慕的反应，是自发性的；魏姝掩鼻是厌恶的表现，是被人误导的。两种行为导致的后果都是不良的，一被嫌弃，二被残害。可悲可叹的是，这些都是色惹的祸。或者说，都是人的本性在作祟。

# 阴 姬① 佚 名

（司马憙②）见赵王③曰："臣闻赵，天下善为音，佳丽人之所出也。今者，臣来至境，入都邑，观人民谣俗、容貌颜色，殊无佳丽好美者。以臣所行多矣，周流无所不通④，未尝见人如中山阴姬者也，不知者特以为神，力言不能及也。其容貌颜色固已过绝人矣，若乃其眉目、准頞、权衡犀角偃月⑤，彼乃帝王之后，非诸侯之姬也。"赵王意移，大悦曰："吾愿请⑥之，何如？"司马憙曰："臣窃见其佳丽，口不能无道⑦尔。即欲请之，是非臣所敢议，愿王无泄⑧也。"司马憙辞去，归报中山王曰："赵王非贤王也。不好道德，而好声色；不好仁义，而好勇力。臣闻其乃欲请所谓阴姬者。"中山王作色不悦。司马憙曰："赵强国也，其请之必矣。王如不与，即社稷危矣；与之，即为诸侯笑。"中山王曰："为将奈何？"司马憙曰："王立为后，以绝赵王之意。世无请后者。虽欲得请之，邻国不与也。"中山王遂立以为后，赵王亦无请言也。

《战国策》

【注释】

①阴姬：中山王的姬妾阴简。

②司马憙（xǐ）：中山国大臣。憙，一本作"喜"。

③赵王：即赵武灵王（约前340～前295），战国中后期赵国君

主。嬴姓，赵氏，名雍（先秦时期男子称氏不称姓，故当称为赵雍，不叫嬴雍），谥号武灵王。前325至前299年在位。赵武灵王十九年（前307），进行军事改革，推行"胡服骑射"政策。陆续攻灭中山国、林胡、楼烦，辟云中、雁门、代三郡，并修筑了"赵长城"。

④周流无所不通：周游各地，无所不至。

⑤其眉目、准頞（è）、权衡犀角偃月：她的眉目、准頞、权衡如犀角偃月。

⑥请（qíng）：取得。

⑦无道：不道，不说。

⑧泄：泄露。

## 【赏读】

去杭州之前，我听说苏杭二州出美女，到了四下里一看，所谓伊人却不知身在何方。所以司马憙说"臣闻赵，天下善为音，佳丽人之所出也。今者，臣来至境，入都邑，观人民谣俗、容貌颜色，殊无佳丽好美者"，我特别能理解。当然，传说和现实统一的地方也有，比如四川，明人李昌祺《剪灯馀话》称"蜀中山水奇胜，自昔以来多产佳丽，若昭君、文君、薛涛辈"，清人王培荀《听雨楼随笔》亦大赞四川"灵奇秀异之气钟于文人，闲毓美女：丽若文君，狡若武后，妖若玉环，才若花蕊，传播古今"。

《剪灯馀话》之"佳丽"和我们今天所说的一样，是个同义复合词，是个名词，是"美女"一词的不带调侃意味的书面表达。它在《战国策》里却是个形容词，形容的是"人"这个词，正如高诱所注："佳，大。丽，美。""佳丽人"就是大美之人、非常美丽的人。

此文中先用赵国"殊无佳丽好美者"作铺垫，然后循循善诱，力言阴姬不但貌美，而且相贵："以臣所行多矣，周流无所不通，未尝见人如中山阴姬者也，不知者特以为神，力言不能及也。其容貌颜色固已过绝人矣，若乃其眉目、准颊、权衡犀角偃月，彼乃帝王之后，非诸侯之姬也。""准"是鼻头；"颊"是鼻梁；"权"即今之"颧"字，指颊间骨；眉上曰衡，一说眉目之间曰衡。"其眉目、准颊、权衡犀角偃月"是说阴姬的鼻子与眉宇之间形如犀角、偃月之形。若要讲得细点，也许可参看相传为北宋人所撰《麻衣神相》："骨从天庭贯顶，名犀骨，位至公卿。"天庭指额的中央。又云："新月之初，其形出，五官俱成，言耳、眉、眼、口、鼻俱端正，主富贵到老。"总之，相法认为是极贵之相，所以紧接着下面就预测她将是"帝王之后"。

## 一笑倾国 吕不韦①

周宅酆、镐②,近戎③人,与诸侯约,为高葆祷于王路④,置鼓其上,远近相闻。即⑤戎寇至,传鼓相告,诸侯之兵皆至救天子。戎寇当⑥至,幽王⑦击鼓,诸侯之兵皆至,褒姒大说⑧而笑,喜之。幽王欲褒姒之笑也,因数击鼓,诸侯之兵数至而无寇。至于后戎寇真至,幽王击鼓,诸侯兵不至,幽王之身乃死于丽山⑨之下,为天下笑。此夫以无寇失真寇者也。贤者有小善以致大善,不肖者有小恶以致大恶。褒姒之败,乃令幽王好小说以致大灭。故形骸相离,三公九卿出走,此褒姒之所用⑩死而平王所以东徙也,秦襄、晋文之所以劳王而赐地也⑪。

《吕氏春秋》

【注释】

①吕不韦(前292~前235):战国末著名商人,政治家,思想家,后为秦国丞相,卫国濮阳(今河南濮阳西南)人。曾组织门客编写了号称"一字千金"的《吕氏春秋》,此书成为"杂家"的代表作品。

②周宅酆(fēng)、镐(hào):周建都于酆、镐。宅,居,此指建都。酆,古地名,在今陕西西安市长安区。镐,古地名,在今陕西西安西南。

③戎:犬戎,中国古代的一个民族,活动于今陕、甘一带。

④葆祷:同"堢堵",土台。王路:大路。

⑤即：若，如果。

⑥当：通"尝"，曾经。

⑦幽王（？～前771）：周幽王。姬姓，名宫湦（shēng），西周的末代天子，公元前781年至前771年在位。

⑧褒姒（生卒年不详）：周幽王的宠妃。褒，是国籍；姒，是姓氏。说：同"悦"。

⑨丽山：即今陕西西安市临潼区的骊山。

⑩所用：所以。

⑪秦襄：秦襄公，公元前777年至前766年在位。晋文：晋文侯，公元前780年至前746年在位。周幽王为犬戎所败，周平王东迁，襄公、文侯勤于王事有功，受到了赏赐。

## 【赏读】

西谚云："任何事故，追根问底，必定有个女人。"话并不错，不过要具体问题具体分析。一个男人在事业上有所成就，很大部分是因为家有贤妻，如朱元璋之有马皇后。至于沉湎女色者，如周幽王之宠褒姒，以致破家亡国，则罪过不全在褒姒，幽王须负更大的责任。大概由于佳人拥有绝色，难以再得，遂任其倾城倾国，昏君的动物性超胜、压抑了社会性，最终不杀身成祸又怎能收场？

褒姒的出场倒是颇为传奇。传说在夏朝衰微之际，有两条神龙降落在夏帝的朝廷里，说："我们是褒国的两个先王。"夏帝去占卜，杀掉它们，赶走它们，留下它们，都不吉利，说是要请得龙涎储存起来才吉利。于是陈列玉帛，并以简策告请神龙，龙才被请走，而留下了涎沫，夏帝用木柜将其收藏起来。夏灭亡后，这柜子传到了商，商亡后，又传到了周。历经三代，都不敢打开。到了周厉王末年，打开来看，那龙涎流到地上变成黑色的蝾螈，窜入了王的后宫。一个小侍女不小心碰到了它，到十五岁时就怀孕了。自己未婚先孕，只好生而弃之。正巧一对逃难的夫妇在路旁捡到了这个夜哭的女婴，并把她带往褒国。后来褒人犯法，便将出落得眉清目秀、唇红齿白的褒姒献给周王以赎罪。

周幽王三年（前779），幽王在后宫偶然遇见褒姒，一眼就迷恋上了她的花容月貌。从此，两人坐则叠股，立则并肩，饮则交杯，食则同器，如胶似漆，缠缠绵绵，无有绝期。幽王不但连日不上早朝，而且还黜了皇后，废了太子。初唐"四杰"之一的骆宾王在其名文《为徐敬业讨武曌檄》中曾引用这个故事，影射武则天。

故事至此还远未结束。原来褒姒是个冷面美人，幽王想逗她发笑，用了许多法子，她仍旧不笑。话说周人建都，毗邻戎人，便和诸侯约定，在大路上修建高高的烽火台，台上设置大鼓，如果戎兵来侵，就由近而远地击鼓以召援兵。有一次，戎兵寇边，各诸侯听到鼓声，都带着军队如约而至，不料褒姒看着这一切，竟开心地笑了。幽王受此启发，屡次击鼓戏诸侯，诸侯多次来但并没有敌患。后来戎兵真的来袭，幽王又击鼓，诸侯却不肯应召而至了。在《史记·周本纪》中，这个事件被表达为"举烽火戏诸侯"。

曾国藩说过："苍天可补河可塞，唯有好怀不易开。"这对于不爱笑的绝代佳人褒姒而言，一点儿也不夸张。于后宫群芳之中一见而爱上她的周幽王应该算不上古今昏君的第一名，但完全可能是全世界最浪漫的男人，为了让褒姒开怀解颐，不惜冒着亡国丧身的风险戏弄诸侯，最后被杀于骊山之下。褒姒呢，自然是随着周朝的金银珠宝被戎人掳走了……

## 文君姣好① 葛 洪

司马相如②初与卓文君还成都,居贫愁懑,以所著鹔鹴裘就市人阳昌贳酒③,与文君为欢。既而文君抱颈而泣,曰:"我平生富足,今乃以衣裘贳酒。"遂相与谋于成都卖酒。相如亲著犊鼻裈涤器以耻王孙④,王孙果以为病⑤,乃厚给⑥文君,文君遂为富人。文君姣好,眉色如望远山,脸际常若芙蓉,肌肤柔滑如脂⑦,十七而寡,为人放诞风流,故悦长卿之才而越礼焉。长卿素有消渴疾⑧,及还成都悦文君之色,遂以发痼疾,乃作《美人赋》⑨欲以自刺而终不能改,卒以此疾至死。文君为诔⑩,传于世。

《西京杂记》

【注释】

①文君姣好:文君长得漂亮。文君,即卓文君,西汉临邛(今四川邛崃)人,著名冶铁富商卓王孙之女,善鼓琴。姣,美丽。

②司马相如(约前179~前118):字长卿。少时,好读书、击剑,故其亲名之曰犬子。上学后,慕蔺相如之为人,更名相如。西汉辞赋家,兼擅弹琴。一说是蜀郡成都人,一说是蓬州(今四川蓬安)人。代表作有《子虚赋》《上林赋》《大人赋》等,屡被汉魏六朝文人模仿。

③以所著(zhuó)鹔鹴(sù shuāng)裘就市人阳昌贳(shì)酒:用身上所穿的鹔鹴裘向市民阳昌赊酒。著,穿。鹔鹴,水鸟,

长颈,绿身,其形似雁;一说是凤凰的别名。贳,赊欠。

④犊鼻裈(kūn):一说是短裤,一说是围裙,一说是抹布。耻:动词,意为羞辱。王孙:即卓王孙。

⑤病:耻辱。

⑥给(jǐ):给予,赐予。

⑦肌肤柔滑如脂:语本《诗经·卫风·硕人》:"肤如凝脂。"凝脂就是凝固的猪油。

⑧消渴疾:中医学病名,即今之糖尿病。

⑨《美人赋》:其文见《古文苑》卷三、《艺文类聚》卷十八、《初学记》卷十九。

⑩诔(lěi):悼文。《全汉文》卷五十七辑有卓文君《司马相如诔》,恐系后人伪托。

**【赏读】**

在古典文学的语境里,可与"蛾眉"媲美的另一个写眉的典故是"远山眉"。例如唐人白居易《井底引银瓶止淫奔也》"宛转双蛾远山色",杜牧《少年行》"笑别远山眉",徐铉《梦游三首》"南国佳人字玉儿,芙蓉双脸远山眉";后蜀顾敻《遐方怨》"嫩红双脸似花明,两条眉黛远山横";宋人刘斧《青琐高议》"眉若远山翠,脸若秋莲红",晏殊《诉衷情》"露莲双脸远山眉",晏几道《清平乐》"远山眉黛娇长"及《秋蕊香》"别恨远山眉小",李结《浣溪沙》"远山眉黛晚来浓",张孝祥《生查子》"远山眉黛横",晁端礼《菩萨蛮》"远山眉映横波脸",贺铸《玉楼春》"远山眉样认心期"。又作"眉山",例如宋人欧阳修《踏莎行》"无言敛皱眉山翠",陈师道《菩萨蛮》"眼波翻动眉山远",姜夔《高阳台》"依约眉山,黛痕低压"。

"远山眉""眉山"等即出自"眉色如望远山"云云,这句话可直译为：眉毛的颜色仿佛遥望中远山的颜色。在不同的季节之中，在不同的光线之下，远山的颜色可以有所差异，因为远山之色主要取决于其上的树木等植被。韦庄《谒金门》词云"远山眉黛绿"，这个绿可以深而浓，也可以浅而淡，如《赵飞燕外传》"为薄眉，号远山黛"。文君的眉色是如远山的浓绿，还是如远山的浅绿，已不得而知，但可以肯定《西京杂记》说的并不是她的眉形如远山，因为《玉京记》有载："卓文君眉色不加黛，如远山，人效之，号远山眉。"日本女作家紫式部《源氏物语》里也有一个妙喻——"眉是远远的烟"，说的也是眉色。

司马相如无疑就是史上最出名的糖尿病患者，或许还是最早下海经商的文人。他一直都有糖尿病，口渴喜饮就是显著的症状，贫困时，甚至不惜用自己穿的鹔鹴裘去赊酒喝。后来为了又能糊口又能畅饮，只好卖了马车，开了酒吧。而且最要命的是，他还在酒后"与文君为欢"。现代医学证明，大多数糖尿病人是可以适度饮酒的，也完全可以进行正常的性生活。不过，为了平稳血糖，酒后不宜做爱——酒精和性生活均会降低血糖，二者"强强联合"会让血糖降到非常低的危险状态，但色迷心窍的司马相如哪会知道这些。

古人说："多情者必好色。"今人说：虚荣心或纯洁的心灵使女人仰慕男人的成功或才华，本能又使她期待男人性欲的旺盛，一个好色的才子使她获得双重的满足，于是对她就有了双重的吸引力。司马相如显然就是这样多情而好色的才子，难怪卓文君一见之后就愿意跟他私奔。但也因为好色，最终搭上了自己的一条命：悦文君之色，遂以发痼疾，卒以此疾至死。千年以降，杜甫还写诗惋惜道："茂陵多病后，尚爱卓文君。酒肆人间世，琴台日暮云。野花留宝靥，蔓草见罗裙。归凤求皇意，寥寥不复闻。"

## 潘美左丑  刘义庆

潘岳妙有姿容、好神情①,少时挟弹②出洛阳道,妇人遇者莫不连手共萦③之。左太冲④绝丑,亦复效岳游遨,于是群妪齐共乱唾之,委顿⑤而返。

《世说新语》

【注释】

①潘岳妙有姿容、好神情:潘岳有妙姿容、好神情。潘岳(247~300),就是众所周知的潘安,字安仁,小字檀奴,祖籍荥阳中牟(今属河南)。但也有人认为,从他父亲一辈起,他家实际居住在巩县。自弱冠涉于知命之年,曾八度徙官:一次晋升官阶,两次被免,一次除名,一次不拜职,三次调任。在文学上,工于诗赋,与《文赋》作者陆机齐名,史称"潘陆"。明人张溥辑有《潘黄门集》,收入《汉魏六朝百三家集》中。

②挟弹:手臂里携夹着弹弓。

③萦:围绕。

④左太冲:即左思(约250~约305),字太冲,临淄(今山东淄博)人。西晋著名文学家,其《三都赋》颇被当时称颂,造成"洛阳纸贵"。晋武帝时,因妹左棻被选入宫,举家迁居洛阳,任秘书郎。晋惠帝时,依附权贵贾谧。永康元年(300),因贾谧被诛,遂退居宜春里,专心著述。后齐王司马冏召为记室督,不就。太安二年(303),因张方进攻洛阳而移居冀州,不久病逝。

⑤委顿:颓丧,情绪消沉。

**【赏读】**

潘岳和左思虽然都是西晋文学集团"二十四友"的重要成员，文学才华不相上下，但二人的外貌判若云泥。刘孝标注"潘岳妙有姿容"云云时曾援引《语林》说："安仁至美，每行，老妪以果掷之满车。"连老妇人都为之着迷，年轻"美眉"更可想而知，"连手共萦"恐怕已是最矜持的表达爱慕的方式了，这简直就是传说中的"老少通吃"嘛。而左太冲绝丑，他却毫不自卑，还要来个东施效颦，学潘岳那样招摇过市，结果"群妪齐共乱唾之"。一至美，一绝丑，一被掷果，一遭唾弃，要怪只能怪二人父母的基因相差太过悬殊。

在《水浒传》第二十四回中，王婆言简意赅地道出了古代女子的如意郎君的标准："要五件事俱全，方才行得。第一件，潘安的貌；第二件，驴儿的大行货；第三件，要似邓通有钱；第四件，小，就要绵里针忍耐；第五件，要闲工夫。此五件，唤做'潘、驴、邓、小、闲'。"换言之，要有貌、性能力（sexual capacity）强、有钱、能忍让、有闲。《红楼梦》中也有关于古代女子择婿的标准，如第六十五回中，尤三姐说道："但终身大事，一生至一死，非同儿戏。我如今改过守分，只要我拣一个素日可心如意的人，方跟他去。若凭你们拣择，虽是富比石崇，才过子建，貌比潘安的，我心里进不去，也白过了一世。""富比石崇，才过子建，貌比潘安"显然是当时俗世普遍的标准，为走心的尤三姐所不屑一顾。异性之间，睹貌而相悦，乃是人之本性与常情，所以"古代第一美男"潘安的貌总让女人们疯狂、向往和传说。

魏晋是"人的觉醒与文的自觉"的时代，自我觉醒和自我解放的不仅仅是男人，还有妇女。她们不但可以在户外抛头露面，而且敢于大胆表达自己对美与丑的真实态度，见美则"连手萦绕，投之以果",睹丑则"齐共乱唾之",绝不保守或矫情。况且由着自己的天性当一个快乐的"外貌控",本就是每个人与生俱来的天赋权利,不但无可非议,甚至是一种值得鼓励的行为——该行为是人类繁衍的必需,俗谚云"爱美之心,人皆有之","人不坏,没后代",如果人类不好色,就有绝种之虞。

## 阮醉邻家妇  刘义庆

阮公①邻家妇有美色,当垆酤②酒。阮与王安丰③常从妇饮酒,阮醉,便眠其妇侧。夫始殊④疑之,伺察⑤,终无他意。

《世说新语》

【注释】

①阮公:即阮籍(210~263),三国时魏国著名隐士、文学家。字嗣宗,陈留尉氏(今属河南)人。"建安七子"之一阮瑀的儿子,"竹林七贤"之一。曾任步兵校尉,世称阮步兵。他的诗作是"正始之音"的代表,其中以《咏怀》八十二首最为著名。今存散文九篇、赋六篇。张溥辑有《阮步兵集》,收入《汉魏六朝百三家集》)。

②酤(gū):卖。

③王安丰:即"竹林七贤"中年纪最小的王戎(234~305),字濬冲,小字阿戎,琅邪临沂(今山东临沂北)人。官至司徒,封安丰侯,人称王安丰。出自魏晋高门士族琅邪王氏,为幽州刺史王雄之孙、凉州刺史王浑之子,与太保王祥同宗。谥元侯。

④殊:很。

⑤伺(sì)察:观察,侦视。看下文"终无"可知,这里的伺察是多次进行的。

【赏读】

有人说:"魏晋时期用老庄思想糅合儒家经义而形成的玄学,经东晋与传入之佛教合流,成为当时的一股时代潮流。《世说新语》

全面、如实地记录了这个'哲学的年代'里富有历史特征的名士清谈，是对中国文化史上这个第三次大转折时期上流社会的真实写照，亦有很重要的史料价值。"看了诸如《阮醉邻家妇》的故事，我想改口说魏晋时期更是一个"美学的时代"。不论男女，已婚还是待字，都是林下风度的拥有者，大家都是那么纯净如溪、含蓄似海，乘兴而行，不辞千里之远，兴尽而醉，还喜一樽之同，不去刻意研究美学，却成美学的研究对象。

阮籍是个百分之百的酒迷，"步兵校尉缺，厨中有贮酒数百斛，阮籍乃求为步兵校尉"。他的隔壁就是一个酒吧，依此类推，恐怕也是他闻香而至，然后定居下来的。孟母择邻而居，阮步兵则是不折不扣的择酒而居，甚至于择酒而官。当垆酤酒的老板又是一个漂亮的妇人，让人想起曾经的卓文君。而且她不仅仅有美色，还有酒量，连"竹林七贤"中最放旷（用《世说新语》的话说就是"任诞"）的阮籍和最年轻的王戎都喜欢同她一起喝酒，而且一醉方休，不，应该是一醉不休，干脆就醉眠其侧。若有俗人不懂并讥笑这样的任诞和自由，阮籍定会满嘴酒气地甩出一句："礼岂为我辈设也？"这些细节无疑会引人遐想：那当垆的邻家妇有着如何醉人的风韵，她和隐士们的谈吐又该是怎样的妙趣横溢？

邻家妇的丈夫当然是俗人之一，不过他没有当面讥笑，而是先暗暗怀疑，后偷偷考察，并无大骂大闹之蠢举，如此已可谓宽容，这也许算是魏晋的世俗风度吧。

## 偷 香  刘义庆

韩寿①美姿容,贾充辟以为掾②。充每聚会,贾女于青琐③中看,见寿,说之,恒怀存想,发于吟咏。后婢往寿家,具述如此,并言女光丽④。寿闻之心动,遂请婢潜修音问⑤,及期往宿。寿蹻捷绝人⑥,逾墙而入,家中莫知。自是充觉女盛自拂拭⑦,说畅⑧有异于常。后会诸吏,闻寿有奇香之气,是外国所贡,一着人则历月不歇;充计武帝唯赐己及陈骞⑨,余家无此香,疑寿与女通,而垣墙重密,门閤急峻⑩,何由得尔?乃托言有盗,令人修墙。使反,曰:"其余无异,唯东北角如有人迹,而墙高,非人所逾。"充乃取女左右婢考问⑪,即以状对。充秘之,以女妻寿。

《世说新语》

【注释】

①韩寿(?~300):字德真,南阳堵阳人。《晋书》说他"美姿貌,善容止",是一个玉树临风的大帅哥。其"偷香"一事,是中国诗词里的著名典故。

②贾充辟以为掾(yuàn):贾充任命(韩寿)做府掾,贾充(217~282):字公闾,平阳襄陵(今山西临汾东南)人。曹魏豫州刺史贾逵之子,西晋开国元勋。掾,原是佐助的意思,后为副官佐或官署属员的通称。

③青琐:刻镂成格的窗户。

④光丽:光彩艳丽,华美。

⑤请婢潜修音问：请婢女代为致意，暗通款曲。潜，秘密地。

⑥跻（jiǎo）捷绝人：就是《魏书·尔朱兆传》中"跻捷过人"的意思。跻捷，矫健敏捷。

⑦自是：从此。盛（shèng）自拂拭：盛拂拭自，很爱打扮自己。盛，副词，表示程度深，相当于"很""非常"。

⑧说畅：悦畅，欢畅。

⑨计：估计，心想。陈骞（211～292）：字休渊，临淮东阳（今安徽天长）人。西晋开国功臣，官至大司马，封高平郡公。谥曰武。

⑩门阁（gē）急峻：门户严紧，意谓门卫很严格。阁，大门旁的小门。

⑪考问：拷问，审问。

## 【赏读】

《多丽·咏白菊》是李清照词中最长的一首，上片连举六个历史人物，从正反两方面跟白菊比较，从而烘托、赞美了该花的色、香、韵"清芬酝藉"，与众不同。她是这样形容的："也不似、贵妃醉脸，也不似、孙寿愁眉。韩令偷香，徐娘傅粉，莫将比拟未新奇。细看取，屈平陶令，风韵正相宜。"韩令即韩寿。

说韩寿"色艺双绝"，也正相宜。色，就是"美姿貌，善容止"，长相英俊超群；艺，就是武艺，身手敏捷绝人。若非两厢情愿，他就是一个屡屡得手的采花贼。每夜"逾墙而入，家中莫知"，这莫不就是传说中的轻功？与韩寿同时的张华（232～300）在其《博物志》中记载："人有山行堕深涧者，无出路，饥饿欲死。左右见龟蛇甚多，朝暮引颈向东方，人因伏地学之，遂不复饥，体殊轻便，能登岩岸。经数年后，试躯身举臂，遂超出涧上，即便还家，颜色悦怿，颇更黠慧胜故。还食谷，啖滋味，百余日中，复其本质。"看来，轻功不但可以习得，也能得而复失，至少晋代有人是这样认为的。同为晋人的韩寿会轻功，应该真实可信。

"后婢往寿家，具述如此，并言女光丽。寿闻之心动，遂请婢潜修音问"云云让人联想到心理学里的"恋爱补偿效应"，"请婢潜修音问"跟司马相如"令人厚赐文君侍者通殷勤"是同样的招数。所谓恋爱补偿，指的是人们容易喜欢上喜欢自己的人。那些在情场上不主动的人，一不小心就会在得知对方喜欢自己之后而开始对对方动情，这种情并非初始的、自发性的爱。相比之下，贾女因偷窥而生情倒是初始的、自发性的爱。因为她是直接看的人，然后悦之，而非"闻之心动"。难得的是，她还是个怀春的文艺女青年。《毛诗序》说："情动于中而行于言，言之不足，故嗟叹之；嗟叹之不足，故咏歌之；咏歌之不足，不知手之舞之足之蹈之也。"她则是见之不足，故思之；思之不足，故吟咏之。简言之，即"恒怀存想，发于吟咏"，可惜这些情诗没能流传下来，不然的话，古人对李清照词的评价（"能曲尽人意，轻巧尖新，姿态百出，闾巷荒淫之语肆意落笔，自古搢绅之家能文妇女未见如此无顾忌也"）也许就能先用到她身上了。

古人习惯在室内焚香以净化空气，甚至有专门的"香阁"，方便平日静坐其中，细品名香。而且还会用香熏衣、熏被、熏帐，拿熏衣来说，"以沸汤一大瓯置熏笼下，以所熏衣服覆之，令润气通彻，贵香入衣也。然后于汤炉中燃香饼子一枚……置香在上熏之，常令烟得所。熏讫，叠衣，隔宿衣之，数日不散"。韩寿在奇香之气弥漫的闺房内与身染奇香（或像潘金莲那样"暗暗将茉莉花蕊儿搅酥油、定粉，把身上都搽遍了，搽的白腻光滑，异香可爱"?）的贾女颠鸾倒凤，风流快活可想而知，但也因此走漏了风声，成就了千秋艳名。

## 绝色杨贵妃[①] 刘 斧[②]

贵妃色冠后宫,为天下第一,迄今传为绝代色。……发委地,光若傅漆[③],目长而媚,回顾射人。眉若远山翠,脸若秋莲红。肌丰而有余,体妖而婉淑。唇非膏而自丹[④],鬓非烟而自黑。真香娇态,非由梳掠。乃物比之仙姬,非人间之常体。笑言巧丽,动移上意。……一日,贵妃浴出,对镜匀面,裙腰褪,微露一乳,帝[⑤]以指扪弄曰:"吾有句,汝可对也。"乃指妃乳言曰:"软温新剥鸡头[⑥]肉。"妃未果对。禄山[⑦]从旁曰:"臣有对。"帝曰:"可举之。"禄山曰:"润滑初来塞上酥。"妃子笑曰:"信是胡奴,只识酥[⑧]!"帝亦大笑。

《青琐高议》

## 【注释】

①杨贵妃(719~756):道号太真,小字玉环。其故里有多种说法,主要有四川说、山西说、河南说、广西说。天宝四载(745),杨玉环被唐玄宗李隆基册封为贵妃。天宝十五载(756),随李隆基流亡蜀中,途经马嵬驿,禁军哗变,她被缢死。

②刘斧(生卒年不详):字号、故里均无考。他的先人做过狱官,他本人曾是秀才,足迹遍及太原、汴京、杭州各地。其早年时代当在北宋仁宗年间,后期生活至少当在哲宗时代,或更后一些。编著有《青琐高议》一书,所记述的内容十分庞杂,关涉社会生活的许多方面。其中影响较大、成就较高的是传奇一类作品,多描写

男女情爱、婚姻问题。

③发委地，光若傅（fū）漆：头发拖垂于地，像涂抹了漆一样又亮又黑。《新唐书·五行志》称"杨贵妃常以假髻为首饰而好服黄裙，近服妖也，时人为之语曰：'义髻抛河里，黄裙逐水流'"，不知这委地的长发是否有一部分为假髻。傅，通"敷"，涂、擦、抹。

④唇非膏而自丹：不用口脂点染，双唇自然红艳。膏：口脂，红色、紫色或肉色的凝冻状膏脂，相当于今之口红。

⑤帝：与上文的"上"同指唐玄宗李隆基。

⑥鸡头：即"芡实"，别名鸡头米、鸡头苞、鸡头莲、刺莲藕等，为睡莲科植物芡的干燥成熟种仁。剥开后有软肉裹子，壳内有白米，形状如鱼目。

⑦禄山：安禄山（703～757），唐朝叛将。本姓康，原名轧荦山，居营州柳城（今辽宁朝阳）。后母嫁突厥人安延偃，改姓安，更名禄山。通六蕃语，且骁勇善战。曾以各种手段博取唐玄宗及杨贵妃的欢心，逐日升迁，终至身兼平卢、范阳、河东三镇节度使，士众达十五万。

⑧信是胡奴，只识酥：果然是胡人，只认识酥油。胡奴，本是对胡人的贱称，此处昵称安禄山。酥，酪属，牛羊奶制成的酥油，有粉红、纯白两样。

## 【赏读】

古希腊著名历史学家希罗多德在其名著《历史》内记载了古埃及的白事："任何时候当家中死了一个有名的人物的时候，则家中所有的妇女便用泥土涂抹她们的面部或头部。随后，她们便和亲族中的一切妇女离开家中的尸体，到城中的各处巡行哀悼。她们的外衣束上带子，但胸部则要裸露出来。"如果说这种袒胸露乳的丧仪多少还与生殖崇拜沾边的话，那么古罗马上层社会流行的乳房的化妆术就已经上升到了审美的程度：施白粉于乳房，涂红脂于乳头，使其艳美招人；更有甚者，在乳头涂红时掺入蜜糖，以利于恋人和丈夫的亲吻。古希伯来《雅歌》里对乳房的赞美最是大胆直接："你的两乳好像百合花中吃草的一对小鹿，就是母鹿双生的。""你的身量好像棕树，你的两乳如同其上的果子，累累下垂。"诸如此类，如今仍堂而皇之地见载于西方宗教经典兼文化元典《旧约》之中。阿拉伯古诗人曾云："地上的天堂在圣贤的经书里，在马背上，在女人的胸脯上。"16世纪的越南人写的一首汉语诗也不遑多让："妹乳尖尖，似槟榔头，慨余一握，若痛余酬。"直到20世纪初，朝鲜半岛还存在着一种露乳女装。

而我们伟大的古中国呢？一开始也并非"下头缠小脚，上头缠奶子"，生怕泄露了春光、败坏了名节；而是很早就进行了科学维度的审视，例如马王堆汉简《合阴阳》称乳头为"醴津"，醴就是美酒，刚好暗合清代《吴医汇讲》"人乳为蟠桃酒"之说。正面而细腻的文学描写当数《青琐高议》所云——实际上是转录自北宋蜀人张俞的《骊山记》。对，这个张俞就是"昨日入城市，归来泪满巾。遍身罗绮者，不是养蚕人"这首名诗的作者。他曾组团旅游骊山，听当地一位白发老翁讲述了这个君臣用诗句对联赞美乳房的香艳传奇。在此之前，白居易《长恨歌》也提过这件事，不过很雅很含蓄："回头一笑百媚生，六宫粉黛无颜色。春寒赐浴华清池，温泉水滑洗凝脂。"据说这个老翁"好蓄古书文籍，博览古今"，应该是读过白诗的。你瞧："目长而媚，回顾射人"不就是"回头一笑百媚生"的散文变相吗？"润滑初来塞上酥"不就是"温泉水滑洗凝脂"的局部特写吗？除非真有其事，要不然，我们完全可以怀疑这个老翁就是这个故事的原创者。

更为传奇的是，拥有傲人美胸的杨贵妃竟在不期然中发明了一款中国式胸罩,就连蒙学书《幼学琼林》也毫不讳言:"贵妃之乳服诃子,为禄山之爪所伤。"说的是杨贵妃与安禄山私通,禄山抓伤了贵妃之乳,贵妃害怕皇帝看见,乃绣服掩之,名曰"诃子"。参照传世的唐人周昉《簪花仕女图》,诃子应为无带的胸衣,可能是连在裙子的上半部,拉过胸后在胸下扎带子固定的。

## 目送美姝<sup>①</sup>　陆　容<sup>②</sup>

王忠肃公翱<sup>③</sup>，素不喜谐谑<sup>④</sup>，间有之，亦若寓规警<sup>⑤</sup>者。然一日与大臣同行，彼大臣目送一美姝，复回顾之。忠肃云："此人甚有力！"大臣曰："先生何以知之？"应云："不然，公之头何以被他掣<sup>⑥</sup>转去？"

《菽园杂记》

【注释】

①姝：女子。

②陆容（1436～1497）：字文量，号式斋，南直隶苏州府太仓（今属江苏）人。性至孝，嗜书籍，与张泰、陆釴齐名，时号"娄东三凤"。诗才不及泰、釴，而博学过之。成化二年（1466）进士。迁浙江右参政，所至有绩。后以忤权贵罢归，卒。生平"好学，居官手不释卷，家藏数万卷，皆手自雠勘"，编次有《式斋藏书目录》。另著有《世摘录》《式斋集》《菽园杂记》等。

③王忠肃公翱：即王翱（1384～1467），字九皋，出生于今河北省孟村县王帽圈村。永乐十三年（1415）进士。景泰四年（1453）为吏部尚书，天顺间续任，为英宗所重，称先生而不呼其名。王翱一生历仕七朝，辅佐六帝，刚明廉直，卒谥"忠肃"。

④谐谑（xuè）：诙谐逗趣，开玩笑。

⑤规警：规劝警戒。

⑥掣（chè）：拽，牵引。

**【赏读】**

  打一条时尚繁华的街道经过，很多人都有这样的经历，一个"美眉"（吊诡的是，这个网络热词在古籍里形容的却是男人，如殷芸《小说》说老聃有"黄色美眉"，刘轲《大唐三藏大遍觉法师塔铭并序》称玄奘之父"长八尺，美眉"）与你相向而行，出于礼貌或腼腆，你不太敢直视或一直盯着她看，等到和你擦肩而过，你多半会忍不住扭过头去看上一眼，这不过几秒的视觉体验可以让你回味良久，甚至铭记一生。这就是熟语说的"回头率"，古曲唱的"只缘感君一回顾，使我思君朝与暮"，今歌唱的"只是因为在人群中多看了你一眼，再也没能忘掉你容颜"。电影《西西里的美丽传说》有一场特写，主角玛莲娜几乎赢得了百分之百的回头率，她显然也是个十足的美姝，一颦一笑一举手一投足都教男人心醉，叫女人羡慕嫉妒恨。

  当然，如果你的眼里早有一个她，成了你的西施，让你念念不忘，那么你就有可能不再为别人回头，正如唐人元稹《离思》所说："曾经沧海难为水，除却巫山不是云。取次花丛懒回顾，半缘修道半缘君。"这份痴情的先秦版本即《诗经》的"出其东门，有女如云；虽则如云，匪我思存"。

  然而男人毕竟是视觉动物，小说《情人》所谓"我认识你，永远记得你。那时候，你还很年轻，人人都说你很美，现在，我是特地来告诉你，对我来说，我觉得现在你比年轻的时候更美，那时你是年轻女人，与你那时的面貌相比，我更爱你现在备受摧残的面容"，恐怕只不过是女作家的自我宽慰吧。即便家有娇妻，久而久之，也难免会产生审美疲劳。奥斯丁曾说："美女显得最美丽的是第一次看到的时候，可是如果接连三天住在一起，谁也不想再看她了。"此言虽然绝对化了一些，但也有一定道理。而面对另外的美色转睛回眸,也是下意识的正常反应,就像东野圭吾说的:"目光被吸引和内心被吸引是完全截然不同的。"光是看看又何妨?王翱的同事恐怕就是如此,他不过是一个非常正常的视觉动物罢了。

不爱说笑话的人冷不防开了一个纯粹的玩笑,其效果就比笑话本身更能让人忍俊不禁。或许正因为此,这个故事常被后人转载,如明代冯梦龙所编《古今笑史》,清代雷琳、汪秀莹、莫剑光所辑《渔矶漫钞》,等等。

# 张丽华① 冯梦龙②

张贵妃名丽华,发长七尺,鬓黑如漆,其光可鉴。聪慧有神采,每瞻视盼睐③,光彩溢目,映照左右。后主于光照殿前起临春、结绮、望仙三阁,其窗牖栏槛皆以沉檀④为之,饰以金玉,间以珠翠,外施珠帘⑤,内有宝床宝帐。其服玩瑰丽,近古未有。其下积石为山,引水为池,杂植奇花异草。临春,自居;结绮,张贵妃居之;望仙,孔贵嫔居之。贵妃常于阁上靓妆临轩槛,宫中望之,飘飘若神仙焉。每饮酒,使诸妃嫔及女学士(宫人袁大有等为女学士)与狎客(江总、孔范等文士十余人侍宴,后庭谓之狎客)共赋诗,互相赠答。采其尤艳丽者被以新声⑥,选宫女千余人,习而歌之。其曲有《玉树后庭花》《临春乐》等,大略皆美妃嫔之容色。君臣酣饮,自夕达旦,以此为常。后主自制《后庭花曲》云:"丽宇芳林对高阁,新妆艳质本倾城。映户凝娇乍不进,出帷含态笑相迎。妖姬脸似花含露,玉树流光照后庭。"

《情史》

## 【注释】

①张丽华(560~589):南朝陈后主陈叔宝(553~604)的贵妃,扬州人。以美色见宠,又有敏锐才辩及过人的记忆力,生有二子一女。隋兵入陈,与后主自投入宫内景阳井中,为隋军搜出,被杀。

②冯梦龙（1574~1646）：字犹龙，又字子犹，号龙子犹、墨憨斋主人、顾曲散人、吴下词奴、姑苏词奴、前周柱史等。南直隶苏州府长洲县（今江苏苏州）人。明代文学家、戏曲家。最著名的作品为白话小说集《喻世明言》《警世通言》《醒世恒言》，合称"三言"。冯梦龙以其对小说、戏曲、民歌、笑话等通俗文学的搜集整理、编辑、创作，为中国文学做出了独异的贡献。

③盼睐（lài）：顾盼。

④沉檀：沉香木、檀木。二者均为香木。

⑤珠帘：彩色玻璃珠制成的帘子。

⑥被以新声：配以新作的乐曲。被，加。

**【赏读】**

张丽华之美，从名字到形体，一以贯之。丽华，就是丽花，一朵美丽的玉树后庭花，正所谓"妖姬脸似花含露，玉树流光照后庭"，妖乃妖艳之意。怎样个妖法？又如何流光？具体而微地描述，就是："发长七尺，鬓黑如漆，其光可鉴。聪慧有神采，每瞻视盼睐，光彩溢目，映照左右。"如此玉人又居住在"饰以金玉，间以珠翠，外施珠帘，内有宝床宝帐"的豪华宫殿之内，"其服玩瑰丽，近古未有"，穿的、用的、把玩的又都瑰丽无比。加之"靓妆"以"临轩槛"，远远看上去当然会"飘飘若神仙"啦。拿《红楼梦》的文字来总结："真是烈火烹油、鲜花着锦之盛。"这种至美的产生再次印证了戏剧表演所云"间离效果"（alienation effect）、艺术赏析所云"审美距离"。"阁"把她与地面隔离开来，望之者又远在其他"宫中"，高低、远近两重距离之外，她就俨然成了一尊高高在上的雕塑，美感、崇高神圣之感遂自然而生、油然而生。德国哲学家尼采《快乐的科学》一书曾一语道破玄机："女人最大的影响和魅力，用哲学家的话来说，就是一种不让接近的影响，保持距离的行为,一直是属于基本的与最重要的——距离。"

天生的美人坯子为什么还要刻意地穿着打扮、"靓妆"而出呢?借用明末清初著名戏曲家沈自晋《望湖亭记》的话说:"虽然如此,佛靠金装,人靠衣装,打扮也是很要紧的。"其实,西汉桓宽《盐铁论》早有言在先:"毛嫱,天下之姣人也,待香泽、脂粉而后容。"春秋时代与中国第一美女西施齐名的毛嫱,姣好甲天下,也要靠头油和脂粉的帮衬,才能出门见人。张丽华要在"诸妃嫔"之中拔得头筹,专荣而固宠,当然必须向此等前辈学习,况且爱美爱打扮本就是人性之常,美女也概莫能外,甚至会变本加厉。

《列子》曰:"列姑射山在海河洲中,山上有神人焉:吸风饮露,不食五谷。心如渊泉,形如处女。"《庄子》称:"藐姑射之山,有神人居焉,肌肤若冰雪,绰约若处子。"诸如此类,是将神仙比作美女。《战国策·楚策三》云:"彼郑、周之女粉白墨黑,立于衢间,非知而见之者,以为神。""粉白墨黑"就是《楚辞·大招》之"粉白黛黑",言美女"傅着脂粉,面白如玉,黛画眉,鬓黑而光净"。《战国策·中山策》又道:"未尝见人如中山阴姬者也,不知者特以为神。"诸如此类,则是将美女喻为神仙。"贵妃常于阁上靓妆临轩槛,宫中望之,飘飘若神仙焉"显然与《战国策》一脉相承,略有不同的是,《战国策》诸语尚且游离于夸张与暗喻之间,"飘飘若神仙"已经嬗变为明喻了。

## 李夫人① 冯梦龙

李夫人本以娼进②。初,夫人兄延年③善音,尝于上④前起舞,歌曰:"北方有佳人,绝世而独立。一顾倾人城,再顾倾人国。宁不知倾城与倾国,佳人难再得。"上叹息曰:"世岂有此人乎?"平阳主因言延年有女弟⑤,上召见之,妙丽,善舞,由是得幸。生一男,是为昌邑哀王。及病笃⑥,上自临候之。夫人蒙被谢曰:"妾久寝病⑦,形貌毁坏,不可以见帝。愿以王及兄弟为托。"上曰:"夫人病甚,殆将不起。一见我,属托王及兄弟,岂不快哉?"夫人曰:"女人貌不修饰,不见君父。妾不敢以燕婧⑧见帝。"上曰:"夫人第一见我,将加赐千金,而予兄弟尊官。"夫人曰:"尊官在帝,不在一见。"上复言欲必见之,夫人遂转向歔欷⑨而不复言。于是,上不悦而起。夫人姊妹让之曰:"贵人独不可一见上,属托兄弟耶?何为恨上如此?"夫人曰:"夫以色事人者,色衰而爱弛,爱弛则恩绝。上所以挛挛⑩我者,以平生容貌故。今见我毁坏,颜色非故,必畏恶吐弃⑪我,尚肯复追思闵录⑫其兄弟哉?所以不欲见帝者,乃欲以深托兄弟也。"

及夫人卒,上以后礼葬⑬焉。图其形于甘泉宫,诸兄弟皆益官⑭。帝思怀往者,李夫人不可复得。时始穿昆灵之池,泛翔禽之舟,帝自造歌曲,使女伶歌之。时日已西倾,凉风激水,女伶歌声甚遒⑮。因赋《落叶哀蝉之曲》曰:"罗袂⑯兮无声,玉墀⑰

兮尘生。虚房冷而寂寞,落叶依于重扃。望彼美之女兮,安得感余心之未宁!"帝闻唱动心,闷闷不自支[18]。特命龙膏之烛以照舟内,悲不自止。亲侍者觉帝容色愁怨,乃进洪梁之酒,酌以文螺之卮[19]。帝饮三爵,色悦心欢,乃诏女伶出侍。帝息于延凉室,卧梦李夫人授帝蘅芜之香。帝惊起,而香气犹著衣枕,历月不歇。帝弥思求,终不复见,涕泣洽[20]席,遂改延凉室为遗芳梦室。一说:钟山有香草,东方朔献帝,怀之即梦见李夫人,名"怀梦草"。帝思李夫人不辍,乃作灵梦台,岁时祀焉。

《情史》

## 【注释】

①李夫人(生卒年不详):倡家出身,中山(今河北定州)人。杰出的政治家、战略家、诗人汉武帝刘彻的宠姬,被封为夫人,生武帝第五子昌邑哀王刘髆(bó)。后被霍光追封为孝武皇后,迁葬茂陵。

②本以娼进:本来是以倡优的角色进身的。"娼"古同"倡"(chāng),古代从事音乐歌舞的艺人。

③延年:即李延年,生年不详,汉武帝后元二年(前87)去世。西汉音乐家、舞蹈家,代表作有《佳人曲》。曾因犯法而被处腐刑,其"性知音,善歌舞"。按《史记》的说法,他在李夫人得宠后才引起汉武帝的注意;按《汉书》的说法,在李夫人得宠前,他的歌声便颇受武帝喜爱。

④上:皇上,此指汉武帝(前156~前87)。

⑤平阳主:即"帝姊平阳公主",又称阳信公主。其名及生卒年均不详。汉景帝刘启之女,皇后王娡长女,汉武帝刘彻同胞长姊。

初嫁平阳侯曹寿（汉初丞相曹参的曾孙，又名曹时或曹畴）；曹寿去世后，改嫁汝阴侯夏侯颇；夏侯颇因罪自杀，又改嫁大司马大将军卫青。女弟：妹妹，合并之，即"娣"（dì）。

⑥病笃：病重，病势危重。

⑦寝病：卧病，因病卧床。

⑧燕媠（duò）：轻慢不严饰，形容仪容懒散不整。媠：同"惰"，懈怠，不整肃。

⑨歔欷（xū xī）：抽泣。

⑩挛挛：通"恋恋"，爱慕不舍。

⑪吐弃：唾弃。

⑫闵录：抚恤、录用。闵，同"悯"，怜恤。后世之"恤录"与此略近，意为：予以抚恤，并记其功。

⑬以后礼葬：以皇后的礼仪安葬。

⑭益官：加官。

⑮遒（qiú）：劲健有力。

⑯罗袂（mèi）：丝罗的衣袖，亦指华丽的衣着。

⑰玉墀（chí）：宫殿前的石阶。

⑱不自支：自不支，自己不能排遣。支，排遣。

⑲文螺之卮（zhī）：用文螺制的卮。文螺，有花纹的海螺。卮，一种盛酒的器皿。

⑳洽：沾湿，浸润。


## 【赏读】

诗圣杜甫有一首《佳人》诗，劈头就是经典："绝代有佳人，幽居在空谷。"本书之名即典出于此。而杜诗这两句又出自更久远的李延年的《佳人曲》："北方有佳人，绝世而独立。""绝世而独立"既有当世无双、卓然而立的意思，又含苏轼《前赤壁赋》"飘飘乎如遗世独立"之义。"幽居在空谷"只是"绝世而独立"的一种状态,"大隐于市朝"则是另类的"绝世而独立"。李夫人并没有"幽居在空谷",她却是绝代佳人。李延年也并没有"大隐于市朝",他却是将李夫人从俗世民间推上历史舞台的第一推手。

《佳人曲》像极了一部以广告为目的的"音乐电影"。音乐电影是一种由普通电影(特别是歌舞片和以音乐为主要背景的其他电影)和 music video(一种用动态画面配合歌曲演唱的艺术形式)糅合而成的新的艺术表现形式。一般以一个单线故事为轴,创作指定主题音乐和其他辅助音乐片段,按照电影拍摄的一般逻辑,并将音乐作为主要叙事工具,制作而成的 10 到 20 分钟的短片。李延年"每为新声变曲,闻者莫不感动",无疑是个不折不扣的走心抓人的艺术家,他在汉武帝面前起舞而歌《佳人曲》,就相当于演出了一部活色生香的音乐电影。而汉武帝又是很容易被带入戏的观众,不禁叹息道:"世岂有此人乎?"当今之世难道真有这样超伦轶群的美人儿?这是最精辟而直指心性的观后感。趁热好打铁,第二推手平阳公主适时地出现了,"因言延年有女弟"。于是乎,李夫人便烟视媚行,姗姗而来,走进了汉武帝的视线,走进了他的心,以及传承至今的厚重青史。

李夫人是被动用最多的汉语资源来赞颂的美女之一。先有李延年的《佳人曲》,刘彻的《落叶哀蝉曲》《李夫人歌》《李夫人赋》,后有"绝世佳人""倾国倾城""姗姗来迟"等成语,以及"怀梦草""玉搔头""磨子陵"等典故和传说,唐代的大诗人如白居易、李贺、李商隐均有《李夫人》诗,连"二十世纪英语文学界伟大的助产士"庞德的名篇《刘彻》(全文见后)亦因之而起。

"汉武帝思李夫人,因赋《落叶哀蝉之曲》。"有人却觉得是后世好事者伪托之作,即便果真如此,也并不妨碍庞德将其改做成美国诗史上的杰作,特别是最末一句,已被公认为"意象叠加法"的典范——

The rustling of the silk is discontinued,
Dust drifts over the court-yard,
There is no sound of foot-fall, and the leaves
Scurry into heaps and lie still,
And she the rejoicer of the heart is beneath them:
A wet leaf that clings to the threshold.

消散了绸裙的綷縩,
漫飞着宫院的尘埃,
足音不再,乱叶
旋落成堆,
我之所欢就睡在下面:
一片湿叶子粘于门槛。

## 刘采春[①]  冯梦龙

刘采春，浙中名妓也。尝作《罗唝曲》[②]云："不喜秦淮水，生憎江上船。载儿夫婿去，经岁又经年。""情同东园柳，枯来得几年。自无枝叶分，莫怨太阳偏。""莫作商人妇，金钗当卜钱。朝朝江上望，错认几人船。""那年离别日，只道在桐庐。桐庐人不见，今得广州书。""昨日胜今日，今年老去年。黄河清有日，白发黑无缘。"

元稹廉问[③]浙东时，别薛涛逾十载，方拟驰使往蜀取涛，适采春自淮甸来，篇韵虽不及涛，而容华绝胜。元赠诗云："新妆巧样画双蛾，慢裹常州绣额罗。正面偷情光滑笏，缓行踏月皱纹波。言词雅措风流足，举止低徊秀媚多。更有恼人肠断处，选词能唱《望夫歌》。"《望夫歌》即《罗唝曲》也。元因与狎，遂留。在浙江七年，因醉题东武亭诗，末云："因循归未得，不是恋鲈鱼[④]。"卢侍郎简求[⑤]戏曰："丞相虽不为鲈鱼，为好镜湖[⑥]春耳。"谓采春也。

《情史》

【注释】

①刘采春（生卒年不详）：中唐时期江南伶工周季崇之妻。一说是越州（今浙江绍兴）人，一说是淮甸（今江苏清江、淮安一带）人。她既擅长参军戏，又善唱歌。《全唐诗》录存其诗《啰唝

曲》共六首,《云溪友议》却说"采春所唱一百二十首皆当代才子所作"。

②《罗嗊曲》:即《啰嗊曲》。除了下列五首之外,还有一首为:"昨日北风寒,牵船浦里安。潮来打缆断,摇橹始知难。"

③廉问:察访查问。廉,通"觇"(lián)。

④鲈鱼:在中国古诗中,鱼往往又是欲或性的隐喻,详参《诗经里的那些动物·潜有多鱼》。此处指刘采春,因鲈与刘谐音。旧时年夜菜必备的"年年有余"就是一道清蒸鲈鱼,选用与"六"谐音的鲈鱼,隐喻"六六大顺"。

⑤卢侍郎简求:即"大历十才子"之一、著名诗人卢纶的儿子卢简求(788~864),字子臧,蒲州(今山西永济)人。兄简能、简辞、弘正(一作弘止)皆进士及第,卢简求也在唐穆宗长庆元年(821)考中进士。初任江西观察使王仲舒从事,后来元稹为越州刺史,兼御史大夫、浙东观察使,卢简求被辟为掌书记。掌书记全名"节度掌书记",掌管"朝觐、聘问、慰荐、祭祀、祈祝之文与号令升绌之事",系唐代外官之一,景龙元年(707)设置,秩为从八品,类似汉代至南北朝时期的记室参军。

⑥镜湖:位于今浙江省绍兴市西南,为中国古代伟大的水利工程之一。相传黄帝铸镜于此而得名,又称鉴湖、长湖、庆湖。东汉顺帝永和五年(140),会稽太守马臻将山阴和会稽两地来水汇集成湖,是为古镜湖,据传有"八百里"之阔。王羲之"山阴道山行,如在镜中游",李白"我欲因之梦吴越,一夜飞度镜湖月",杜甫"越女天下白,镜湖五月凉",均咏此湖。唐朝中叶之后,逐渐湮废。北宋大兴围垦,至南宋初,大部分已变成耕地。今唯有一段较宽的河道称为鉴湖,此外尚残留几个小湖。

【赏读】

张庚、郭汉城主编的《中国戏曲通史》第一编第二章《戏曲的形成》认为:"陆参军的主角曾经以啰唝曲唱过《望夫歌》,这种歌虽不是叙事的,却开辟了参军戏中唱曲子的先例。"这里指出的是以歌曲演参军戏在戏曲发展史上具有特殊的意义,所谓"陆参军的主角"即中国戏剧史上知名的人物、唐代女伶刘采春。参军戏本是一种调笑性的诙谐剧,演员都是男子。刘采春以一女子身份演参军戏,这在极度开放的大唐王朝已属罕见,更何况她还打破了参军戏一味以言词相戏弄的旧形式,而以歌唱加入表演,可见其有才之外还有胆,还有创新精神,真真是"艺高人胆大"。

和李夫人一样,刘采春也出身于一个优伶之家。任半塘教授在其戏剧理论代表作《唐戏弄》中称刘采春一家是"民间流动戏班之代表"。她的丈夫周季崇、丈夫的兄弟周季南、她的女儿周德华都是职业优伶,他们共同组成了一个家庭戏班,在唐代越州、扬州一带频繁演出,声名远播。

《望夫歌》是元稹对《啰唝曲》或《罗唝曲》的称呼,见于其诗《赠刘采春》。那为什么叫"罗唝"呢?唐僖宗年间的作家范摅在《云溪友议》一书中只是称:"金陵有罗唝楼,即陈后主所建。"难道言下之意,在罗唝楼上所唱之曲就是"罗唝曲"?读"莫作商人妇,金钗当卜钱。朝朝江上望,错认几人船"云云,倒是颇有点温庭筠《望江南》词的味道:"梳洗罢,独倚望江楼。过尽千帆皆不是,斜晖脉脉水悠悠,肠断白蘋洲。"明末清初著名思想家方以智在《通雅》一书中却说:"啰唝,犹'来罗'。"大概有盼远行人归来之意。观其辞,这个远行人当然就是"商人妇"倚楼所望之夫啰。

范摅还说:"采春一唱是曲,闺妇行人莫不涟泣。"这一点儿也不夸张,一点儿也不奇怪。江浙一带商业发达,商人们为了打"地域差"和"时间差",赚取更多的钱财,不得不外出奔波,致使自己的妻儿老小留守家中,孤枕难眠的妇女一旦听到自己的心声被人道破唱出，自然会心生戚戚焉。

谁说"曾经沧海难为水，除却巫山不是云"，官员如元稹之流，由于常年在各地游宦，也可能像某些行商那样，耐不住寂寞，经不起诱惑，便随时随地留情，初离时也会伤离别，离久遂不成悲，乃至相忘于江湖。元稹廉问浙东之际，告别他的旧情人薛涛已逾十载，正准备派人"往蜀取涛，乃有俳优周季南、季崇及妻刘采春自淮甸而来，善弄陆参军，歌声彻云，篇韵虽不及涛，容华莫之比也。元公似忘薛涛，而赠采春诗"。如此等等，仍是《云溪友议》的冷眼冷言，被《情史》删繁就简，仿佛是为了掩饰元氏的薄情跟移情。但下面披露"元因与狎，遂留"，又能直面冷峻而常态的现实，看来冯梦龙只是在狡弄省笔而已。

## 疗 饥 张岱

隋炀帝①每视绛仙②，顾内使③曰："古人谓秀色可餐，若绛仙者，可以疗饥矣！"

《夜航船》

【注释】

①隋炀帝：即杨广（569~618），一名英，华阴（今陕西华阴）人，生于隋京师长安，隋文帝杨坚次子，隋朝第二代皇帝，唐朝谥其为炀皇帝，夏王窦建德谥其为闵皇帝，其孙杨侗谥其为世祖明皇帝。他在位期间修建大运河，营建东都，迁都洛阳，开创科举制度，亲征吐谷浑，三征高丽。终因滥用民力，造成天下大乱，直接导致了隋朝的灭亡，最后在江都被部下缢杀。《全隋诗》录存其诗四十多首。

②绛仙：即吴绛仙（生卒年不详）：江都（今江苏扬州）人。吴绛仙原是殿脚女（为隋炀帝牵挽龙舟的女子），因柔丽而且擅画长蛾眉，受到炀帝青睐，被封为崆峒夫人。隋兵败后，随隋炀帝自杀。

③顾内使：回头看着内使。内使，传达皇帝诏令的内监。

【赏读】

隋炀帝杨广本身就是一个美男子，史书称其"美姿仪，少聪慧"。绝世美人张丽华就死在他的手里。美男子杀美人，除了政治原因而外，或许也有相轻的意味掺杂在其中吧。对于民间女子之美，他倒是也懂得"只可远观而不可亵玩",就像欣赏一件易碎的艺术品。名儒颜之推的孙子、唐初学者颜师古《大业拾遗记》载:"帝每倚帘视绛仙,移时不去。"于是,才有了那句情不自禁地赞叹:"古人谓秀色可餐,若绛仙者,可以疗饥矣!"颜氏的记录为:"古人言秀色若可餐,如绛仙,真可疗饥矣!"这句话里面有两个诗的典故,颇耐玩味。

先说"秀色若可餐"。"少有奇才,文章冠世"的西晋文学家、书法家陆机模仿汉乐府《陌上桑》作了一首《日出东南隅行》,其中有一句:"鲜肤一何润,秀色若可餐。"赞美的是洛水之滨春游的美女。后来这句"秀色若可餐"成了套语,在诗中屡见不鲜,比如:范仲淹的《明月谣》"明月在天西,初如玉钩微。一夕增一分,堂堂有余辉。不掩五星耀,不碍浮云飞。徘徊河汉间,秀色若可餐";韩元吉的《雪中从邢怀正乞酒》"缅怀邢公子,重城有家园。水石带林沼,幽亭厌云端。仙妆映疏梅,秀色若可餐";喻良能的《谢叶致政送芍药》"佳葩如美人,艳态妖且闲。叶园美无度,有花字雌丹。晨妆谢膏沐,秀色若可餐";曾几的《赠空上人》"时从禅那起,游戏于笔端。当其参寻时,恣意云水间。松风漱齿颊,萝月入肺肝。政使不学诗,已见诗一斑。况复用心苦,俗氛何由干。今晨出数篇,秀色若可餐"。或赞月,或赞花,或赞诗,用陆之字面而不用其意。

再论"疗饥"。《韩诗外传》卷二引《诗经·陈风·衡门》第一章云:"衡门之下,可以栖迟。泌之洋洋,可以乐饥。"泌,假借为鮅(bì),即"赤眼鳟",形似鳝鱼。"泌之洋洋,可以疗饥",是说鮅鱼很多,可以治疗饥饿,也就是充饥解馋。实际上,这里是以鱼多暗喻女多,用腹欲隐喻情欲,正如闻一多所指出的:"其实称男女大欲不遂为'朝饥',或简称'饥',是古代的成语。"《诗经》常将性的欲望称为饥,疗饥兼指满足性的饥渴,所以《衡门》接下来提到了"取妻":"岂其取妻,必齐之姜?"食鱼疗饥只是比兴,比喻并兴起诗的主旨——娶妻疗饥。

据颜师古的描述,杨广是这样邂逅绛仙的:"一日,帝将登凤舸,凭殿脚女吴绛仙肩,喜其柔丽,不与群辈齿,爱之甚,久不移步。……帝寝兴罢,擢为龙舟首楫,号曰崆峒夫人。"原来,事实不仅是"秀色若可餐",而且是"美鱼业已食",光看是看不饱的。《镜花缘》写"武后闪目细细观看,只见个个花能蕴藉,玉有精神,于那娉婷妩媚之中,无不带著一团书卷秀气,虽非国色天香,却是斌斌儒雅。古人云秀色可餐,观之真可忘饥",套的虽是炀帝的话,说的却是女人看女人,故用"忘饥"而非"疗饥"。

## 眉 眼 李渔[1]

眉之秀与不秀，亦复关系性情，当与眼目同视。然眉眼二物，其势往往相因。眼细者眉必长，眉粗者眼必巨，此大较也，然亦有不尽相合者。如长短粗细之间，未能一一尽善，则当取长恕短，要当视其可施人力与否。张京兆工于画眉[2]，则其夫人之双黛必非浓淡得宜、无可润泽者。短者可长，则妙在用增；粗者可细，则妙在用减。但有必不可少之一字，而人多忽视之者，其名曰"曲"。必有天然之曲，而后人力可施其巧。"眉若远山""眉如新月"，皆言曲之至也。即不能酷肖远山，尽如新月，亦须稍带月形，略存山意，或弯其上而不弯其下，或细其外而不细其中，皆可自施人力。最忌平空一抹，有如太白[3]经天；又忌两笔斜冲，俨然倒书八字。变远山为近瀑，反新月为长虹，虽有善画之张郎，亦将畏难而却走[4]。非选姿者居心太刻[5]，以其为温柔乡[6]择人，非为娘子军[7]择将也。

《闲情偶寄》

【注释】

①李渔（1611～1680）：初名仙侣，后改名渔，字谪凡，号笠翁，又号觉世稗官，祖籍浙江兰溪，生于江苏如皋。清初戏曲家。十八岁补博士弟子员，在明代中过秀才，入清后无意仕进，从事著述和组织、指导戏剧演出。后居于南京，把居所命名为"芥子园"，并开设书铺，编刻图籍，广交达官贵人、文坛名流。著有《笠翁十

种曲》《闲情偶寄》等。《闲情偶寄》内容较为驳杂，涉及戏曲理论的有《词曲部》《演习部》，被后人辑出编为《李笠翁曲话》，是我国最早的系统的戏曲论著。

②张京兆工于画眉：《汉书·赵尹韩张两王传》记载：汉代张敞，曾为京兆尹，人称张京兆，"又为妇画眉，长安中传张京兆眉怃"。怃，通"妩"，妩媚。

③太白：中国古人称金星为"太白"或"太白金星"，也称"启明"或"长庚"（清晨出现时称"启明"，傍晚出现时称"长庚"）。

④却走：退避，退走。

⑤刻：刻薄，苛刻。

⑥温柔乡：喻美色迷人之境。伶玄《赵飞燕外传》："是夜，进合德，帝大悦，以辅属体，无所不靡，谓为温柔乡。"

⑦娘子军：隋末李渊的女儿平阳公主统率的军队号称"娘子军"，后泛称由女子组成的队伍。

## 【赏读】

在现存高低等动物之中，只有人类才有眉毛。哺乳类大多只在类似于人类眉毛内侧处的地方长着几根或几十根毛，或一些白斑，其形状不能称为眉毛。太那加猴种里的福罗古公猴虽被唤作"白眉猴"，但其眉状毛的长度和周围的毛长一样，没有分界。那么，人体为何会长眉毛呢？原来人的额头上分布着许多汗腺，为了不使汗液流入并渍伤眼睛，则有了横卧的眉毛，这不能不说是"天授地设，不待人力而巧者"。

中国古代文人很早就开始关注、形容眉毛，尤其是美女的眉毛。《诗经·卫风·硕人》从下向上，从如荑的手一路写到如蛾的眉。历来注家都说是蛾的触须细长而弯，故诗句以之描摹眉毛。我觉得这可能是误解,蛾应该指其幼虫,即俗称之"毛毛虫"。日本平安时代(794~1192),贵族无论男女,都将眉毛拔净,在离眼睛远远的额上用墨画上粗粗的水平形眉毛——在中国谓之"连娟眉",语本司马相如《上林赋》"长眉连娟",或者画上细细的八字形眉毛。几乎与此同时,唐朝也在风行这样的眉妆,诚如温庭筠《南歌子》词所谓"连娟细扫眉",白居易《时世妆》诗所谓"双眉画作八字低"。敢于公然违背这一时俗的虫女姬君却说:人人都在额上画黛眉,真难看!这让她父母很担心:你搞什么怪样子哟!人们也都取笑她:你的眉毛——是在养虫吧!就连女官清少纳言(965~1025)也曾耳闻男友们对她的闲评:"眉毛茂生在额上。"天然茂密的眉毛确实很像两条毛毛虫,有的时代觉得美,有的时代觉得丑。虫女姬君和清少纳言的眉毛无疑就是天生的"蛾眉",在《诗经》时代也是美的表征之一。无独有偶,17 世纪的中国生活艺术家李渔也说:"最忌平空一抹,有如太白经天;又忌两笔斜冲,俨然倒书八字。"然则,李渔却又极为赞成人工修眉:"短者可长,则妙在用增;粗者可细,则妙在用减。"眉毛生得短,可以通过描画变长;眉毛生得粗,可以通过修剪变细。

《西京杂记》"眉色如望远山",说的是眉色。"眉若远山",说的则是眉形。梁武帝萧衍诗云:"氤氲兰麝体芳滑,容色玉耀眉如月。"唐代小说家张鷟诗云:"眼似星初转,眉如月欲消。"诸如此类,说的都是"眉如新月",说的也是眉形。李渔认为女性的眉毛最好是弯曲的,即使不能像远山或新月那样弯得恰到好处,总要稍稍接近才好——才便于人为进行修饰弥补。凭空一抹的连娟眉,两笔斜冲的八字眉,虽然都是人力之巧,但显然不符合"天然之曲"这个标准。当然,倘若要变"新月"为"长虹",曲还是曲的,却又太长太粗了。看来,李渔对另一半的要求真挺高的。

## 顾东山有女　袁　枚

顾东山有女,美而不嫁,好服坏色①衣,持念珠,作六时梵语②。其母哂③之,曰:"汝故是优婆夷④耶?"女微哂而已。行年三十,操修⑤益坚。父母知其志,为筑即是庵处之,因号即是庵主人。许太夫人题其庵云:"上界遭沦谪,人言萼绿华⑥。十年贞不字⑦,一室语无哗。遣兴惟吟絮,逢春欲避花。结庵殊可羡,萱草傍兰芽。"

《随园诗话》

【注释】

①坏色:指僧衣的颜色。《翻译名义集·沙门服相》:"律有三种坏色:青、黑、木兰。青谓铜青,黑谓杂泥,木兰即树皮也。"

②作六时梵语:六时作梵语,昼夜念经。佛教把一天分为昼三时和夜三时,合称为"昼夜六时"。

③哂(shěn):讥笑。下文之"哂"则是微笑之意。

④优婆夷:梵文称在家信佛的女子为优婆夷,意译近善女、善宿女、清信女等,俗称女居士。

⑤操修:操行修养。

⑥萼(è)绿华:道教女仙。南朝梁陶弘景《真诰·运象》:"萼绿华者,自云是南山人,不知是何山也。女子年可二十上下,青衣,颜色绝整,以升平三年十一月十日夜降羊权。自此往来,一月之中,辄六过来耳。云本姓杨,赠权诗一篇,并致为浣布手巾一枚、金玉条脱各一枚,条脱似指环而大,异常精好。神女语权:

'君慎勿泄我，泄我则彼此获罪o'.访问此人，云是九疑山中得道女罗郁也。"

⑦贞不字：借清人钮琇《觚賸续编·妙霓》的话说，就是"坚守不字之贞"。不字，不嫁人。

**【赏读】**

早在1914年，拖着一条长辫子的鸿儒辜鸿铭就已一针见血地指出："对中国人而言，佛寺道观以及佛教、道教的仪式，其消遣娱乐的作用要远远超过了道德说教的作用。"林语堂汉译Brands（1842~1927）《辜鸿铭论》引述此言为："中国人没有欧人所谓宗教，因为中国人，就是群众也不真正重视宗教。道观佛庙礼式仪节之用，是作生活之点缀小玩，并非性灵的启迪。"林氏自己说得更绝："中国人得意时信儒教，失意时信道教、佛教，而在教义与己相背时，中国人会说，'人定胜天'。中国人的信仰危机在于：经常改变信仰。""新儒家"开山祖师熊十力亦云："唯中国人一向无宗教思想，纵云下等社会不能说为绝无，要可谓其宗教观念极薄弱，此为显著之事实。"对于顾女的信佛，母亲开始嘲笑（就是一种不理解的表现），后来默许，以至于支持，这些很能说明中国人在宗教信仰上的依违两可。许太夫人将她比作上界仙女被贬下凡，揄扬之情可谓山高水长、溢于言表，却不分青红皂白，拿道家之仙譬喻佛教之徒，这又可旁证中国人是不真正重视宗教之别的。一直以来，中国就是一个三教同流，甚至多教合一的社会，我们口头的惯用语里面均遗留有各教的语词，只是多数人经常使用而不知罢了。有时候，多就等于零。众所周知，一年四季当中，天南地北的老百姓总能按时烧香，一会儿拜观音，一会儿朝道观，一会儿进教堂，现在各地文庙纷纷重建复兴，于是大家又多了一个许愿的好去处。

"不能说为绝无"，相比之下，顾女的坚守真是难能可贵。"服坏色衣,持念珠,作六时梵语","行年三十,操修益坚",对于质疑,只是淡淡地付之一笑。所谓与佛有缘、佛度有缘人,大概不过如此而已。

"遣兴惟吟絮",是赞她有谢道韫那样的咏絮之才,换言之,就是会作诗,以此排遣情愫。为什么要"逢春欲避花"呢?或许因为"感时花溅泪",避开它心情就会平静不少吧。毕竟她只是在家修行,又兼年轻,所谓"春女思",难保没有多愁善感之时。

"结庵殊可羡,萱草傍兰芽"两句卒章显志、曲终奏雅,同赞母女能够彼此尊重,相互依存,令人艳羡。能不催嫁逼婚、强媒硬配,这样的母亲难道不值得褒扬吗?早在康乃馨成为母爱的象征之前,中国也有一种母亲花,就是萱草花。王冕《偶书》诗云:"今朝风日好,堂前萱草花。持杯为母寿,所喜无喧哗。"旧称母亲居室为"萱堂",称母亲的生日为"萱辰",甚至直接雅称母亲为"萱亲"。兰芽,兰的嫩芽,常比喻子弟挺秀。元好问《德华小女五岁能诵余诗数首以此诗为赠》曰:"好个通家女兄弟,海棠红点紫兰芽。"许太夫人以萱草借指母亲,以兰芽代称女儿,正是历来的语言传统,再恰切没有了。

## 三生无缘　袁　枚

　　西泠①诗会，有女弟子某，国色也。香岩②必欲见之，着家奴衣，随余轿步往。值③其病，废然而返④。后信来，招我谈诗，香岩喜，仍易服跟轿，冒大雨走五里许，值其家座上有识香岩者，香岩望见大惊奔还，衣服尽湿，身陷坎窞⑤。乃赋诗自嘲云："听说凌波有洛神⑥，思量觌面唤真真⑦。谁知两次成虚往，始信三生少夙因。红粉得知应笑我，青衣⑧着尽不如人。襄王那有阳台梦，空惹巫山雨一身⑨。"

《随园诗话补遗》

【注释】

　　①西泠（líng）：桥名，为杭州西湖孤山下的名胜。

　　②香岩（生卒年不详）：张香岩，名培，金陵秀才。袁枚评价他："年甫弱冠，而诗笔甚清。……其人玉貌珊珊，殆亦风情不薄者耶。"

　　③值：遇到，逢着。

　　④废然而返：语出《庄子·德充符》。废然，沮丧失望的样子。

　　⑤坎窞（dàn）：语出《周易·坎》，意为坑洞。

　　⑥凌波有洛神：传说伏羲氏的女儿宓妃淹死于洛水，变为洛神。曹植《洛神赋》形容她："体迅飞凫……陵波微步。"陵，通"凌"，乘。

　　⑦觌（dí）面唤真真：觌面，见面或当面。唤真真，典出唐人杜荀鹤《松窗杂记》："唐进士赵颜于画工处得一软障，图一妇人甚

丽,颜谓画工曰:'世无其人也,如可令生,余愿纳为妻。'画工曰:'余神画也,此亦有名,曰真真,呼其名百日,昼夜不歇,即必应之,应则以百家彩灰酒灌之,必活。'颜如其言,遂呼之百日……果活,步下言笑如常。"

⑧青衣:即"家奴衣",为汉代以后身份卑贱者所穿。

⑨襄王那有阳台梦,空惹巫山雨一身:自己并未做成楚襄王那样的阳台美梦,却白白淋了一身巫山之雨。典出宋玉《高唐赋》《神女赋》。《神女赋》是中国文学史上的第一篇神女赋、第一篇美女赋,影响深远,《洛神赋》受其影响最为明显。

## 【赏读】

此则诗话本无题目,"三生无缘"是编者根据"三生少凤因"之句提炼出来的。"三生"原为佛教语词,又叫"三世"或"三际",是过去世、现在世、未来世的总称。佛教并不视时间为实在,只是就恒常变化的存在的变迁过程而假立过去、现在与未来的时间阶段而已,所以在《华严金师子章》里,曾被武则天赐号"贤首大师"的法藏写道:"刹那之间分为三际,谓过去、现在、未来。此三际各有过去、现在、未来。"或短暂或漫长的一段时间都可分为过去、现在、未来等三世,每一世又可分为过去、现在、未来,如"过去世"之中自有过去、现在、未来这三个时间阶段。诗中"三生"对"两次"而言,也是用的"三生"的佛教原义,并非俗说的前生、今生、来生或上辈子、这辈子、下辈子的总称。

"因"也是佛教用语,相对于"缘"或"果"来讲,因是能产生结果的主要的因素。换言之,因是主要的因素,能发出殊胜的力量;缘则是次要的因素,只产生辅佐的力量。通常说"因缘"或"缘因",乃将其视为同义复合词,但因是内在的、直接的,缘则是外在的、间接的,故有所谓内因外缘、亲因疏缘的说法。例如稻,它的种子是因,地、水、阳光等则是缘。

香岩有两次机会见到那位国色天姿的女弟子,这就是"缘"。但最终都成了"虚往",竹篮打水一场空,香岩自己总结为"少凤因",其实得分开来分析。第一次很不巧,女弟子突然生了病;第二次则是香岩死要面子活受罪,为了怕被熟人认出,不惜功亏一篑,让人不得不怀疑他"思量觌面唤真真"的诚意。对香岩而言,第一次是外缘不巧,第二次是内因不足。所谓因缘巧合,才能成就某种情事。"少凤因"用现在的话笼统地说就是"有缘无分",实即因与缘不能巧合,要么内因够了、外缘不巧,要么外缘到了、内因不足。这两种遗憾的情况都被香岩碰上了,他不悲摧谁悲摧?!

袁枚讲这个故事主要是为了引出文末的那首诗,却在有意与无意之间衬托出了那个女弟子的美貌,香岩先是"必欲见之",然后"废然而返",再次是"喜",层层铺垫,女弟子则始终不露真容,直教人浮想联翩:这女人到底是怎样的"国色"?究竟如凌波的洛神、画里的真真,抑或像高唐的神女?

这种衬托的修辞手法,早在《诗经》里面就已运用得炉火纯青了。如《小雅·出车》,没有一字涉及奏凯而归的战士心情,却是通过他对妻子的想象来表现。他想象他的妻在采蘩,春日迟迟,草木萋萋,黄莺叫得欢。写春日、草木、鸟鸣来衬出采蘩妇人内心的喜悦,写她的喜悦是由于她丈夫的胜利归来。用战士妻子的行动和心情来衬出战士凯旋的心情,写战士想象他妻子的喜悦来衬出战士的喜悦,这就是衬托。王夫之《姜斋诗话》已有见于此,袁枚无疑也是深谙其道。

# 西 施① 贾 茗

《吴越春秋》：越王谓大夫种②曰："孤闻吴王③淫而好色，惑乱沉湎，不领政事，因此而谋，可乎？"种曰："可破。夫吴王淫而好色，宰嚭佞以曳心④，往献美女，其必受之。惟王选择美女二人而进之。"越王曰："善。"乃使相者国中⑤，得苎萝山鬻薪⑥之女，曰西施、郑旦，饰以罗縠⑦，教以容步，习于土城，临于都巷，三年学服⑧，而献于吴。乃使相国范蠡⑨进，曰："越王勾践窃有二遗女，楚国洿下⑩困迫，不敢稽留，谨使臣蠡献之大王，不以鄙陋寝⑪容，愿纳以供箕帚之用⑫。"吴王大悦，曰："越贡二女，乃勾践尽忠于吴之证也。"子胥⑬谏曰："不可。王勿受也。臣闻五色令人目盲，五音令人耳聋；昔桀易汤而灭，纣易文王而亡。大王受之，后必有殃。臣闻越王朝书不倦，晦诵竟夜⑭，且聚敢死之士数万，是人不死，必得其愿。越王服诚行仁，听谏进贤，是人不死，必成其名。越王夏被毛裘、冬御缔绤⑮，是人不死，必为对隙⑯。臣闻：贤士，国之宝；美女，国之咎。夏亡以妹喜⑰，殷亡以妲己⑱，周亡以褒姒。"吴王不听，遂受其女，国卒亡。

按《吴地记》：嘉兴县南一百里，有语儿亭。勾践令范蠡取西施以献夫差，西施于路与范蠡潜通，三年始达吴，遂生一子。至此亭，其子一岁能语，因名语儿亭。《越绝书》曰：西施亡吴后，复归范蠡，同泛五湖而去。

按《琅环记·采兰杂志》：西施举体有异香。每沐浴竟，宫人争取其水，积之罂瓮[19]，用松枝洒于帷幄，满室俱香。罂瓮中积久，下有浊渣，凝结如膏，宫人取以晒干，香逾于水，谓之沈水，制锦囊盛之，佩于宝袜。交趾密香树水沈[20]者曰沈水，亦因此借名。

《女聊斋志异》

## 【注释】

①西施：又称西子，春秋时期越国人。吴王夫差的宠妃。其名及事迹较早见载于《管子》《庄子》《韩非子》《吴越春秋》等书，细节真伪难定。一说：她姓施，名夷光，以家住浙江诸暨苎萝村西而得名。

②越王：指勾践（？～前465），姓姒，名勾践，又名菼（tǎn）执。春秋末越国国君，前497至前465年在位。曾败于吴，后用计乞和，卧薪尝胆，发愤图强，终成强国。前473年，一举灭吴。大夫种：即文种（？～前472），也作文仲，字少禽，一作子禽，楚国人。越王勾践的谋臣，春秋时著名谋略家。

③吴王：指夫差（？～前473），姬姓，阖闾之子。春秋时期吴国末代国君，前495至前473年在位。前494年，在夫椒（位于今江苏苏州）大败越兵，攻破越都（今浙江绍兴）。此后，又在艾陵（今山东莱芜东北）打败齐国。前482年，在黄池（今河南封丘南）大会诸侯，与晋争霸，适逢晋室内乱，夫差夺得霸主地位。

④宰嚭（pǐ）佞（nìng）以曳心：宰嚭巧言谄媚拖住了（夫差的）心。宰嚭，太宰嚭之省称，即伯嚭，春秋时楚国左尹伯州犁之孙。楚平王诛伯州犁，伯嚭出奔到吴，受任为大夫。夫差即位，擢为太宰，故称太宰嚭。

⑤乃使相者国中：当据《太平御览》引《吴越春秋》文补一字作"乃使相者索国中"，大意是：派专门看相的人在国内搜索、挑选。

⑥鬻（yù）薪：卖柴。

⑦罗縠（hú）：似罗而疏、似纱而密的一种丝织品。

⑧学服：学得，学成。

⑨范蠡（lǐ）（生卒年不详）：字少伯，春秋时期楚国宛（今河南南阳）人。曾自号陶朱公，后人尊称为"商圣"，乃中国儒商之鼻祖。春秋末著名的政治家、实业家。先仕越为大夫，擢上将军。后离越适齐，治产获千万，受任为齐相。著有《计然篇》《养鱼经》等。

⑩洿（wū）下：（地势）低洼。

⑪寢：面貌难看。

⑫愿纳以供箕帚之用：是《战国策》"请以秦女为大王箕帚之妾"之类的婉辞。箕帚，畚箕、扫帚，"此妇人所执以事夫也"，所以可借指妻妾。

⑬子胥：即伍子胥（？～前484）：名员，字子胥，楚国人。春秋末期著名军事家。父伍奢为楚太子太傅，因受谗，被楚平王杀害。伍子胥逃到吴国，成为吴王阖闾重臣。公元前506年，伍子胥带兵攻入楚都，掘楚平王墓，鞭尸三百，以报父仇。受封于申地，故又称申胥。吴王夫差时，受任为大夫。

⑭晦诵竟夜：夜读通宵。晦：就是夜的意思。

⑮夏被毛裘、冬御绨绤（chī xì）："卧薪尝胆"的近义表达。夏冬的衣服颠倒来穿，是"苦其心志，劳其筋骨"、自我警醒的意思。绨绤，葛布衣服。

⑯对隙：对手，仇敌。隙，感情上的裂痕。

⑰妹（mò）喜：又作末喜、末嬉，夏朝末代君主履癸（夏桀）

的宠妃。

⑱妲（dá）己：商朝末代君主纣王（帝辛）的宠妃。《竹书纪年》："（帝辛）九年，王师伐有苏，获妲己以归。"

⑲罂（yīng）瓮（wèng）：古代的两种陶质容器。

⑳交趾：古代地名，位于今越南境内。蜜香树：《南方草木状》："交趾有蜜香树，干似柜柳，其花白而繁，其叶如橘……木心与节坚黑，沉水者为沉香，与水面平者为鸡骨香。"水沈（chén）："沈水"的倒装，沉入水中。沈，同"沉"。

**【赏读】**

周穆王二十四年（前953）正月，成周（西周王朝的东都）。一天拂晓，穆王告诉三公及左史戎夫："今夕我醒来，是已往的史事惊吓了我。"也许是梦见了什么。于是就要求辑录历史上重要又可鉴戒的事，命左史戎夫编写，每月朔日、望日讲给自己听。这些事就汇总于《逸周书·史记》一篇。文章归纳了前朝诸国败亡的种种原因，其中有这么一条，很是醒目："美女破国。昔者绩阳强力四征，重丘遗之美女，绩阳之君悦之，荧惑不治，大臣争权，远近不相听，国分为二。"大意是说：美女会破败国家。从前绩阳国凭强力四处征伐，重丘国送来美女，结果绩阳国君惑溺其中而不治理国家，导致大臣们争权夺势，远近都不再顺从，绩阳分裂成了两个国家。这个教训，周穆王倒是听进去了，可一百多年后，周幽王却在这上面栽了跟头，"美女破国"好似预言一般地应验了！这个美女就是褒姒。针对此事，《诗经》给了句类似的评价——"哲妇倾城"。后来，伍子胥所作的定性就更加耸人听闻："美女，国之咎。夏亡以妺喜，殷亡以妲己，周亡以褒姒。"有时我会思考：会不会存在这样一种可能，矫枉必须过正，聪明而用心良苦的臣子故意拿"美女破国""哲妇倾城""美女，国之咎"之类的偏激论调来吓唬并讽谏自己的君王,希望浸泡在美色中致使智商下滑的他们能够及时悬崖勒马?当然改说"若论破国亡家者,尽是贪花恋色人",更公允、直接一些,但说者恐性命不保。

妹喜、妲己、褒姒只是分别迷倒了一人而已,西施却是个万人迷,"情人眼里出西施"这句谚语就是最直接的证明。斗转星移,卖柴女郎,情色间谍,富豪情人,诸如此类的身份和光环都渐渐隐退,"西施"成了"美女"的同义词,就像一提到美男,大众会第一时间想到潘安,一提到诗人,会第一时间想到李白一样。

西施的颠倒众生,除了口碑,还有实例,观《采兰杂志》的生花妙笔可见一斑。西施全身散发着天然的体香,不叫"香妃",胜似香妃。每次洗完澡,宫人们都会争抢那洗澡水,存在坛子里。使用时,拿松枝蘸了掸洒在帷幄窗帘之上,微风拂过,满室俱香,比人造的空气清新剂更好更环保。那水如果在坛子里装久了,就会产生沉淀,并凝结成一种膏状物。宫人们将其提取出来晒干,比洗澡水还要香,美其名曰"沉水",以锦囊盛之,佩戴在袜子上驱臭。我的天,这哪是女人啊,简直就是抹香鲸嘛!抹香鲸把乌贼一口吞下,消化不了它的鹦嘴,这时候,抹香鲸的大肠末端或直肠始端由于受到刺激,引起病变,而产生一种灰色或微黑色的分泌物,逐渐在小肠里形成黏稠的深色物质,呈块状,人称"龙涎香"。刚取出时,臭味难闻,存放一段时间后,逐渐发香,胜过麝香。西施则有过之而无不及,从头香到尾!

## 昭君①出塞　贾　茗

《后汉书·匈奴列传》：初，元帝②时，以良家子选入掖庭。时呼韩邪③来朝，帝敕以宫女五人赐之。昭君之宫数岁，不得见御，积悲怨，乃请掖庭令求行。呼韩邪临辞大会，帝召五女以示之。昭君丰容靓饰，光明汉宫，顾景裴回④，竦动⑤左右。帝见大惊，意欲留之，而难于失信，遂与匈奴。生二子。及呼韩邪死，其前阏氏⑥子代立，欲妻之。昭君上书求归，成帝敕令从胡俗，遂复为后单于阏氏焉。

按《西京杂记》：元帝后宫⑦既多，不得长⑧见，乃使画工图形⑨，按图召幸。诸宫人皆赂画工，多者十万，少者亦不减五万。独王嫱不肯，遂不得见。匈奴入朝，求美人为阏氏，于是上按图以昭君行。及去召见，貌为后宫第一，善应对，举止闲雅。帝悔之，而名籍⑩已定。帝重信于外国，故不复更人。乃重案⑪其事，画工皆弃市⑫，籍其家资皆巨万⑬。

按《妆楼记》：明妃，秭归人。临水而居，恒于溪中盥⑭手，溪水尽香，今名香溪。

按邹之临《女侠传》：昭君，字嫱，南郡人也。初元帝时，以良家子选入掖庭。会匈奴单于朝求美人为阏氏，帝敕以宫女赐之。昭君入宫数岁，未得见御，积悲怨，乃请掖庭令求行。单于临辞大会，帝召女以示之。昭君丰容靓色，光明汉宫，顾影徘徊，竦动左右。帝见大惊，意欲留之，而重难更改，遂与匈奴。

昭君戎服乘马，提一琵琶出塞而去。

《女聊斋志异》

## 【注释】

①昭君：即王昭君（生卒年不详），名嫱（qiáng），字昭君（晋朝人为避司马昭之讳，改称"明君"或"明妃"），西汉南郡秭归（今属湖北）人。汉元帝时，被选为宫女。前33年，呼韩邪单于到长安求亲和好，元帝命昭君出嫁匈奴。呼韩邪单于封其为宁胡阏氏。

②元帝：即汉元帝刘奭（shì）（前75~前33），前49~前33年在位，西汉第八位皇帝。爱好儒术，为人优柔寡断，宠任宦官，赋役繁重，西汉由此渐衰。

③呼韩邪（？~前31）：西汉后期匈奴单于。前58~前31年在位。名稽侯珊，虚闾权渠单于之子。他是第一个到中原来朝见的匈奴单于，因迎娶王昭君而广为人知。

④顾景裴（péi）回：就是"顾影徘徊"，犹言一步一回头。景，同"影"，影子。裴回，徘徊不进、徐行留恋的样子。

⑤竦（sǒng）动：惊动，震动。

⑥阏氏（yān zhī）：匈奴君主的正妻。一说：匈奴单于与诸王的妻或妾皆可称阏氏。

⑦后宫：指妃嫔、姬妾、宫女等。

⑧长：《西京杂记》原文作"常"。"长"与下文之"恒"，都是经常的意思。

⑨图形：画像。

⑩名籍：名册。亦称"名簿"。

⑪重案：郑重查办。《西京杂记》原文作"穷案"。案，查办。

⑫弃市：在闹市区处决犯人，然后陈尸示众。《礼记·王制》："刑人于市，与众弃之。"

⑬籍：查抄财产，予以没收。巨万：犹言"万万"，形容数量极大。

⑭盥（guàn）：浇水洗手。

【赏读】

　　王昭君单名一个嫱字，与中国最早的著名美女毛嫱同名，不知道是巧合，还是司马相如对于蔺相如的那种故意沿袭？毛嫱与西施，常被相提并论，比如《管子·小称》："毛嫱、西施，天下之美人也。"又可并列简称为"嫱施"，例如苏门四学士之一的张耒为好友贺铸的《东山词》作序云："盛丽如游金张之堂，而妖冶如揽嫱施之祛，幽洁如屈宋，悲壮如苏李。"王嫱与西施呢，除了美，还有一个非常接近的特点，那就是香。西施举体有异香，沐浴之水都是香的；王嫱一直在溪中洗手，溪水尽香。若非"性的过誉"（sexual overestimation）抑或嗅错觉，似乎大美女都有体香：赵合德就因为"体自香"，更受汉成帝的垂注和宠爱；清代野史所盛称的香妃，就更不用说，可谓将体香的名气跟魅力均发挥到了极致。

　　同名者可以同美，同姓则未必。毛嫱之美，美在想象，无法"按图"目验；毛延寿之丑，丑在以权谋私，贪受贿赂，没有职业道德。仗着一手写真传神的绝技，将王昭君刻画成无盐（《列女传》："钟离春者，齐无盐邑之女，齐宣王之正后也。其为人也，极丑无双，白头深目，长壮大节，卬鼻结喉，肥项少发，折腰出匈，皮肤若漆"），致使"貌为后宫第一"的大美人下嫁塞外、"远嫁胡庭"。自己也因此没能延寿而短命，岂非现世果报？可以推想，为了钱，毛延寿之流应该也会把无盐粉饰成王昭君，只不过并无严重后果，或者后果并没有严重到弃市罢了。元帝的又惊又悔、意欲挽留,让我忆起《警世通言》中杜十娘怒沉百宝箱之时,李甲李公子那"又羞又苦,且悔且泣"、意欲谢罪的样子。汉元帝表面上没哭,但心在泣血,不然又怎会连坐一批宫廷画师呢?阅美女无数的九五之尊也会大惊而悔,以至于杀人弃市,这一切的一切都从旁烘托了王嫱之美有胜于毛嫱者:不但可以竦动左右(官员、闲杂人等),简直能够震烁古今。

能够震古烁今的还有那回肠荡气、堪比《胡笳十八拍》的《怨旷思惟歌》——

秋木萋萋,其叶萎黄。
有鸟处山,集于苞桑。
养育羽毛,形容生光。
既得升云,游倚曲房。
离宫绝旷,身体摧藏。
志念抑沉,不得颉颃。
虽得喂食,心有徊徨。
我独伊何,改往变常。
翩翩之燕,远集西羌。
高山峨峨,河水泱泱。
父兮母兮,道里悠长。
呜呼哀哉!忧心恻伤。

据说,"昭君恨帝始不见遇,心思不乐,心念乡土,乃作《怨旷思惟歌》"。所以,这首琴曲又被后人称为《昭君怨》。但有人认为并非昭君之作,乃是《胡笳十八拍》作者蔡文姬的父亲蔡邕所伪托。果真如此,那就有意思多了,难不成蔡邕是借写昭君之怨来替自己女儿的类似经历暗鸣不平?

## 飞燕合德① 贾 茗

赵后飞燕，父冯万金，祖大力，工理乐器，事江都王协律舍人。万金得通赵主②，主有娠，一产二女，归之万金。长曰宜主，次曰合德，然皆冒姓赵。宜主幼聪悟，家有彭祖分脉之书，善行气术，长而纤便轻细，举止翩然，人谓之"飞燕"。合德膏滑③，出浴不濡④，善音辞，轻缓可听。二人皆出世色。万金死，冯氏家败，飞燕妹弟流转至长安。与阳阿主家令赵临共里巷，托附临。屡为组文刺绣献临，临愧受之。居临家，称临女。

飞燕缘主家大人得入宫，召幸。帝拥飞燕，三夕不能接，略无遣意。宫中素幸者从容问帝，帝曰："丰若有余，柔若无骨，迁延谦畏⑤，若远若近，礼义人也。宁与女曹婢胁肩⑥者比耶？"飞燕自此持幸后宫，号赵皇后。

帝居鸳鸯殿便房，省帝簿。嬺⑦上簿，嬺因进言飞燕有女弟合德，美容体，性醇粹可信，不与飞燕比。帝即令舍人吕延福以百宝凤毛步辇迎合德。合德谢曰："非贵人姊召，不敢行，愿斩首以报宫中。"延福还奏，嬺为帝取后五采组文手藉⑧为符，以召合德。合德新沐，膏九曲沈水香⑨；为卷发，号新髻；为薄眉，号远山黛；施小朱，号慵来妆。衣故短，绣裙小袖，李文袜。帝御云光殿帐，使樊嬺进合德。合德谢曰："贵人姊虐妒，不难灭恩，受耻不爱死，非姊教，愿以身易耻，不望旋踵⑩！"音词舒闲清切，左右嗟赏之啧啧。帝乃归合德。

帝尝早猎，触雪得疾。阴缓弱⑪不能壮发，每持昭仪足，不胜至欲，辄暴起。昭仪常转侧，帝不能长持其足。樊嫕谓昭仪曰："上饵方士大丹，求盛大不能得，得贵人足一持，畅动。此天与贵妃大福，宁转侧俾帝就邪？"昭仪曰："幸转侧不就，尚能留帝欲，亦如姊教帝持，则厌去矣，安能复动乎？"后骄逸，体微病辄不自饮食，须帝持匕箸，药有苦口者非帝为含吐不下咽。

昭仪夜入浴兰室，肤体光发占灯烛，帝从帏中窃望之。侍儿以白昭仪，昭仪揽巾，使撤烛。他日，帝约赐侍儿黄金，使无得言。私婢不豫约，中出帏值帝，即入白昭仪，昭仪遽隐避。自是帝从兰室帏中窥昭仪，多袖金，逢侍儿私婢，辄牵止赐儿。侍儿贪帝金，一出一入不绝，帝使夜从帑益至百余金。

帝病缓弱，大医万方不能救。求寄药，尝得慎恤胶⑫，遗昭仪。昭仪辄进帝，一丸一幸。一夕，昭仪醉，进七丸。帝昏夜拥昭仪，居九成账，笑吃吃不绝。抵明，帝起御衣，阴精流输不禁，有顷，绝倒。裹衣⑬视帝，余精出涌，沾污被内。须臾，帝崩。宫人以白太后，太后使理昭仪。昭仪曰："吾持人主如婴儿，宠倾天下。安能敛手掖庭令，争帷帐之事乎？"乃拊膺呼曰："帝何往乎？"遂呕血而死。

《女聊斋志异》

【注释】

①飞燕：即赵飞燕（？～前1）：本名宜主，因体轻，绰号飞

燕。成语"环肥燕瘦","燕瘦"说的就是赵飞燕。善歌舞,为西汉汉成帝刘骜所宠幸,立为皇后。合德:即赵合德(前45~前7),赵飞燕之妹,汉成帝宠妃,封为昭仪。传说赵合德体态丰腴,尤工笑语,较赵飞燕更得皇帝宠爱,留下了"温柔乡"和"祸水"的典故。

②赵主:江都王孙女姑苏主,嫁江都中尉赵曼,故称。冯万金不肯传家业,乃编习乐声,为繁手哀声,自号"凡靡之乐",闻者心动。赵曼因此非常喜欢万金,到了"食不同器不饱"的地步。加之赵曼一直有男科病,常年不近女色,所以万金才有机会与其妻私通。

③膏滑:皮肤光滑。膏,猪脂,此处喻指女人的皮肤。下文的"膏"则用作动词,犹言"抹"。

④濡:湿。

⑤迁延:徜徉,自由自在、毫无拘束的样子。南朝齐谢朓《三日侍华殿曲水宴》诗云"弱腕纤腰,迁延妙舞",完全可以借来形容赵飞燕。谦畏:谦逊敬慎。

⑥女曹:即汝曹,尔等,你们。胁肩:《孟子·滕文公下》"胁肩谄笑",赵岐注"胁肩,竦体也",耸起肩膀,装出笑脸,形容极度谄媚的样子。

⑦嬺(ní):即赵飞燕的表妹樊嬺,当时是丞光殿管帐幕的女官。

⑧手藉:手垫。藉,古代祭祀朝聘时陈列礼品的草垫。

⑨沈(chén)水香:沉香的别名,香木的一种,可从中提炼出名贵香料。

⑩旋踵:转身,指畏避退缩。

⑪阴缓弱:阳痿。

⑫慎恤胶:媚药的一种,不能过量服用,否则有可能会像成帝

那样精尽而人亡。

⑬裛（yì）衣：裛衣，以衣裹身。

## 【赏读】

文中的"帝"指的是西汉成帝刘骜。成帝在位期间耽于酒色，宠任外戚王氏，致使大权旁落。

成天面对"弱骨丰肌""色如红玉"的两朵孪生姐妹花，成帝想不耽于酒色也难。"弱骨丰肌"就是苗条而丰满，本是司马相如《美人赋》里的句子，在《西京杂记》里成了对昭仪一人的高度评价；"色如红玉"则是对姐妹二人的总论，唐旋肩吾《夜宴曲》"被郎嗔罚琉璃盏，酒入四肢红玉软"，五代和凝《麦秀两岐》"凉簟铺斑竹，鸳枕并红玉"，后晋毛熙震《南歌子》"腻香红玉茜罗轻，深院晚堂人静，理银筝"，宋辛弃疾《东坡引》"鸣禽破梦，云偏目矃。起来香腮褪红玉"，等等，无不是在借用此典。

对比常人，刘骜的癖好略有一点儿变态的倾向。首先是喜欢女性的脚——足部，然后是喜欢偷看昭仪们洗澡。很多时候，这些怪癖成了成帝的弱点，被赵合德巧加利用，一时"宠倾天下"，风头明显压过姐姐赵飞燕赵皇后。且看她怎么个巧法。当飞燕了解了成帝的恋足情结后，遂向合德进言："皇上吃丹药不能像男人一样勇猛，但一握你的足就能。这是老天赐予你的大福气，你何不顺势满足皇上呢？"合德却说："就是要时就时推，吊足皇上的胃口，若像姐姐那样每次都让皇上得逞，皇上便会逐渐厌烦。"真可谓知人善控（用她的话说，即"持人主如婴"）、固宠有术！

卷三

女子有情

## 答秦嘉① 徐 淑②

既惠令音③，兼赐诸物④，厚顾殷勤，出于非望⑤。镜有文彩之丽，钗有殊异之观，芳香既珍，素琴益好。惠异物于鄙陋⑥，割所珍以相赐，非丰恩之厚，孰肯若斯⑦？

览⑧镜执钗，情想仿佛⑨；操琴咏诗，思心成结⑩。敕以芳香馥身⑪，喻以明镜鉴形⑫，此言过矣，未获我心也！昔诗人有"飞蓬"之感⑬，班婕妤有"谁荣"之叹⑭。素琴之作，当须君归；明镜之鉴，当待君还。未奉光仪⑮，则宝钗不列⑯也；未侍帷帐⑰，则芳香不发也。

《渊鉴类函》

【注释】

①秦嘉（生卒年不详）：东汉诗人，字士会。陇西（今属甘肃）人。桓帝时，为郡上计簿使。后赴洛阳，任黄门郎，病死于津乡亭。

②徐淑（生卒年不详）：东汉桓帝（146至~167年在位）时女诗人，秦嘉之妻。陇西人。秦嘉奉命入仕，徐淑正在娘家养病，未能面别。秦嘉客死他乡后，徐淑兄逼她改嫁，她"毁形不嫁，哀恸伤生"，守寡终生。徐淑、秦嘉今存的诗文见于《玉台新咏》《全上古三代秦汉三国六朝文》等书。

③惠：惠赐。令音：美好的回音。

④诸物：观《渊鉴类函·人部·闺情》中《嘉重报妻书》，可知诸物包括"镜子一面、宝钗一双、好香四种、素琴一张"。

⑤非望：不敢奢望。

⑥鄙陋：自谦之词。

⑦孰肯若斯：谁肯如此？

⑧览：同"揽"，拿着。

⑨情想仿佛：情思恍惚。

⑩思心成结：意即徐淑《答夫诗》之"思君兮感结"，思君太过，有了心结。

⑪敕以芳香馥身：《嘉重报妻书》中有"芳香可以馥身"一语。敕，上命下之辞，此是对其丈夫的敬词。可以勉强把"敕以"翻译为"您让我以"。

⑫喻以明镜鉴形：指《嘉重报妻书》之"明镜可以鉴形"一句。喻，告诉。

⑬昔诗人有"飞蓬"之感：指《诗经·卫风·伯兮》"自伯之东，首如飞蓬"，大意谓丈夫远出，心绪慵懒，懒得动用头油、洗发液之类，以致头发乱如蓬草。

⑭班婕妤有"谁荣"之叹：班婕妤（前48～前2）是西汉女辞赋家，楼烦（今山西宁武附近）人，班固的祖姑，汉成帝的妃子。善诗赋，有美德。初为少使，后立为婕妤。后赵飞燕姐妹得宠，她恐日久见危，自请供养皇太后。曾作《自悼赋》，有"君不御兮谁为荣"之叹。

⑮光仪：光彩的仪容。对人容貌的敬称，犹言"尊颜"。

⑯列：一本作"设"。

⑰帷帐：帷幕床帐。秦嘉《赠妇》诗："飘飘帷帐，荧荧华烛。尔不是居，帷帐焉施？"

【赏读】

众所周知的熟语"士为知己者死，女为悦己者容"原本是著名侠士豫让的一句感叹。豫让最初曾在范氏、中行氏处当家臣，但均未受到重用。直到投靠智伯门下，才受到尊重，而且主臣关系很是密切。晋出公二十二年（前453），智伯被韩、赵、魏三家攻灭，赵襄子把智伯的头盖骨做成了酒杯。豫让先是逃到山中，立誓说："嗟乎！士为知己者死，女为悦己者容。吾其报智氏之仇矣！"然后改名换姓，混入赵襄子宫中。可惜很快就因行迹暴露而被逮，审问时，他直言："欲为智伯报仇！"赵襄子觉得他忠勇可嘉，将其释放。豫让并不甘心，将漆涂在身上，剃掉胡须眉毛，同时吞吃炭块使嗓子变哑，使人辨认不出他的本来音容，再摸准赵襄子的出行路线和时间，埋伏在一座桥下。赵襄子过桥时坐骑受惊，便让手下人去搜捕，果然又是豫让。赵襄子虽为他忠心报主的行为所感动，但又觉得不能再放掉他。豫让知道生还无望，无法完成刺杀任务，请求赵襄子脱下外衣让其象征性地刺几下，然后，仰天大呼："吾可以下报智伯矣！"遂自刎而死。这一天，"赵国之士闻之，皆为涕泣"。这真是悲壮而经典的"士为知己者死"。豫让说到做到，不愧为侠之义者。

在豫让口中，"女为悦己者容"只是一个恰切的比方。在徐淑笔下，"女为悦己者容"则是一个浪漫的事实。丈夫秦嘉为了表达自己的相思之情，特地从外地给她送来一对宝钗、一面明镜、四种好香和一张素琴，并殷殷叮咛："宝钗可耀首，明镜可鉴形。芳香去垢秽，素琴有清声。"妻子徐淑却只愿为悦己者容，夫不在，又"谁适为容"呢？适者，悦也。换个角度说：爱人不在身边，我又为谁修饰我的容貌呢？"素琴之作，当须君归；明镜之鉴，当待君还。未奉光仪，则宝钗不列也；未侍帷帐，则芳香不发也。"多么炽热的爱情表白！多么大胆的两地情书！

我曾在《诗经里的那些动物》一书中指出："写诗作文既可以言志，也可以代言：男既能为女代言，例如宋词；人也可为鸟代言，例如《庄子》。"其实，不仅仅是宋词，徐干《室思》"自君之出矣，明镜暗不治"，杜甫《新婚别》"罗襦不复施，对君洗红妆"，陈叔达《自君之出矣》"自君之出矣，明镜罢红妆"，诸如此类，这些诗也都是男人在为女人代言。就徐淑的诗文来说，她却是在为自己言志，或者用当下时髦的广告语来表述，她可以傲娇地说："我为自己代言。"正如明人胡应麟《诗薮》所说："秦嘉夫妇往还曲折，俱载诗中，真事真情，千秋如在，非他托兴可以比肩。"那些男为女代言的诗都是托兴之作，当然比不了自言自志的真情真意。

## 百里奚①之妻　应　劭②

百里奚为秦相，堂上乐作，所赁浣妇③自言知音④。呼之，援琴抚弦而歌曰："百里奚，初娶我时五羊皮，临当别行烹乳鸡，今适富贵忘我为。"因寻问之，乃其故妻，还为夫妇也。

《风俗通义》

【注释】

①百里奚（生卒年不详）：春秋时著名政治家。姜姓，百里氏，名奚（一作"傒"），字井伯。原为虞国大夫，后逃往楚国宛城（今河南南阳），终为秦穆（一作"缪"）公（前659至前621年在位）之相。一说百里奚乃穆公的将领孟明视之父，一说百里奚、孟明视即是一人。

②应劭（shào）（约153~196）：字仲瑗，东汉汝南郡南顿县（今河南项城西）人。灵帝时，被举为孝廉。中平六年（189）至兴平元年（194）任泰山郡太守，后依袁绍，卒于邺。应劭博学多识，平生著作11种，包括《中汉辑叙》《汉官仪》《礼仪故事》《风俗通义》等。《汉官仪》载录的马第伯《封禅仪记》，是现今所能见到的中国最早的游记。

③所赁（lìn）浣（huàn）妇：所雇用的洗衣女工。赁，雇用。浣，洗涤。

④知音：懂音乐。

【赏读】

前655年，晋献公灭了虞、虢两国，俘虏了虞君和他的大夫百里奚。之后，百里奚被当作秦穆公夫人陪嫁的奴仆送到秦国。百里奚伺机逃跑到宛地，楚国乡下的人捉住了他。穆公听说百里奚很贤能，想用重金赎买他，但又担心楚国不肯，就派人向楚国交涉说：我家的陪嫁奴隶百里奚逃到这里，请允许我用五张黑色公羊皮赎回他。用重金会引起对方的重视，用羊皮换，只是奴隶的价值而已。楚国立马就答应了。此时，百里奚已经过了古稀之岁。穆公解除了对他的禁锢，跟他谈论国事，一连谈了三天。穆公非常高兴，把国政交给了他，称其为"五羖大夫"。李白《南都行》诗云："陶朱与五羖，名播天壤间。"五羖就是五羖大夫的简写。读百里奚妻子的歌词，可以推断，当初娶她时，百里奚也是用五张羊皮做的彩礼。拿得出五张羊皮当彩礼，或许是他在虞国的时候。

歌词有好几个版本，或称《百里奚词》，或称《琴歌》，或称《扊扅之歌》。《乐府诗集》录作"《琴歌》三首"："百里奚，五羊皮，忆别时，烹伏雌，炊扊扅，今日富贵忘我为；百里奚，初娶我时五羊皮，临当别行烹乳鸡，今适富贵忘我为；百里奚，百里奚，母已死，葬南溪，坟以瓦，覆以柴，春黄黎，搤伏鸡，西入秦，五羖皮，今日富贵捐我为。"主要唱的是丈夫富贵后成了负心汉、薄情郎，全不念当年贫贱夫妻的糟糠之谊。林汉达对此有个简易的意译：

百里奚，
五羊皮，
可记得——
熬白菜，煮小米，
灶下没柴火，
劈了门闩炖母鸡？
今天富贵了，

扔了儿子忘了妻!

一曲歌罢,夫妻相认,和好如初。

《诗经·秦风·晨风》吟道:"鴥彼晨风,郁彼北林。未见君子,忧心钦钦。如何如何,忘我实多!"朱熹解释道:兴也。鴥,疾飞貌。晨风,鹯也。郁,茂盛貌。君子,指其夫也。钦钦,忧而不忘之貌。妇人以夫不在,而言鴥彼晨风则归于郁然之北林矣,故我未见君子而忧心钦钦也,彼君子者如之何而忘我之多乎?此与《扊扅之歌》同意,盖秦俗也。朱熹认为诗人是用鸟入林后不见踪影形容并兴起男人变泰后忘了糟糠之妻的秦国风气。《扊扅之歌》即《颜氏家训·书证》所引"古乐府歌《百里奚词》":"百里奚,五羊皮,忆别时,烹伏雌,吹扊扅,今日富贵忘我为!"颜之推说:"吹当作炊煮之炊……然则当时贫困,并以门牡木作炊薪耳。"扊扅音 yǎn yí,就是木门的闩,古称"键""门关""关牡"等。《女儿经》将其概括成:"扊扅烹伏雌,乃是百里妻。"《东周列国志》则表达为:"家只有一伏雌,杜氏宰之以饯行;厨下乏薪,乃取扊扅炊之。"其妻竟然姓杜,不知何所据而言,难道是受了关牡杜门的启发而编造?

## 孟女哭长城 佚 名

杞良[1]，秦始皇[2]时北筑长城，避苦逃走，因入孟超后园树上。超女仲姿浴于池中，仰见杞良而唤之，问曰："君是何人？因何在此？"对曰："吾姓杞名良，是燕人也，但以从役而筑长城，不堪辛苦，遂逃于此。"仲姿曰："请为君妻。"良曰："娘子生于长者[3]，处在深宫，容貌艳丽，焉为役人之匹[4]？"仲姿曰："女人之体不得再见丈夫[5]，君勿辞也。"遂以状陈父，而父许之。夫妇礼毕，良往作所，主典[6]怒其逃走，乃打煞[7]之，并筑城内[8]。超不知死，遣仆欲往代之，闻良已死并筑城中。仲姿既知，悲哽而往，向城号哭。其城当面一时崩倒，死人白骨交横，莫知孰是。仲姿乃刺指血以滴白骨，云："若是杞良骨者，血可流入。"即沥血，果至良骸，血径流入，便将归葬之也。

《同贤记》[9]

## 【注释】

①杞良：姓杞，名良，燕人。后世传说中的"范杞良"或"范纪良"等由此讹变而来。

②秦始皇（前259～前210）：秦庄襄王之子，姓嬴，名政，因生于赵都邯郸，故又称赵政。首位完成中国统一的秦朝的开国皇帝，前247年至前210年在位。

③长者：显贵的人。

④役人之匹：役人，供役使的人。匹，配偶。

⑤丈夫：成年男子。

⑥主典：监工。

⑦煞（shā）：同"杀"。

⑧城内：长城墙根之下。下文"城中"同此。役人死后被埋葬在长城之下是历史上真实存在的现象，如陈琳《饮马长城窟行》"君独不见长城下，死人骸骨相撑拄"，王翰《饮马长城窟行》"长城道傍多白骨……云是秦王筑城卒"，张籍《筑城曲》"杵声未定人皆死。家家养男当门户，今日作君城下士"。

⑨《同贤记》：不知何人撰，见《雕玉集》卷十二引。日本写本《雕玉集》题"天平十九年"，即唐玄宗天宝六载（747），可见此书是中唐以前人所著，《同贤记》又在其前。

**【赏读】**

诗人咏叹：流下也就忘记了的泪珠是照耀心胸的阳光；医学更苦口婆心：哭可以扩张肺泡，消弭愤怒，增进眼部运动。可见，哭对男人和女人同样重要。

明末诗人汤卿谋认为："人生不可不储三副痛泪：一副哭天下大事不可为，一副哭文章不遇识者，一副哭从来沦落不偶佳人。此三副方属英雄身泪，真事业、真性情俱在此中，非复儿女情长、执手涕泣比也。"不啻此也，性情男人还有一副哭英雄之痛泪。顾长康拜桓温墓，作诗云："山崩溟海竭，鱼鸟将何依！"人问之曰："卿倚重桓氏乃尔，哭之状其可形容乎？"顾曰："声如震雷破山，泪如倾河注海。"后来，陆游祭朱熹之逝，也"有倾长河注东海之泪"。《三国演义》更是变本加厉，不惜笔墨用了一大段妙文描写诸葛亮大哭周瑜，说他："伏地而哭，泪如涌泉，哀恸不已。"典型的猫哭耗子，却骗过了旁观的众人。当然这是小说家言，旨在表现男人的智慧。

然而，儿女情长之泪也无可厚非。尤其是女儿的哭，可以见出她们的长情与深情。就像她们的笑可以"倾国"一样，她们的哭也可以"崩城"，例如长城因杞良之妻恸哭而崩塌。曹植说他自己曾经一度相信这样的故事，但用自己的诚心去对照，又觉得只不过是虚妄的话罢了。其实，哭倒长城只是一种夸张的说法，旨在表现女人对丈夫的爱。

杞良，可从先秦文献里找到原型，即《左传》《礼记》《孟子》所谓"杞梁"。孟超女，则是唐代敦煌写本中"孟姜女"的前身。《同贤记》哭长城的故事承上启下，是"中国四大民间传说"之一的孟姜女传说定型的关键所在，除了尚未揭出"孟姜女"这个名字以外，其余部分和后世至今所传故事已无大异，已形成"相遇—婚礼—筑城—寻夫—哭夫崩城—滴血认骨"的稳定序列。

滴血认骨曾是六朝时盛行的一种信仰，萧综的酷忍行为就是一个证据。《梁书》《南史》均记载："闻俗说以生者血沥死者骨，渗，即为父子。"当萧综得知自己是东昏侯萧宝卷的骨肉后，"乃私发齐东昏墓，出其骨，沥血试之。既有征矣，在西州生次男，月余日，潜杀之。既瘗，夜遣人发取其骨又试之"。直到南宋，宋慈写出世界上第一部法医检验专著《洗冤集录》，仍旧相信滴骨可以认亲："如某甲是父或母，有骸骨在，某乙来认亲生男或女，何以验之？试令某乙就身刺一两点血，滴骸骨上，是的亲生则血沁入骨内，否则不入。俗云'滴骨亲'，盖谓此也。"殊不知，骨骼主要是由钙盐构成，表面坚硬光滑，不可能吸收滴上去的血液，更不可能因亲生与否而有所不同。仲姿那种以妻血滴认夫骨的行为，显然就更不可能了，纯粹就是比"夸张"更为夸张的想象了。

## 红叶良媒　张　实①

唐僖宗②时，有儒士于祐，晚步于禁衢③间。于时万物摇落，悲风素秋④，颓阳西倾，羁怀⑤增感。视御沟⑥，浮叶续续而下。祐临流浣手，久之，有一脱叶差大于他叶，远视之，若有墨迹载于其上，浮红泛泛，远意绵绵。祐取而视之，果有四句题于其上。其诗曰："流水何太急，深宫尽日闲。殷勤谢红叶，好去到人间。"祐得之，蓄于书笥，终日咏味，喜其句意新美，然莫知何人作而书于叶也。因念御沟水出于禁掖，此必宫中美人所作也。祐但宝之，以为念耳，亦时时对好事者说之。祐自此思念，精神俱耗。

一日，友人见之，曰："子何清削如此？必有故，为吾言之。"祐曰："吾数月来，眠食俱废。"因以红叶句言之。友人大笑曰："子何愚如是也！彼书之者无意于子，子偶得之，何置念如此？子虽思爱之勤，帝禁深宫，子虽有羽翼，莫敢往也。子之愚又可笑也！"祐曰："天虽高而听卑⑦，人苟有志，天必从人愿耳。我闻王仙客遇无双之事，卒得古生之奇计⑧。但患无志耳，事固未可知也。"祐终不废思虑，复题二句，题于红叶上云："曾闻叶上题红怨，叶上题诗寄阿谁？"置御沟上流水中，俾其流入宫中。人或笑之，亦为好事者称道。有赠之诗者，曰："君恩不禁东流水，流出宫情是此沟。"

祐后累举不捷⑨，迹颇羁倦，乃依河中贵人韩泳门馆⑩，得钱帛稍稍自给，亦无意进取。久之，韩泳召祐谓之曰："帝禁宫人三十余得罪，使各适人。有韩夫人者，吾同姓，久在宫，今出禁庭来居我舍。子今未娶，年又逾壮[11]，困苦一身，无所成就，孤生独处，我甚怜汝。今韩夫人箧中不下千缗[12]。本良家女，年才三十，姿色甚丽。吾言之，使聘子[13]，何如？"祐避席伏地[14]曰："穷困书生，寄食门下，昼饱夜温，受赐甚久。恨无一长，不能图报，早暮愧惧，莫知所为，安敢复望如此？"泳令人通媒妁，助祐进羔雁，尽六礼[15]之数，交二姓之欢。祐就吉之夕，乐甚。明日，见韩氏装橐[16]甚厚，姿色绝艳，祐本不敢有此望，自以为误入仙源，神魂飞越也。

既而，韩氏于祐之书笥中见红叶，大惊曰："此吾所作之句，君何故得之？"祐以实告。韩氏复曰："吾于水中亦得红叶，不知何人作也？"乃开笥取之，乃祐所题之诗，相对惊叹，感泣久之，曰："事岂偶然哉？莫非前定也。"韩氏曰："吾得叶之初，尝有诗，今尚藏笥中。"取以示祐。诗云："独步天沟岸，临流得叶时。此情谁会得[17]？肠断一联诗。"闻者莫不叹异惊骇。

一日，韩泳开宴召祐洎[18]韩氏。泳曰："子二人今日可谢媒人也。"韩氏笑答曰："吾为[19]祐之合，乃天也，非媒氏之力也。"泳曰："何以言之？"韩氏索笔为诗，曰："一联佳句题流水，十载幽思满素怀[20]。今日却成鸾凤友，方知红叶是良媒。"泳曰："吾今知天下事无偶然者也！"

《流红记》

【注释】

①张实：字子京，约为北宋中期魏陵人，生平事迹不详。《禁窗新话·韩夫人题叶成亲》作"张硕"。他的作品仅存《流红记》一篇，见载于《青琐高议》前集卷五，题下原注"红叶题诗娶韩氏"。

②唐僖宗（862~888）：唐懿宗第五子，初名俨。懿宗病重弥留之际，他在宦官的支持下被立为皇太子，改名李儇，并于懿宗死后柩前即位。873至888年在位。

③禁衢：犹言"御道"，皇城内的街道。此禁指皇城，下文的"禁掖"和"禁庭"则指宫城。唐代长安城分为宫城、皇城、京城三部分，宫城之南为皇城，是官员办公的地方。

④素秋：秋天。古代五行之说，秋属金，其色白，故称素秋。

⑤羁怀：羁旅的情怀，在外寄居作客的人的思乡念家之情。

⑥御沟：流经皇宫的水沟，即下文之"天沟"。

⑦天虽高而听卑：即《史记·宋微子世家》之"天高听卑"，天虽然高高在上，却可以洞察人间最卑微的事情。

⑧王仙客遇无双之事，卒得古生之奇计：典出薛调（830~872）《无双传》，王仙客和刘无双相好，后遭乱离，无双被收入后宫，义士古押衙用计救出无双，二人终于团圆。

⑨累（lěi）举不捷：屡次应试都没能考中。

⑩依河中贵人韩泳门馆：在河中府贵人韩泳家里教书或担任文墨职务。河中，唐开元八年（720），开蒲州为河中府（今山西省永济市蒲州镇），因位于黄河中游而得名。门馆，权贵招待门客的馆舍。从前文人在私塾中教书，或者代人办备笔墨一类的事情，借以维持生活，叫作"处馆"。

⑪逾壮：已过壮年。《礼记·曲礼上》："人生十年曰幼，学；

二十曰弱，冠；三十曰壮，有室。"

⑫千缗（mín）：千贯。一条绳串上一千个铜钱为"一缗"，亦称"一贯"。唐太宗贞观年间，一缗合一两银。缗，丝也，以贯钱也。

⑬使聘子：叫她嫁给你。

⑭避席伏地：离开座位，跪拜于地，以示礼节之重。

⑮六礼：古代婚礼的六个程序（纳采、问名、纳吉、纳徵、请期、亲迎）。

⑯装橐（tuó）：嫁妆。

⑰会得：体会得到。

⑱洎：及，和。

⑲为：与，同。

⑳素怀：平素的怀抱，夙愿。

**【赏读】**

明人陈继儒对爱情有着独到的见解，其代表作《小窗幽记》曾如是说："语云：当为情死，不当为情怨。关乎情者，原可死而不可怨者也。虽然，既云情矣，此身已为情有，又何忍死耶？然不死，终不透彻耳。君平之柳，崔护之花，汉宫之流叶，蜀女之飘梧，令后世有情之人咨嗟想慕，托之语言，寄之歌咏。"真正的爱情，值得生死以之，爱过方知情重，又何必心生怨恨呢？过往的爱情传奇之所以会令后世情种艳羡咏叹，是因为真爱难遇难求，如果没有知己朋友相助，哪怕有盟在先，也不免终成陌路。

《流红记》就是这些传奇的代表之一，即所谓"汉宫之流叶"或"红叶题诗"。在宋代诗词里，已被用作典故，例如孙觌《熊夫人遣介欲婿泽民小诗戏之》"不信侯门深似海，水流红叶漫题诗"，张孝祥《满江红》"红叶题诗谁与寄"。

早在唐僖宗之时，就有人开始书写类似的故事。如孟棨，他在《本事诗》中记录了诗人顾况的一件逸闻，说："唐顾况在洛，乘间与一二诗友游于苑中，流水上得大梧叶，上题诗曰：'一入深宫里，年年不见春。聊题一片叶，寄与有情人。'况明日于上游，亦题叶上，泛于波中。诗曰：'愁见莺啼柳絮飞，上阳宫女断肠时。君恩不禁东流水，叶上题诗寄与谁？'后十日余，有客来苑中寻春，又于叶上得一诗，故以示况。诗曰：'一叶题诗出禁城，谁人愁和独含情？自嗟不及波中叶，荡漾乘风取次行。'"顾况并没有和那位宫女结婚，虽然互相以诗叶传了传情。这应该是最原初的故事形态。与孟棨差不多同时的范摅在其《云溪友议》一书中记载了卢渥的故事，与此略异，说："中书舍人卢渥应举之岁，偶临御沟，见一红叶，命仆搴来。叶上及有一绝句，置于巾箱，或呈于同志。及宣宗既省宫人，初下诏，许从百官司吏，独不许贡举人。渥后亦一任范阳，独获所退宫人。睹红叶而吁怨久之，曰：'当时偶题随流，不谓郎君收藏巾箧。'验其书迹，无不讶焉。诗曰：'流水何太急，深宫尽日闲。殷勤谢红叶，好去到人间。'"两人终因红叶而有了遇合，但卢氏本人并没有题诗。

《流红记》似乎是整合了这两者，再加以充实、渲染而成。而故事结尾处也有一段议论，丝毫不输给陈继儒："流水，无情也；红叶，无情也。以无情寓无情而求有情，终为有情者得之，复与有情者合，信前世所未闻也。夫在天理可合，虽胡、越之远，亦可合也；天理不可，则虽比屋邻居，不可得也。悦于得、好于求者，观此可以为诫也。"换而言之，简而言之，就是南宋时温州九山书会才人创作的南戏《张协状元》说的："有缘千里能相会，无缘对面不相逢。"

## 金石录后序　李清照

余建中辛巳始归①赵氏。时先君作礼部员外郎②，丞相时作吏部侍郎③，侯④年二十一，在太学作学生。赵、李族寒，素贫俭。每朔望谒告⑤出，质衣，取半千钱，步入相国寺，市碑文、果实归，相对展玩咀嚼，自谓葛天氏之民⑥也。后二年，出仕宦，便有饭蔬衣练⑦，穷遐方绝域，尽天下古文奇字之志，日就月将，渐益堆积。丞相居政府，亲旧或在馆阁，多有亡诗逸史、鲁壁汲冢所未见之书⑧。遂尽力传写，浸⑨觉有味，不能自已。后或见古今名人书画、三代奇器，亦复脱衣市易。尝记崇宁间，有人持徐熙⑩《牡丹图》，求钱二十万。当时虽贵家子弟，求二十万钱，岂易得耶？留信宿⑪，计无所出而还之。夫妇相向惋怅者数日。

后屏居乡里十年，仰取俯拾，衣食有余。连守两郡，竭其俸入，以事铅椠⑫。每获一书，即同共勘校，整集签题。得书、画、彝、鼎，亦摩玩舒卷，指摘疵病，夜尽一烛为率⑬。故能纸札精致，字画完整，冠诸收书家。余性偶强记，每饭罢，坐归来堂⑭烹茶，指堆积书史，言某事在某书某卷第几叶第几行，以中否角胜负，为饮茶先后。中即举杯大笑，至茶倾覆怀中，反不得饮而起。甘心老是乡矣！故虽处忧患困穷，而志不屈。收书既成，归来堂起书库大橱，簿甲乙⑮，置书册；如要讲读，即请钥、上簿、关出⑯。卷帙或少损污，必惩，责揩完涂改，不复向时之坦夷也。是欲求适意，而反取憀慄⑰。余性不耐，始谋食去重肉，衣去重采，首无明珠翡翠之饰，室无涂金刺绣之具。遇书史百家，字不刓阙[18]，本不讹谬者，辄市之，储作副本。自来家传《周易》《左氏传》，故两家者流，文字最备。于是几案罗列，枕席枕藉，意会心谋，目往神授，乐在声色狗马之上。

至靖康丙午岁，侯守淄川，闻金寇犯京师，四顾茫然，盈箱溢箧，且恋恋，且怅怅，知其必不为己物矣。建炎丁未春三月，奔太夫人丧南来，既长物[19]不能尽载，乃先去书之重大印本者，又去画之多幅者，又去古器之无款识者，后又去书之监本者、画之平常者、器之重大者。凡屡减去，尚载书十五车。至东海，连舻渡淮，又渡江，至建康。青州故第尚锁书册什物，用屋十余间，期明年春再具舟载之。十二月，金人陷青州，凡所谓十余屋者已皆为煨烬矣。

昔萧绎江陵陷没，不惜国亡，而毁裂书画；杨广江都倾覆，不悲身死，而复取图书。岂人性之所著，死生不能忘欤？或者天意以余菲薄，不足以享此尤物耶？抑亦死者有知，犹斤斤爱惜，不肯留在人间耶？何得之艰而失之易也！……然有有必有无，有聚必有散，乃理之常。人亡弓，人得之[20]，又胡足道。所以区区记其终始者，亦欲为后世好古博雅者之戒云。

《金石录》

【注释】

①建中辛巳：宋徽宗建中靖国元年（1101）。归：嫁。

②先君：旧称过世的父亲为先君，此指作者父亲李格非。礼部

员外郎：礼部分曹办事官员。

③丞相：指作者的公公赵挺之，曾官至尚书右仆射，相当于丞相。吏部侍郎：吏部副长官。

④侯：指前文之"赵氏"，即赵明诚。唐宋时称州、府长官为"侯"，赵氏曾任莱州、淄州（二者即下文之"两郡"）、建康府及湖州长官。

⑤朔望：农历初一为朔日，十五为望日。谒告：请假。

⑥葛天氏之民：典出陶渊明《五柳先生传》，传中称赞五柳先生是上古不慕荣利、悠然自得的葛天氏之民。葛天氏是中国传说中一位贤能的首领，在位时人民安定，被后人尊为乐（yuè）神。或称其部落驻地在今河南省长葛市，后世将他的统治时期视为理想社会。

⑦饭蔬衣练（shū）：吃素穿布。练，一种像苎布的稀疏的织物。

⑧鲁壁汲冢所未见之书：借指世间罕见之书。鲁壁，西汉鲁恭王刘余强拆孔子旧宅，于壁中发现先人所藏《尚书》《礼记》《论语》《孝经》等竹书，皆用先秦古文字写成。汲冢，西晋一个名叫不准（fǒu biāo）的人在汲郡（今河南卫辉）盗掘战国魏安釐王墓，发现大批先秦古文字竹书，后世统称为《汲冢书》或《汲冢古文》。"鲁壁汲冢"在宋代算是一个成语，如苏轼《文勋篆铭》"汲冢鲁壁，周鼓秦山"，叶适《祭朱文昭文》"汲坟鲁壁，暗理冥论"。

⑨浸：逐渐。

⑩徐熙：五代南唐杰出画家，出身江南名族。钟陵（今江苏南京，一说今江西进贤西北）人。生于唐僖宗光启年间，后在开宝末年（975）随李后主归宋，不久病故。一生未出仕，郭若虚称他为"江南处士"，沈括说他是"江南布衣"。其性情豪爽旷达，志节高迈，善画花果竹木禽鱼草虫，其妙与自然无异。

⑪信宿：再宿曰信，两天两夜。

⑫事铅椠（qiàn）：指下文的校勘古书并为之整集签题。铅为铅粉笔，椠为木板片，古人曾用铅条记录文字于椠上。

⑬率（lǜ）：限度。

⑭归来堂：赵李二人退居青州（今属山东）时住宅名，取陶潜《归去来辞》意。

⑮簿甲乙：分类登记。

⑯请钥、上簿、关出：取钥匙、登记、检出。

⑰憭（liáo）栗：惊惧不安。

⑱刓（wán）阙：磨损残缺。

⑲长物：多余的东西。

⑳人亡弓，人得之：事出《公孙龙子·迹府》："楚王张繁弱之弓，载忘归之矢，以射蛟、兕于云梦之圃，而丧其弓。左右请求之，王曰：'止。楚王遗弓，楚人得之，又何求乎？'"李清照以楚得楚弓的典故来宽慰自己。

## 【赏读】

马王堆帛书甲本《老子》如是说："名与身孰亲？身与货孰多？得与亡孰病？甚爱必大费，多藏必厚亡。"声名和生命，哪一样更亲切？生命和货利，哪一样更贵重？得到名利和丧失生命，哪一样危害更大？过分地爱名，就必定要付出重大的耗费；过多地藏货，就必定会招致惨重的损失。李清照《金石录后序》里娓娓道来的种种遭遇就是这些箴言最好的笺注。

其中有一桩"玉壶"事件，可视为爱名之例。事情起于赵明诚病重期间，有一个张飞卿学士带着一把玉壶来看望这位病榻上的文物鉴赏家，随即又将其带走了，其实那是用一块形状似玉的美石雕成的。后来不知是谁传了出去，竟然有了赵明诚托人献玉壶给金国的谣言，还传说有人暗中上表进行检举和弹劾。事涉通敌之嫌，李清照非常恐惧，又不敢申辩。"当时宋、金之间正在激烈交战，这种谣传关涉到中国文人最重视的气节问题，李清照再清高也按捺不住了。但她又不知道应该如何洗刷，想来想去选了一个最笨的办法：带上夫妻俩多年来艰辛收藏的全部古董器物，跟随被金兵追得走投无路的宋高宗赵构一起逃难，目的是希望有机会把这些古董全部献给朝廷。她的思路是，谣传不是说我的丈夫将一把玉壶献给了金国吗？现在金国愈加凶猛而宋廷愈加萎弱，我却愿意把全部古董献给宋廷，这是一切稍有势利之心的人做得出来的吗？已故的丈夫与我完全同心，怎么可能叛宋悦金呢？这实在是只有世界上最老实的文化人才想得出来的表白方式，她显然过高地估计了造谣者的逻辑感应能力……她更是过高地估计了丧魂落魄中的朝廷，他们只顾逃命罢了，哪里会注意在跟随者的队伍里有一个疲惫女子，居然想以家庭的全部遗藏来为丈夫洗刷名声？"（余秋雨《举例李清照》）在这场企图追回名誉的颠沛流离之中，李清照付出了最为沉重的代价，真令后世好古博雅者欷歔不已。

此前暂离荣辱漩涡、屏居青州乡里的十年，于是成了夫妻俩一生中最静好、最幸福的时光。为了满足自己的"惑"也就是对图籍文物的迷恋，他们甘愿放弃"贵家子弟"的物质享受，"食去重肉，衣去重采，首无明珠翡翠之饰，室无涂金刺绣之具"，仅以校书、猜句、罚茶之类的风雅与素朴来慰藉他们的身心，其乐无穷，"乐在声色狗马之上"。

作为欲望的载体，谁又不会享受声色犬马呢？当人性中的动物劣根性占了上风，我们就会"放弃诗书，极意声色"，或者在长日无俚的寂寞里，用犬马游戏自娱自遣。赵明诚死后，生性喜欢博戏的李清照为了消磨无聊的岁月、排遣心头的愤懑，便总结了多种打马游戏的得失，创制出《打马图经》，并写下了《打马图经序》《打马赋》等有关该游戏的闲趣作品。

# 长孙皇后<sup>①</sup>　孔平仲<sup>②</sup>

长孙皇后侍太宗疾，累年昼夜不离侧，常系毒药于衣带，曰："若有不讳<sup>③</sup>，义不独生。"贞观十年，皇后疾笃，因取衣带之药以示上曰："妾于陛下不豫<sup>④</sup>之日誓以死从乘舆<sup>⑤</sup>，不能当吕后之地尔。"

《续世说》

【注释】

①长孙皇后（601～636）：复姓长孙，其名失载，小字观音婢，长安（今陕西西安）人。唐太宗李世民（599～649，名字取意"济世安民"，唐朝第二位皇帝，在位23年，年号贞观）的皇后，谥号"文德皇后"。著有《女则》共十篇，已佚；今存诗一首。长孙皇后的父亲长孙晟是隋右骁卫将军，平突厥之功臣；母亲高氏为北齐皇族后裔，是清河王高岳之孙女、乐安王高敬德之女、申国公高士廉的妹妹。

②孔平仲（1044～1102）：字义甫，也作义父、毅父、毅夫，临江新喻（今江西新余）人。宋英宗治平二年（1065）中进士，授修水县主簿。1071年，任密州教授。1083年任江州钱监，同年妻子陈氏病逝，苏轼、苏辙都作挽词悼之。因对王安石的新法表示强烈反对，被归在元祐党人一籍。曾仿《世说新语》体例著有《续世说》，从多个角度和层面记录了南朝宋到隋唐五代的人事，具有很高的史学和文学价值。

③不讳："死亡"的婉辞。

④不豫：天子有病的讳称。豫本为安和之意，不豫就是不舒服。

⑤乘舆：原本泛指皇帝用的器物。蔡邕《独断》："车马、衣服、器械、百物曰乘舆。"后用作皇帝的代称。《独断》："天子至尊，不敢渫渎言之，故托之于乘舆……或谓之车驾。"此处用后者之意。

## 【赏读】

《明史》记载：太祖"每对群臣述后贤，同于唐长孙皇后"。大意是说明太祖朱元璋经常称赞马皇后的内助之贤、母范之正，堪比唐朝的长孙皇后。无形之中，有意无意之间，也顺便把自己比成了一代天骄唐太宗。不过话说回来，长孙皇后和马皇后的品质和事迹，真的还颇有许多相似之处。择其荦荦大者，大致有这么四个显著的共性：一、不崇奢侈，自奉节俭；二、辅佐帝业，共定天下；三、爱惜贤才，保护忠臣；四、自不恃宠，不私本家。

《续世说》中《长孙皇后》一则表现的就是第四点。她就像那些打入敌人内部的特务、特情、线人或卧底，"常系毒药于衣带"，随时准备着自我了断。不过她这样做，倒不是为了保护什么组织，而是要誓死效忠于自己的夫君，绝对"不能当吕后之地"，像吕后那样结党营私，与外戚相攀结，祸乱朝纲。吕后就是汉高祖刘邦的皇后。刘邦驾崩后，其子惠帝即位，吕后掌握实际政权，极力培养吕氏势力，杀害了戚夫人及其子赵王如意。惠帝不讳之后，她遂临朝称制，并分封诸吕为王侯，控制南北军。君主制时代，由皇后、皇太后或太皇太后等女性统治者代理皇帝之职，行使国家最高权力，称为"临朝称制"（帝王的命令专称曰"制"）。在长孙皇后看来，吕后的行为正是《尚书》所谓"牝鸡之晨，惟家之索"，清早本该由公鸡来司晨，母鸡却在打鸣，这是个败家的不祥之兆啊！巧的是，吕后单名一个"雉"，雉又俗称"野鸡"。她死后，诸吕试图武力夺取天下，史称"诸吕之乱"。

除了严以律己，长孙皇后还严以律亲。《旧唐书》记载："时后兄无忌夙与太宗为布衣之交，又以佐命元勋，委以腹心，出入卧内，将任之朝政。后固言不可，每乘间奏曰：'妾既托身紫宫，尊贵已极，实不愿兄弟子侄布列朝廷。汉之吕、霍可为切骨之诫，特愿圣朝勿以妾兄为宰执。'"长孙皇后的哥哥长孙无忌和李世民是布衣之交，又是开国元勋，太宗想提拔他为左武侯大将军，并兼吏部尚书等要职，好依为腹心。长孙皇后却坚决不同意，劝李世民说：我身为皇后，尊贵已极，实不愿兄弟子侄都布列朝廷。君不见"汉之吕、霍可为切骨之诫"乎？又是"不能当吕后之地"的复述与重申。太宗不听，也许是觉得她太唠叨了。于是，长孙皇后又去做她弟弟的思想工作，让无忌"苦心逊职"。直到太宗让步，答应改授实权不大的闲散官职，长孙皇后才"喜见颜间"。

## 美人虞[①] 冯梦龙

项王籍[②]，有美人名虞，常幸从；有骏名骓[③]，常骑之。及军败垓下，诸侯兵围之数重，夜间四面皆楚歌，乃悲歌慷慨，自为诗，歌数阕[④]。歌云："力拔山兮气盖世，时不利兮骓不逝。骓不逝兮可奈何，虞兮虞兮奈若何！"虞姬和云："汉兵已略地，四面楚歌声。大王意气尽，贱妾何聊生！"项王泣数行下，谓姬曰："善事汉王[⑤]！"姬曰："妾闻忠臣不二君，贞妇不二夫。请先君死。"项王拔剑，背而授之，姬遂自刎。姬死处，生草能舞，人呼为"虞美人草"。

卓稼翁名由，建阳人，题苏小楼辞云："丈夫只手把吴钩，欲断万人头。因何铁石打成心性，却为花柔！君看项籍并刘季，一怒使人愁。只因撞着虞姬戚氏，豪气都休。"余谓以籍之喑哑叱咤，千人自废[⑥]，而虞能婉顺得其欢心，虞真可怜[⑦]人哉！籍之雄心已先为虞死矣，虞特以死报之耳。死为舞草，为谁舞耶？杨用修谓其柔细可爱，名"娱美人"，讹为"虞"耳。龙子犹有诗云："陈平逃去范增亡，独有虞兮伴剑铓。喑哑有灵须讼帝，急时舞草变鸳鸯。"

《情史》

【注释】

①美人虞：即虞姬（？～前202），西楚霸王项羽的爱姬，名虞

(《汉书》称"姓虞氏",江西乐平市项家庄1948年版《汝南项氏宗谱》称"夫人虞氏"),容颜倾城,舞姿美艳,有"虞美人"之称。出生地不详,一说今常熟虞山脚下虞溪村,一说今沭阳县颜集乡,一说今绍兴县漓渚镇塔石村。相传曾和项羽《垓下歌》作《复垓下歌》(或称《和垓下歌》),词即"汉兵已略地"四句,始载于汉初陆贾所撰《楚汉春秋》,宋人王应麟《困学纪闻》认为是我国最早的一首五言诗。

②项王籍:即项羽(前232~前202),名籍,字羽,下相(今江苏宿迁西南)人。楚国名将项燕之后,中国军事思想"勇战派"代表人物,与"谋战派"孙武、韩信等人齐名。其先世累为楚国贵族。与刘邦争夺天下,前202年兵败,困于垓下(今安徽固镇东北),自刎于乌江(今安徽和县东北)边。有《垓下歌》(或称《虞兮之歌》,词即"力拔山兮气盖世"四句)传世。明人胡应麟《诗薮内编》云:"五七言绝句盖五言短古、七言短歌之变也。……七言短歌始于《垓下》。"《垓下歌》实则是楚辞向汉诗过渡时期的代表作品之一。

③有骏名骓(zhuī):(项羽)有骏马名叫"骓"。毛色苍、白相杂的马专名"骓",此处特指项羽所骑战马,后人称作乌骓。

④歌数阕:唱了几遍。

⑤汉王:即刘邦(前256~前195),汉王是其称帝之前的封号。沛县丰邑中阳里人,汉朝开国皇帝,汉民族和汉文化伟大的开拓者之一,中国历史上杰出的政治家、军事家。陈胜起事后不久,他集合县中约三千子弟响应起义,攻占沛县等地。前206年,进驻霸上,秦王子婴向刘邦投降,秦朝灭亡。楚汉战争烽烟再起,击败西楚霸王项羽后,统一天下。前202年,刘邦于荥阳汜水之阳即皇帝位,定都长安,史称西汉。庙号太祖,谥号高皇帝。

⑥喑哑叱咤(yìn wù chì zhà),千人自废:语本《史记》韩信

所谓"喑噁叱咤,千人皆废",是说项王发怒时,虽千人在旁,都被镇得不敢动弹。喑哑,满怀怒气。哑,同"噁"。叱咤,发怒声。废,不振,瘫痪。

⑦可怜:可爱。

**【赏读】**

"寒来暑往何时了。世故催人老。一人口插几张匙。何用波波劫劫、没休时。饥来吃饭困来睡。莫把身为累。谁能较短与量长?落叶西风一梦、熟黄粱。"这是曾"游襄汉,经蜀都,寄湖浙,历览名山大川,取友于天下"的宋人刘学箕的《虞美人》词。《虞美人》这个词牌名和舞草的别名"虞美人"都来自一个名叫虞的古典美人,也就是"霸王别姬"佳话里著名的女主角虞姬。

长孙皇后是誓死以从帝身,要如影随形追随她的所欢,所欢一去,她就立即跟去。虞姬则是先死以安帝心,而且用的还是爱人的剑,了断了自己的命,又将自己的魂寄托给了一株漂亮的草——舞草,又名跳舞草、多情草、风流草、无风自动草。"虞美人草,独茎三叶,叶如决明。一叶在茎端,两叶居茎之半,相对而生,抵掌讴曲,叶动如舞,故又名舞草。"而跳舞也正是虞姬的特长,多情也正是她的优点,这些都是得项王欢心的地方。冯梦龙却不认为虞姬是先死以安帝心,他觉得"籍之雄心已先为虞死矣,虞特以死报之耳"。这显然并非事实之真相,也违背了女人之常情。管他山河易姓,谁主沉浮,女人最关心的总是自己眼前的爱人。身处绝境,为了打消爱人的犹豫,爱他的女人是情愿以死明志的。呜呼,问世间情是何物,直教生死相许!

管他山河易姓,谁主沉浮,老百姓关心的都是人间真情,所以,如虞姬这般"儿女情多,甚千秋万古,不易消磨"。诗人、词人又常常是老百姓的代言人、传声筒。每当他们看到虞美人草,总会想起并缅怀这位痴情的女子。比如宋代诗人舒岳祥写有两首《虞美人草》诗，似在赞草，实是赞人，赞虞美人"楚妆不入汉王宫"，"当年曾伴拔山雄"，"怨魄悲魂化青草，年年摇曳舞春风"。又比如宋代词人辛弃疾填了两阕《赋虞美人草》词，却是在睹草怀人，怀念美人，怀念英雄："不肯过江东。玉帐匆匆。至今草木忆英雄。唱著虞兮当日曲，便舞春风。"诸如此类，可谓人草合一，难分彼此了。于是，人的痴情正好可由草的专一传达出来，《益州草木记》载："雅州名山县出虞美人草，如鸡冠花，叶两两相对。为唱《虞美人曲》，应拍而舞，他曲则否。"《梦溪笔谈》亦云："旧传有虞美人草，闻人作《虞美人曲》则枝叶皆动，他曲不然。"

日本汉学家吉川幸次郎认为《垓下歌》唱出了"把人类看作是无常的天意支配下的不安定的存在"这样一种感情，从而赋予了普遍性的永恒的意义。但若与《和垓下歌》对读，便不难发现，项王的这首歌原本是唱给虞姬听的爱情诗，而非哲理诗。最后一句"虞兮虞兮奈若何"，不是明明在向虞姬倾诉衷肠吗？英雄已到末路，幸有爱人相随，但四面楚歌，不知何去何从，只好望着疲于奔命的乌骓马、波涛汹涌的乌江水，徒唤奈何了。

## 李师师  冯梦龙

道君①幸李师师家,遇周邦彦②先在焉,知道君至,匿于床下。道君自携新橙一颗,云江南初进来,遂与师师谑语。邦彦悉闻之,隐括③成《少年游》云:"并刀如水,吴盐胜雪,纤手破新橙。锦幄初温,兽香不断,相对坐调笙。低声问,向谁家宿?城上已三更。马滑霜浓,不如休去,直是少人行。"李师师因歌此词。道君问谁作,师师奏曰:"周邦彦词。"道君大怒,坐朝语蔡京④云:"开封府有监税周邦彦者,闻课税⑤不登,如何京尹不按发⑥来?"蔡京罔知所以,奏云:"容臣退朝,呼京尹叩问,续得复奏。"京尹至,蔡以御前圣旨谕知。京尹云:"惟周邦彦课增羡⑦。"蔡云:"上意如此,只得迁就。"将上,得旨:"周邦彦职事废弛⑧,可日下押出国门。"

隔一二日,道君复幸李师师家。不见师师,问之,知送周监税。道君方以邦彦出国门为喜。既至不遇,坐久,至更初始归。愁眉泪睫,憔悴可掬。道君怒云:"汝从何往?"师师奏:"臣妾万死,知周邦彦得罪,押出国门,略致一杯酒相别,不知得官家⑨来。"道君问:"曾有词否?"李奏云:"有《兰陵王》词。"道君云:"唱一遍看。"李奏云:"容臣妾献一觞,歌此词为官家寿。"乃歌云:"柳阴直,烟里丝丝弄碧。隋堤上,曾见几番,拂水飘绵送行色。登临望故国。谁识京华倦客。长亭路,年去岁来,应折柔条过千尺。　　闲寻旧踪迹。又酒趁哀弦,灯照离席。梨花榆火催寒食。愁一箭风快,半篙波暖,回头迢递便数驿。望人在天北。　　凄恻,恨堆积。渐别浦萦洄,津堠岑寂。斜阳冉冉春无极。念月榭携手,露桥吹笛。沉思前事,似梦里,泪暗滴。"曲终,道君大喜,复召为大晟乐正。后官至大晟乐府待制。

长卿氏曰:"道君以一词而逐美成,复以一词官之,好名耶?好才耶?曰:好色耳。天子与贫士争风尘一席之欢而不敌,情固有别肠耶?呜呼!若李师师者,可云有情,亦可云无赖者也。当时师师家有二邦彦:一周美成,一李士美,皆道君狎客⑩。士美因而为宰相。吁!君臣遇合于倡优下贱之家,国之安危治乱,可想而知矣。"

《宣和遗事》载:宣和五年七夕,道君幸李师师家,留宿;临别约再会,乃解龙凤鲛绡直系⑪为信。都巡官贾奕,师师结发之婿也,深妒其事,题《南乡子》词云:"闲步小楼前,见个佳人貌似仙。暗想圣情浑似梦,追欢,执手兰房恣意眠。　　一夜说盟言,满掬沉檀喷瑞烟。报道早朝归去晚,回銮,留下鲛绡当宿钱。"次夜,道君复至,得词于妆盒,笑而袖之。后谪贾奕为广南琼州司户。然则道君之醋,非止一呷⑫矣。

《情史》

## 【注释】

①道君:即宋徽宗赵佶(1082~1135),北宋的第八位皇帝。信奉道教,自称"教主道君皇帝",著有《御注道德经》《御注冲虚

至德真经》《南华真经逍遥游指归》等。在位25年（1100~1125），国亡被俘，受折磨而死。精于茶艺，著有《大观茶论》。擅长书画，曾自创一种书法字体，被后人称为"瘦金体"，有《池塘晚秋图》《竹禽图》《瘦金体千字文》《欲借风霜二诗帖》等作品传世，组织编撰的《宣和书谱》《宣和画谱》《宣和博古图》至今仍是中国美术史研究中的重要文献。

②周邦彦（1056~1121）：字美成，号清真居士，钱塘人。北宋末期著名词人。神宗元丰初为太学生，因献《汴都赋》，受神宗赏识。徽宗时为徽猷阁待制，提举大晟府（音乐院）。精通音乐、辞赋，曾创作不少新词调。作品格律谨严，语言典丽精雅，为后来格律派词人所宗。《宋史·艺文志》著录周邦彦《清真集》十一卷，陈振孙《郡斋读书志》著录《清真先生文集》二十四卷，都已亡佚。今有吴则虞校勘辑补的《清真集》，共收词二百零六首。

③隐括：原义是矫正曲木的工具，这里是指将赵李二人的私语剪裁改写为词的形式。

④蔡京（1047~1126）：字元长，兴化仙游（今属福建）人。熙宁三年（1070）进士及第，先后四次任宰相，共达十七年之久。兴花石纲之役，改盐法和茶法。北宋末，太学生陈东上书称其为"六贼之首"。宋钦宗即位后，蔡京被贬岭南，途中死于潭州（今湖南长沙）。其书法颇妙，自成一家，代表作有《听琴图题诗》《十八学士图跋》等。曾参与编撰《宣和画谱》。

⑤课税：征税。

⑥按发：揭发。

⑦增羡：增加羡余。羡余，封建时代地方官吏向人民勒索来定期送给皇帝的各种附加税。

⑧废弛：荒废懈怠。

⑨官家：臣下对皇帝的尊称。《资治通鉴》胡三省注："西汉谓

天子为县官,东汉谓天子为国家,故兼而称之。或曰:五帝官天下,三王家天下,故兼称之。"

⑩狎(xiá)客:陪伴权贵游乐的人,也指嫖客。

⑪直系:袍子。一说即直裰(duō),又作直掇。宋朝蜀人冯鉴《续事始》引《二仪实录》:"袍,无横襕谓之直掇。"看来,还是袍子。

⑫呷(xiā):吸饮,小口地喝。

## 【赏读】

李师师之美不但像杨贵妃那样可以媚惑帝王,而且还如卓文君一般能够颠倒才子。《宣和遗事》形容得妙:"待道是郑观音,不抱着玉琵琶;待道是杨贵妃,不擎着白鹦鹉。恰似嫦娥离月殿,恍然洛女下瑶阶。"简直就是仙女下凡。宋徽宗一见之后,看得目不转睛,"休道徽宗直恁荒狂,便是释迦尊佛,也恼教他会下莲台"。这还了得,难怪堂堂九五之尊要吃周邦彦、贾奕等芝麻小官的醋。试问:如此销魂蚀骨、天下无双的美人谁又不想独占呢?

林子大了什么鸟都有,还真有不想一亲芳泽的"好男子"。《水浒全传》写李师师看了燕青的纹身,"十分大喜,把尖尖玉手便摸他身上。燕青慌忙穿了衣裳。李师师再与燕青把盏,又把言语来调他。燕青恐怕他动手动脚,难以回避,心生一计",竟立马与她结拜成了干姐弟,为的是"拜住那妇人一点邪心,中间里好干大事",端的是"心如铁石",英雄易过美人关啊!读《宣和遗事》前集"徽宗宿李师师家""贾奕见御衣闷倒"诸节,可以发现,燕青这个形象显然有着贾奕的一些影子:李妈妈谎称贾奕是师师的一个哥哥,"多年不相见",李师师则谎称燕青是自己的"姑舅兄弟,从小流落外方,今日才归";贾奕题《南乡子》词发泄醋意,燕青唱《减字木兰花》表达衷曲,二人又皆有文才。

无独有偶，周邦彦和贾奕也有相似的遭遇，并皆与宋徽宗有关。周邦彦和贾奕都是李师师的相好，而且都得月在先，知道徽宗夜宿李师师家之后，都写词来明嘲暗讽，于是，"道君以一词而逐美成"，也因一词贬了贾奕的官。

长卿氏，也就是明代文学家、戏曲家屠隆，字长卿，是个怪才，好游历，有博学之名，尤其精通曲艺。数他点评得好："天子与贫士争风尘一席之欢而不敌，情固有别肠耶？呜呼！若李师师者，可云有情，亦可云无赖者也。"瞧她送别周邦彦，"愁眉泪睫，憔悴可掬"，应该是动了真情的。无赖，就是无奈、无可奈何，对于爱人的被迫害与离开、结发夫婿的"瓶坠簪拆，恩断义绝"，她不但无法制止，甚至不能安慰，因为"天子在此行路"，稍微不注意，他就赐你个金瓜碎脑、斧钺临身，那可是好惹的？谁叫你的情敌是风流皇帝呢？运不佳兮可奈何，师师师师奈若何！

## 管道昇<sup>①</sup> 冯梦龙

赵松雪<sup>②</sup>欲置妾,以小词调<sup>③</sup>管夫人云:"我为学士,尔做夫人。岂不闻陶学士有桃叶、桃根,苏学士有朝云、暮云。我便多娶几个吴姬越女何过分?你年纪已过四旬,只管占住玉堂春。"管答云:"你侬我侬,忒煞<sup>④</sup>情多。情多处,热如火。把一块泥,捻<sup>⑤</sup>一个你,塑一个我。将咱两个,一齐打破,用水调和。再捻一个你,再塑一个我。我泥中有你,你泥中有我。与你生同一个衾<sup>⑥</sup>,死同一个椁<sup>⑦</sup>。"松雪得词,大笑而止。

《情史》

【注释】

①管道昇(1262~1319):字仲姬,一字瑶姬,吴兴(今浙江湖州)人。一说:祖籍江苏青浦(今属上海),生于浙江德清茅山。元至元廿六年(1289),嫁赵孟頫为妻,封吴兴郡夫人,世称管夫人。延祐四年(1317),册封魏国夫人。工诗词,有《画梅》诗、《我侬词》(即"你侬我侬"一首)等传世。善书法,行楷与赵孟頫颇相似,作草书得章帝、索靖、皇象遗意,有《秋深帖》等传世。擅画梅、兰、竹、山水、佛像等,有《鱼篮观音图》《水竹图卷》等传世。又通女红,尤精刺绣。

②赵松雪:即赵孟頫(1254~1322),中年曾作孟俯,字子昂,号松雪道人、水精宫道人等,湖州人。宋太祖赵匡胤十一世孙,秦王德芳之后。元代著名画家,楷书四大家(欧阳询、颜真卿、柳公权、赵孟頫)之一。博学多才,能诗善文,工书法,精绘艺,擅金

石,通律吕,解鉴赏,旁通佛、老之旨。十四岁,以父荫补真州(今江苏仪征)司户参军。入元后,被遇五朝,官居一品,死后封魏国公,谥号文敏。传世墨迹较多,代表作有《千字文》《洛神赋》《胆巴碑》《归去来兮辞》《兰亭十三跋》《赤壁赋》《道德经》《仇锷墓碑铭》等。著有《尚书注》《松雪斋文集》等。

③调:逗,调戏。

④忒(tuī)煞:太,过分。亦作"忒杀"。

⑤捻(niē):同"捏"。

⑥衾(qīn):被子。

⑦椁(guǒ):棺材。

**【赏读】**

出于"重国,广继嗣"或"尊贤,重继嗣"的考虑,中国古代社会允许男人施行"一夫一妻多妾制"。天子、诸侯、王室成员等向有"侄娣从嫁"、"一娶九女"(九形容多,并非实数)之类的古制,卿大夫则是"一妻二妾"。最少的是"士",可以有"一妻一妾",比如道家大师杨朱,"有一妻一妾而不能治",甚至就连穷人也有妾,比如《孟子》里那个"有一妻一妾"的齐人。为什么会有这样的现象呢?美国人类学教授C.恩伯、M.恩伯夫妇二人曾做过以下的解释:"它是女性数量超过男性所引起的性别比例不平衡的反映。"性别比例不平衡可能是由于社会中盛行战争的结果;而"当男子结婚年龄比妇女大的时候,社会就允许一夫多妻婚。……男子婚龄的推迟虽然不会产生妇女的实际过剩,但却会造成婚龄妇女的人为过剩。"这种说法有一定道理。

在普遍可以享受齐人之福的中国古代男人看来,"妾,接也,言得接见君子而不得伉俪也"。而"伉俪者,言是相敌之匹耦"。条件可相匹敌的配偶才是伉俪,门不当、户不对的性伴侣只能算妾,她们只能与丈夫亲昵,却没有资格称夫妻。管道昇与赵松雪当然是名副其实的伉俪,而赵松雪也跟其他男人一样,娶了妻,还想纳妾。在赵、管二人的故事之前,冯梦龙刻意安排了两个有关联的例子。一是:"司马相如尝悦茂陵女子,欲聘为妾。文君作《白头吟》四解以自绝……相如乃止。"其中传诵度最高的要数这首:"凄凄重凄凄,嫁娶不须啼。愿得一心人,白首不相离。"二是:"唐张跂欲娶妾,其妻谓曰:'子试诵《白头吟》,妾当听子。'跂惭而止。""妾当听子"的"妾"是妻子的自称,是一种谦辞,并非"妻妾"之"妾"。接着,冯梦龙感慨道:"夫情至之语,后世诵之,犹能坚人欢好,况当时乎?相如能为人赋《长门》,而复使人吟《白头》,又何也?"然而看《西京杂记》"长卿素有消渴疾,及还成都悦文君之色,遂以发痼疾,乃作《美人赋》欲以自刺而终不能改,卒以此疾至死"云云,又似乎从无"尝悦茂陵女子"的绯闻插曲。

"桃根桃叶皆王妾",赵松雪写成"陶学士",如果不是传闻异辞,那就应该是笔误,宋人张敦颐《六朝事迹》说:"桃叶者,王献之爱妾名也;其妹曰桃根。"其实,桃叶桃根、朝云暮云也好,陶学士、苏学士、王学士也罢,只是一个借口,甚至只是一个玩笑。一个"欲"字,一个"调"字,证明这只是一次夫妻生活中的小情趣事件。赵松雪以宋之宗室身份仕元朝,为人所诟病,但他对管夫人的专情却值得我们竖起拇指。管的信函大多数是赵代书的,如她的《致三总管札》,落款时赵已误写上自己的名字,又改成了"道昇"。道昇病逝之后,赵孟頫"岂特失左右手而已耶?哀痛之极,如何可言!"这些不都是"我泥中有你,你泥中有我"最生动活泼的注脚吗?

## 祝英台 冯梦龙

梁山伯①、祝英台皆东晋人,梁家会稽②,祝家上虞。尝同学,祝先归。梁后过上虞,寻访之,始知为女。归乃告父母,欲娶之,而祝已许马氏子矣,梁怅然若有所失。后三年,梁为鄞③令,病且死,遗言葬清道山下。又明年,祝适马氏,过其处,风涛大作,舟不能进。祝乃造④梁冢,失声哀恸。地忽裂,祝投而死。马氏闻其事于朝,丞相谢安请封为义妇。和帝时,梁复显灵异效劳,封为义忠,有司立庙于鄞云。见《宁波志》。

吴中有花蝴蝶,橘蠹⑤所化。妇孺呼黄色者为梁山伯,黑色者为祝英台。俗传祝死后,其家就梁冢焚衣,衣于火中化成二蝶。盖好事者为之也。

《情史》

【注释】

①梁山伯:明代张时彻《嘉靖宁波府志》记载:"晋梁山伯,字处仁,家会稽。……山伯后为鄞令,婴疾弗起,遗命葬于鄮城西清道源。"

②梁家会稽:梁家于会稽,梁山伯的家住在会稽。下面的"祝家上虞"仿此。

③鄞(yín):前222年,秦国将军王翦等率兵平定了属于楚国的江南一带,降百越之君,以吴、越地为会稽郡,设郡治于吴(今江苏苏州),在今宁波市境内设置了鄞、鄮、句章三个县。8～23

年,东汉王莽"改鄞曰谨,鄮曰海治"。隋文帝开皇九年(589),"平陈,并余姚、鄞、鄮三县入句章"。

④造:到,去,造访。

⑤橘蠹(dù):橘树上的蛀虫。

**【赏读】**

自从"庄周梦蝴蝶,蝴蝶为庄周"之后,蝴蝶跟人的关系似乎就越发紧密了。尤其到了晋代,两者的关系颇有点白热化的势头。崔豹《古今注》还停留在"橘蠹化蝶"的迷信之上,干宝《搜神记》却已记载了人衣化蝶、人魂化蝶的传奇。战国时期宋康王的侍从官韩凭娶了一个美丽的妻子何氏,后被宋康王霸为己有。韩凭怨恨不已,便沦为了阶下囚,何氏暗中送信与他,约定共同殉情。不久,韩凭就自杀了。何氏先偷偷腐蚀了自己的衣服,然后与宋康王登台,"遂自投台下,左右揽之,衣不中手而死",有的版本说是何氏之衣"着手化为蝴蝶"。此为人衣化蝶。后来,韩凭夫妇的精魂则变成了鸳鸯。总之,其结局极像《孔雀东南飞》的收场。至于人魂化蝶的故事,就发生在东晋的义熙年间。乌伤县有个人叫葛辉夫,有一天在妻子的娘家夜宿。三更后,有两个人手持火把来到门口阶前。葛辉夫以为他们是要作恶行凶,就准备上前去打他们,刚挥动棍棒,那二人"悉变成蝴蝶,缤纷飞散"。这两个灵异事件虽然比庄周的梦还要玄,但也证明了晋人对蝴蝶的关注比较多而特别。梁山伯、祝英台也都是东晋人,他们死后,也有化蝶成双的浪漫传说:"俗传大蝶必成双,乃梁山伯、祝英台之魂";"妇孺呼黄色者为梁山伯,黑色者为祝英台。俗传祝死后,其家就梁冢焚衣,衣于火中化成二蝶"。如此这般,竟然将人衣化蝶、人魂化蝶统一了起来。

宋代明州(今宁波)知府李茂诚《义忠王庙记》载:梁山伯生于公元352年农历三月初一,死于373年农历八月十六,终年二十二岁，未曾婚配；祝英台出嫁在374年暮春；梁山伯庙（又名"义忠王庙"）修建于397年。如果此说可靠，"梁祝传说"当产生在374至397年这二十多年内，初具规模则在晚唐，如张读《宣室志》所云，但尚无化蝶之情节。直至南宋，永嘉学派创始人薛季宣（1134～1173）作《游祝陵善权洞》诗，方始含含蓄蓄地提到："万古英台面，云泉响佩环。练衣归洞府，香雨落人间。蝶舞疑山魄，花开想玉颜。"随后，咸淳年间（1265～1274）的《毗陵志》才明白地说："昔有诗云：'蝴蝶满园飞不见，碧鲜空有读书坛。'俗传英台本女子，幼与梁山伯共学，后化为蝶。"从明代开始，梁祝化蝶的传说渐渐普及开来，如明代冯梦龙《情史》及《喻世明言·李秀卿义结黄贞女》、谷兰宗《祝英台近词并序》、杨守阯《碧鲜坛》、许岜凡《祝英台碧鲜庵》，清代《宜兴荆溪县新志》、朱受《荆溪竹枝词》、任映垣《祝英台读书处》、邵金彪《祝英台小传》等也均有记载。

1997年7月，宁波的梁山伯庙出土一座晋代墓葬，墓的位置、规格和随葬器物与志书所记梁山伯鄞县县令的身份和埋葬地正相吻合，看来传说并非空穴来风。

## 朝 云  冯梦龙

王朝云，钱塘名妓也。坡公绝爱幸之，纳为长侍①。及贬惠州，家妓都散去，独朝云依依岭外，坡公甚怜之。作诗②云："不似杨枝别乐天，却如通德伴伶玄。阿奴络秀方同老，天女维摩忽解禅。经卷药炉新活计，舞裙歌扇旧因缘。丹成随我三山去，不作巫阳云雨仙。"已而朝云卒，临终诵《金刚经》四句③而绝，葬于定惠苑竹林中。复和前韵以悼之云："苗而不秀亦其天，不使童乌与我玄。驻景恨无千岁药，赠行惟有小乘禅。伤心一念偿前债，弹指三生断后缘。归卧竹根无近远，夜灯勤礼塔中仙。"公又有《西江月》词咏梅花云："玉骨那愁瘴雾，冰肌自有仙风。海仙时遣探芳丛，倒挂绿毛幺凤④。素面翻嫌粉涴，洗妆不褪唇红。高情已逐晓云空，不与梨花同梦。"亦为朝云也。

子瞻在惠州，与朝云闲坐，时青女初至⑤，落木萧萧，凄然有悲秋之意。命朝云把大白，唱"花褪残红"⑥。朝云歌喉将转，泪满衣襟。子瞻诘其故，答曰："奴所不能歌，是'枝上柳绵吹又少，天涯何处无芳草'也。"子瞻大笑曰："吾方悲秋，汝又伤春矣。"遂罢。朝云不久病死，子瞻终身不复听此词。

《情史》

【注释】

①长侍：侍妾之长，家中数妾之首。

②诗：名《朝云》，前有一《引》，略云："梦得有诗云：'春尽絮飞留不得，随风好去落谁家。'乐天亦云：'病与乐天相伴住，春随樊子一时归。'则是樊素竟去也。予家有数妾，四五年相继辞去，独朝云者随予南迁。"白居易曾有美妾樊素，擅唱杨枝词。后来，白年老体衰，樊素就自己溜走了，此之谓"春随樊子一时归"、"杨枝别乐天"。晋人刘伶玄年迈时曾得一妾——樊通德，通德有才色，颇能讲述赵飞燕的故事，二人情笃意深，经常共论古今，后人称其为"刘樊双修"。苏氏借此自况，所以说"却如通德伴伶玄"。

③《金刚经》四句：指"一切有为法，如梦幻泡影，如梦亦如露，当作如是观"。《金刚经》是印度大乘佛教般若系经典，也是中国禅宗所依据的重要经典之一。下文称其为"小乘禅"（小乘佛教的禅），不知是否苏轼之误。

④绿毛幺凤：鸟名。体形较燕子为小，每至暮春，来集桐花，故又称桐花凤、桐花鸟。明人镏绩《霏雪录》："桐花鸟即东坡词所谓'倒挂绿毛幺凤'也，一名收香倒挂，又名探花使。"

⑤青女初至：指秋霜初降。《淮南子·天文训》："至秋三月……青女乃出，以降霜雪。"高诱注："青女，天神，青霄玉女，主霜雪也。"

⑥"花褪残红"：指《蝶恋花·春景》一词。全文是："花褪残红青杏小。燕子飞时，绿水人家绕。枝上柳绵吹又少。天涯何处无芳草。　墙里秋千墙外道。墙外行人，墙里佳人笑。笑渐不闻声渐悄。多情却被无情恼。"

## 【赏读】

高山流水，知己难遇，要碰到红颜知己更是难上加难。庄子有惠子这个知己，他的妻却算不上红颜知己；钱锺书赞杨绛"绝无仅有的结合了各不相容的三者：妻子、情人、朋友"，他却没有一个同性知己。"泛爱天下士""上可陪玉皇大帝,下可以陪悲田院乞儿"的苏子瞻苏学士却可谓朋友遍天下,红粉知己也至少有朝云这么一位,真是个让人羡慕嫉妒的幸运的宁馨儿!

苏东坡曾撰《朝云墓志铭》赞朝云"敏而好义"。"不合时宜"的掌故正可诠释这一敏字。据明末著名藏书家毛晋所辑的《东坡笔记》记载:"东坡一日退朝,食罢,扪腹徐行,顾谓侍儿曰:'汝辈且道是中何物?'一婢遽曰:'都是文章。'坡不以为然。又一人曰:'满腹都是机械。'坡亦未以为当。至朝云,乃曰:'学士一肚皮不合入时宜。'坡捧腹大笑。"如此善解人意,又能妙语解颐,难怪坡公要"绝爱幸之,纳为长侍"了。

当然,最令东坡感动而爱怜的原因是朝云的不离不弃、患难与共。他被贬惠州时,家妓侍儿都作鸟兽散,唯独朝云"依依岭外",并死在了惠州。苏轼曾慨叹良深:"予家有数妾,四五年相继辞去,独朝云者随予南迁。"说的也是同一件大难临头各自飞的憾事。

朝云之死,在冯梦龙看来,才是真正的千古"情憾"之事。三生有幸,才得到一红颜知己,孰料她却早早消殒,先己而逝,这难道还不是漫漫人生的大遗憾吗?"高情已逐晓云空,不与梨花同梦","驻景恨无千岁药,赠行惟有小乘禅。伤心一念偿前债,弹指三生断后缘",伊人已去,如梦如幻如泡影,再也无法挽回。她曾经喜欢唱的歌,子瞻终身也不再听。再听,惹起的恐怕就不止是伤春之情了,还有她的满襟泪痕、她的冰肌玉骨、她的蓦然永诀……

"蓦然"可谓词谶,出自秦观之手。据说,苏轼曾叫朝云向著名词人秦观索词,秦观于是作了一首《南歌子》送她:"霭霭迷春态,溶溶媚晓光。不应容易下巫阳。只恐翰林前世是襄王。 暂为清歌住,还因暮雨忙。蓦然归去断人肠。空使兰台公子赋《高唐》。"秦观以"旦为朝云,暮为行雨"的巫山神女比朝云,以与之欢爱的楚襄王比苏轼,本是好意推崇,不想一句"蓦然归去断人肠"却真成了朝云结局的预言,俗称"乌鸦嘴"是也。苏轼也有一首《南歌子》,不知是不是答秦观这首词的:"云鬟裁新绿,霞衣曳晓红。待歌凝立翠筵中。一朵彩云何事、下巫峰。　趁拍鸾飞镜,回身燕漾空。莫翻红袖过帘栊。怕被杨花勾引、嫁东风。""一朵彩云何事、下巫峰"也就是"不应容易下巫阳"的同义复述。有人说这首词是南唐后主李煜的作品,恐怕不对。

## 唐 婉① 冯梦龙

陆务观游②初娶唐氏,于其母夫人为姑侄。伉俪相得,而弗获于姑③,因出之。唐改适同郡宗子。尝春日出游,相遇于禹迹寺南之沈氏园。唐以语宗子,遣致酒肴,陆怅然久之。为赋《钗头凤》题园壁,云:"红酥手④,黄藤⑤酒,满城春色宫墙柳。东风恶,欢情薄。一怀愁绪,几年离索⑥。错!错!错! 春如旧,人空瘦,泪痕红浥鲛绡透⑦。桃花落,闲池阁。山盟虽在,锦书⑧难托。莫⑨!莫!莫!"唐见而和之,有"世情薄,人情恶"之句。未几,怏怏而卒。闻者为之怅然。放翁自与唐邂逅,绝不能忘情。每过沈园,必登寺眺望,有绝句云:"落日城南鼓角催,沈园非复旧池台。伤心桥下春波绿,曾见惊鸿照影来。"及唐死,沈园亦三易主矣。放翁怅然有怀,复有诗云:"枫叶初丹槲叶黄,河阳愁鬓怯新霜。林亭感旧空回首,泉路⑩凭谁说断肠。坏壁醉题尘漠漠,断云幽梦事茫茫。年来俗念消除尽,回向蒲龛⑪一炷香。"嗣后梦游沈氏园,又作二绝云:"路近城南已怕行,沈家园里更伤情。香穿客袖梅花在,绿蘸寺桥春水生。""城南小陌又逢春,只见梅花不见人。玉骨久成泉下土,墨痕犹锁壁间尘。"

又,陆放翁之蜀,宿一驿中,见题壁云:"玉阶蟋蟀闹清夜,金井梧桐辞故枝。一枕凄凉眠不得,呼灯起作感秋诗。"放翁询之,则驿卒⑫女也,遂纳为妾。方余半载,夫人逐之,妾赋《卜算子》云:"只知眉上愁,不识愁来路。窗外有芭蕉,阵阵黄昏雨。　晓起理残妆,整顿教愁去。不合画春山,依旧留愁住。"

夫出一爱妻,得一妒妻,母夫人之为放翁计者误矣!然爱妻见逐于母,爱妾复又逐于妻,何放翁之多不幸也!

《情史》

## 【注释】

①唐婉(生卒年不详):字蕙仙,越州山阴(今浙江绍兴)人。传说是陆游舅父唐闳之女,为陆游的第一任妻子。自幼文静灵秀,才华横溢。后因陆母不喜欢,被迫离婚,改嫁赵士程。有著名的《钗头凤》(世情薄)词传世。

②陆务观游:陆游(1125~1210),字务观,自号放翁,越州山阴人。南宋著名诗人,钱锺书先生《宋诗选注·陆游》有较为全面而持平的评介,可以参看。曾任制置使范成大参议官、宝章阁待制致仕,晚年退居家乡。著有《剑南诗稿》《渭南文集》《老学庵笔记》《入蜀记》等。

③姑:婆婆,指陆游之母。

④红酥手:红酥似的手。和安禄山所谓"润滑初来塞上酥"一样,都用酥来形容女性的肤色与质感。一说:红酥手是一种面点。

⑤黄藤:酒名,即黄封酒,一种官酿的酒。原文作"滕",有缄封义;作"藤",不对。

⑥离索:离群索居。

⑦泪痕红浥(yì)鲛绡(jiāo xiāo)透:(唐婉)流下的红色泪水湿透了丝绸手帕。唐李节度姬《书红绡帕》诗云"鲛绡滴泪染成红",许浑《重别》诗云"泪沿红粉湿罗巾",宋张端义《倦寻芳》词云"粉香染泪鲛绡透",均与此相仿佛。因女性要施红色化妆粉

于两颊，一旦泪流下来，裹挟着红粉，就成了"胭脂泪"（又称"红粉泪""红泪""粉泪"）。一说此用王嘉《拾遗记》"玉壶红泪"之典，亦通。鲛绡，传说中鲛人所织的绡，常借指薄绢、轻纱，或用作手帕、丝巾等的美称。

⑧锦书：多用以指妻子写给丈夫的表达思念之情的书信，有时也指丈夫写给妻子的情书。典出于窦滔妻苏氏"织锦为回文旋图诗以赠滔"的故事，详见本书《织锦回文记》。

⑨莫：本与上文之"错"组成联绵词"错莫"，又作"错漠"，屡见于历代诗词中，如南朝梁范静妻沈氏《晨风行》"风弥叶落永离索，神往形返情错漠"，宋袁去华《清平乐》"春愁错莫"，意即落寞。词中拆而用诸上下片之尾，除具"错""莫"二字的本义外，也应兼有联绵词的含义。

⑩泉路：黄泉路上，指阴间。

⑪蒲龛：佛龛，佛堂。

⑫驿卒：古代传递官府公文的人。在宋朝以前，均系征发当地百姓充当；宋以后，改由兵卒担任。

**【赏读】**

"出一爱妻，得一妒妻"，"爱妻见逐于母，爱妾复又逐于妻，何放翁之多不幸也！"陆游的不幸又何止于不能善终的爱情与婚姻。可以毫不夸张地说，人生伊始，就有不幸降临在他的头上。绍兴年间，应礼部试，得了第一名，秦桧的孙子秦埙居其次，这下可惹怒了秦桧老儿，陆游与主司都被黜。直到秦桧死后，陆游才开始出仕任职。孝宗即位，方赐了个进士出身。后来通判建康府（今江苏南京）、隆兴府（今江西南昌）、夔州（今重庆奉节），和驻防大将张浚商讨整顿武备、进取中原，又被诬告而免职。何放翁之多不幸也！

先后遇见两个红颜知己，则是放翁之大幸。

第一个就是"爱妻"唐婉。她本是陆游舅舅的女儿，也就是陆游的表妹。可以想象，二人婚前应该有过"郎骑竹马来，绕床弄青梅。同居长干里，两小无嫌猜"的幸福，婚后更是"伉俪相得"，说不尽的"绿鬓视草，红袖添香，眷属疑仙，文章华国"。这本是亲上作亲、非常完美的婚姻。可不知怎么的，陆游的母亲竟会对自己的内侄女渐渐不满起来，最后甚至蛮不讲理地硬逼着陆游跟她离婚。陆游无奈，只得表面上把唐婉休归娘家，暗地里却在外面找了一所房子，把她暂时安置在里面，自己常常悄悄去和她相会。可是纸包不住火，陆母很快就发觉了这个秘密，要寻上门去捉奸。这对爱人虽然提前听到风声，避开了，但事情已然无法再隐瞒下去，只好忍气吞声，彻底分开了。后来陆游另娶了王氏，唐婉也迫于家长之命，改嫁给同郡宗子赵士程。十年之后，陆唐二人不期而遇，邂逅在那个春暖花开的沈园。看到陆游一个人孤零零地在那里徘徊，真是又惊又喜、又愁又怨，唐婉咽泪装欢，告诉了同来游园的丈夫。赵士程是皇族子弟，也通情达理，既知道陆游的大名，又理解唐婉内心的纠结，当即便派家童给陆游送了一些点心、黄封酒、果馔过去向他致意。陆游看见这些吃食，可哪里还有胃口？不禁悲从中来，憾从中来，在园壁间题写了那首一唱三叹的《钗头凤》。不久，"唐见而和之，有'世情薄，人情恶'之句。未几，怏怏而卒"。

另一个就是"爱妾"、那位四川驿卒的女儿。她也多愁善感，能诗会词，陆游光看了她题写在驿馆墙壁上的诗，就决定纳她为妾。可好景不长，只恩爱了半年多，爱吃醋的第二任妻子王氏就将她赶了出去。本来妾的地位就低于妻，加之她又赶不上唐婉在陆心里的分量（陆游诗词近万首，"其中竟无一慈爱之语于其母，也无一爱情之篇给续妻王氏，而竟有几十篇悼念唐婉之作，从三十一岁写到八十四岁"），所以又一段才子配才女的感情也毫无悬念地不欢而散了。

## 章台<sup>①</sup>柳 张 岱

唐韩翃<sup>②</sup>与妓柳姬交稔<sup>③</sup>,明,淄青节度使侯希逸<sup>④</sup>奏以为从事<sup>⑤</sup>。历三载离别,乃寄诗云:"章台柳,章台柳,往日青青今在否?纵使长条似旧垂,也应攀折他人手。"柳答云:"杨柳枝,芳菲节<sup>⑥</sup>,可恨年年赠离别。一夜西风忽报秋,纵使君来岂堪折!"

《夜航船》

【注释】

①章台:即章台街(路),汉代长安城中的一条繁华街道,因位于章台(战国时所建)之下而得名。后常用作咏长安的典故,也用作娼楼妓馆或游乐场所的代称,如韩翃《少年行》:"鸣鞭晓出章台路,叶叶春衣杨柳风。"

②韩翃(hóng)(754年前后在世):字君平,南阳(今河南南阳)人。"大历十才子"之一。天宝十三载,考中进士,宝应年间在淄青节度使侯希逸幕府中任从事,后随侯希逸回朝,闲居长安十年。建中年间,因作《寒食》(一作《寒食日即事》)诗被唐德宗所赏识,因而被提拔为中书舍人。在大历十才子里,韩翃和李益也许是最著名的两个,这并非是由于他们的文学造诣,而是因为他俩都是唐传奇里的有名角色。

③交稔(rěn):交往密切,感情很好。稔,熟悉,习知。

④淄青节度使侯希逸(704~765):辽宁锦州人,原为安禄山部将,后归顺朝廷。淄青节度使,全称"淄青平卢节度使",是唐

朝在今山东地区设置的节度使，762 至 819 年和 882 至 903 年割据山东。

⑤从事：中央或地方长官自己任用的僚属，又称"从事员"。

⑥芳菲节：春天。

## 【赏读】

盼望着，盼望着，东风来了，春天的脚步近了。无论江南，还是川西，都不难看到明媚的各色繁花、青翠的成行杨柳。没有它们的同时现身，我们也许就不会知道什么时候春回大地，怪不得古人常将花与柳连类并举。比如：北周庾信《三月三日华林园马射赋》："落花与芝盖同飞，杨柳共春旗一色。"唐杜甫《晚出左掖》诗："退朝花底散，归院柳边迷。"李咸用《同友生春夜闻雨》诗："滴繁知在长柳条，点重愁看破朵花。"宋陆游《游山西村》诗："山重水复疑无路，柳暗花明又一村。"柳之色偏暗，花之色偏明，这是它们的特色，也是春的主色调。每当春风轻拂，柳树婆娑，是那么袅娜娇无力，许是有见并有感于此，诗人们常采撷之以比兴美人。如宋之问《和赵员外桂阳桥遇佳人》："江雨朝飞浥细尘，阳桥花柳不胜春。"顾云《咏柳》："斜傍画筵偷舞态，低临妆阁学愁眉。"白居易白尚书有姬人樊素善歌，有妓人小蛮善舞，他曾为之吟诗曰："樱桃樊素口，杨柳小蛮腰。"韦庄《女冠子》："依旧桃花面，频低柳叶眉。半羞还半喜，欲去又依依。"依依也是柳丝舞风的标志性姿态，依依不舍又是人送别之常情，柳谐音留，因此从汉代开始形成了在长安霸桥折柳送别的风俗，诗人也随之赋予柳以离别相思的象征意义。如李白《忆秦娥》："年年柳色，霸陵伤别。"许景元《折柳篇》："折芳远寄相思曲，为惜荣华难再持。"柳，还因其属落叶植物，兼之性质柔弱，倘一经秋寒，即色凋叶落。故文人常以柳絮、蒲柳寓漂泊沦落、衰老凋零之意。晋顾悦之与简文帝同年，而头发早白,帝问其故,对曰:"松柏之枝,经霜犹茂;蒲柳常质,望秋先零。"唐薛能《咏柳花》云:"浮生失意频,起絮又飘沦。"总之,柳这一诗中意象,和无边春色,和娇美女郎,和离别相思,和弱不禁风等等意义都结下了不解之缘。以至于后来称妓院为"花街柳巷",把飘沦风尘的妓女比作"路旁柳",称男子冶游为"攀花折柳"。

韩翃与柳姬一唱一答,几乎将柳的所有含义都囊括在内了。除此而外,还要了解他俩的爱情故事,才能更懂他们的诗。唐天宝年间,韩翃羁滞长安,与李生相友善。李之爱姬柳氏,"艳绝一时,喜谈谑,善讴咏",慕翃之才,甚属意于他。李生遂慷慨将柳氏赠翃,并解囊资助三十万玉成二人婚事。翌年,翃得登第,遂归昌黎省亲,暂将柳留长安。适逢安史之乱,两京沦陷。为避兵祸,柳剪发毁形,寄居法灵寺,时翃已被淄青节度使侯希逸辟为书记。及肃宗收复长安,翃便遣使密访柳,携去一囊碎金,并写了一首《章台柳》赠之。柳捧金呜咽,答赠了一首《杨柳枝》。但不久柳又被番将沙吒利劫以归第,宠之专房。及翃随希逸入觐京师方知其事,肃宗乃下诏断柳归翃,夫妻终得破镜重圆。

## 董小宛 冒襄①

　　亡妾董氏，原名白，字小宛，复字青莲，籍秦淮②，徙吴门，在风尘虽有艳名，非其本色。倾盖矢③从余，入吾门，智慧才识，种种始露。凡九年，上下内外大小，无忤无间④。其佐余著书肥遁⑤，佐余妇精女红⑥，亲操井臼⑦，以及蒙难遘疾，莫不履险如夷，茹苦若饴，合为一人。今忽死，余不知姬死而余死也！但见余妇茕茕粥粥⑧，视左右手罔措也。上下内外大小之人咸悲酸痛楚，以为不可复得也。传其慧心隐行，闻者叹者，莫不谓文人义士难与争俦也。余业为哀辞⑨数千言哭之，格于声韵不尽悉，复约略纪其概。每冥痛沉思姬之一生，与偕姬九年光景，一齐涌心塞眼，虽有吞鸟梦花⑩之心手，莫能追述。区区泪笔，枯涩黯削，不能自传其爱，何有于饰？矧姬之事余，始终本末，不缘狎昵。余年已四十，须眉如戟。十五年前，眉公⑪先生谓余视锦半臂碧纱笼，一笑瞠若，岂至今复效轻薄子漫谱情艳，以欺地下？傥信余之深者，因余以知姬之果异，赐之鸿文丽藻，余得借手报姬，姬死无恨，余生无恨。

　　余家及园亭，凡有隙地，皆植梅，春来早夜出入，皆烂漫香雪中。姬于含蕊时，先相枝之演斜与几上军持⑫相受，或隔岁便芟剪得宜，至花放恰采入供，即四时草花竹叶，无不经营绝慧，领略殊清，使冷韵幽香，恒霏微⑬于曲房斗室，至秾艳肥红，则非其所赏也。秋来犹耽晚菊，即去秋病中，客贻我剪桃红⑭，花繁而厚，叶碧如染，浓条婀娜，枝枝具云罨风斜之态。姬扶病三月，犹半梳洗，见之甚爱，遂留榻右，每晚高烧翠蜡，以白团⑮回六曲，围三面，设小座于花间，位置菊影，极其参横妙丽。始以身入，人在菊中，菊与人俱在影中。回视屏上，顾余曰："菊之意态足矣，其如人瘦何？"至今思之，淡秀如画。

　　姬最爱月，每以身随升沉为去住。夏纳凉小苑，与幼儿诵唐人咏月及流萤纨扇诗，半榻小几恒屡移，以领月之四面。午夜归阁，仍推窗延月于枕簟间，月去，复卷幔倚窗而望。语余曰："吾书谢希逸⑯《月赋》，古人'厌晨欢，乐宵宴'，盖夜之时逸，月之气静，碧海青天，霜缟冰净，较赤日红尘，迥隔仙凡。人生攘攘，至夜不休，或有月未出已躺睡者，桂华露影，无福消受。与子长历四序，娟秀浣洁，领略幽香，仙路禅关，于此静得矣。"李长吉⑰诗云："月漉漉，波烟玉。"姬每诵此三字，则反复回环，日月之精神、气韵、光景尽于斯矣。人以身入波烟玉世界之下，眼如横波，气如湘烟，体如白玉，人如月矣，月复似人，是一是二，觉贾长江"倚影为三"之语⑱尚赘，至"淫耽""无厌""化蟾"之句⑲，则得玩月三昧⑳矣。

《影梅盦忆语》

## 【注释】

①冒襄（1611～1693）：字辟疆，号巢民，又号朴巢，明末江苏如皋人。少有文名，与方以智、陈贞慧、侯方域并称明季"四公子"。明亡，隐居不仕，在如皋城东筑水绘园，交会四方文士，私

谥潜孝先生。著有《先世前征录》《朴巢诗文集》《水绘园诗文集》《影梅盦忆语》《寒碧孤吟》《六十年师友诗文同人集》等。其中《影梅盦忆语》开创了一种类似自叙传式的散文形式,是中国"忆语体"古文的开山鼻祖。

②籍秦淮:婉言董小宛是南京秦淮河畔的妓女。

③倾盖:道行相遇,辀车对语,两盖相切,小敬之,故曰倾。此指初次相逢或订交。矢:誓,发誓。

④无忤(wǔ)无间:没有忤逆,没有隔阂,意谓和睦相处。

⑤肥遁:语出《周易》,即"飞遁",指称退隐。

⑥女红(gōng):亦作"女工""女功",或称"女事",指女子所做的针线活(古言"针黹")方面的工作。

⑦亲操井臼:亲自操持家务。

⑧茕(qióng)茕粥粥:茕茕,孤独无依的样子。粥粥,鸡相呼声。此指失去同伴孤独无依的神情。

⑨哀辞:指冒襄所作《亡妾董小宛哀辞》,共二千四百字。

⑩吞鸟梦花:即唐人李瀚《蒙求》之"罗含吞鸟,江淹梦笔",均为文思灿然之典。《晋书》记载:罗含"尝昼卧,梦一鸟文彩异常,飞入口中,因起惊说之。(其母)朱氏曰:'鸟有文彩,汝后必有文章。'自此后藻思日新"。《南史》记载:江淹少以文章显,才思敏捷,文章华美,有"江管初花"之说:"尝宿于冶亭,梦一丈夫,自称郭璞,谓淹曰:'吾有笔在卿处多年,可以见还!'淹乃探怀中,得五色彩笔以授之。"

⑪眉公:即陈眉公(1558~1639),名继儒,字仲醇,号眉公,华亭(今上海市松江区)人。明代著名的隐逸派作家,书画家。著有《妮古录》《陈眉公全集》《小窗幽记》等。

⑫军持:一种盛水器,又名军墀、君迟、群持、捃稚迦、净瓶,大约在隋唐时期传入中国。

⑬霏微：弥漫。

⑭剪桃红：名贵菊花名。

⑮白团：扇子的一种。详参周璐璐《团扇的起源意象及其在宋词中的发展》。

⑯谢希逸：即谢庄（421～466），字希逸，南朝宋文学家，代表作有《月赋》等。

⑰李长吉：即李贺（790～816），字长吉，唐代著名诗人。

⑱贾长江"倚影为三"之语：指贾岛（唐文宗时任长江主簿）《玩月》诗"但爱杉倚月，我倚杉为三"之句。

⑲"淫耽""无厌""化蟾"之句：指贾岛《玩月》诗"此景亦胡及，而我苦淫耽""不知此夜中，几人同无厌""量知爱月人，身愿化为蟾"诸句。

⑳三昧（mèi）：原为梵语，意为沉思、冥想，是佛教重要的修行方法，后借指事物的要领、真谛。

## 【赏读】

同妻子一道自杀而亡的奥地利作家斯台芬·茨威格曾说："少女和女人的脸在男人眼里一定是变化无常的，因为脸通常只是一面镜子，时而是热情的镜子，时而是天真烂漫的镜子，时而又是疲惫的镜子，镜子中的形象极易流逝，所以一个男人也就更加容易忘记一个女人的容貌，因为年龄就在这面镜子里带着光和影逐渐流逝，因为服装会把一个女人的脸一下打扮成这样，等会儿又变成那样。"古代的中国男子似乎早就有见于此，如17世纪中叶的诗人张潮，就认为"所谓美人者，以花为貌，以鸟为声，以月为神，以柳为态，以玉为骨，以冰雪为肤，以秋水为姿，以诗词为心"，她肉体的脸和体外的服装并不是美的标志，真正的女性美是一种风韵、一种味道，如自然万物之美，可以目击，难用口传，就像冒襄说的："虽有吞鸟梦花之心手,莫能追述。"在冒氏眼里,董姬小宛正是这样的美人。初见之时,他就觉得她"香姿玉色,神韵天然",遂"惊爱之"。这个惊是惊为天人,也是怦然心惊,是瞬息之间中了丘比特之箭(法国人说被雷击,希腊人说被厄洛斯的箭射中)的那种良好感觉。所以他总结道:"此良晤之始也。"一切缘分也就由此徐徐洇开。

"香姿"二字值得特别注意。细绎下文,可知这个"香"不仅仅是形容词,而且也是在写实:"姬每与余静坐香阁,细品名香。宫香诸品淫,沉水香俗。俗人以沉香著火上,烟扑油腻,顷刻而灭,无论香之性情未出,即著怀袖,皆带焦腥。沉香坚致而纹横者,谓之'横隔沉',即四种沉香内隔沉横纹者是也,其香特妙。又有沉水结而未成,如小笠大菌,名'蓬莱香',余多蓄之。每慢火隔砂,使不见烟,则阁中皆如风过伽楠、露沃蔷薇、热磨琥珀、酒倾犀斝之味,久蒸衾枕间,和以肌香,甜艳非常,梦魂俱适。"很明显,一是熏染在身上的名香;一是董姬的肌香,或称体臭、体味。林语堂《生活的艺术》只强调了前者,潘光旦译注《性心理学》时则侧重于后者。事实上,二者如鸟之两翼、车之双轮,合在一起才是完整的"香姿"。名香,除了可以品赏、清新空气之外,还有更实际的用途,主要是熏衣与熏被:"著怀袖"即熏衣,"蒸衾枕"即熏被。香衣香被均可刺激人的情欲,再和以肌香,岂止"如在蕊珠众香深处",简直就是极乐世界,享尽艳福的冒氏却说得含蓄蕴藉:"甜艳非常,梦魂俱适。"

## 三世姻缘　王士禛①

同年济宁邵士梅，字峄晖，顺治辛卯举人，登己亥进士。自记前生为栖霞人，姓高，名东海。又其妻某氏，死时自言："当三世为夫妇。再世当生馆陶董家，所居滨河河曲第三家，君异时官罢后，独寓萧寺翻佛经时，访我于此。"后谒选②得登州府教授，一日檄署栖霞教谕③，暇日访东海故居，已不存。求得其孙某，为置田宅。已而迁吴江知县，谢病归，殊无聊赖④。有同年知馆陶县，因访之，馆于萧寺。寺有藏经一部，寂寥中取阅之，忽忆妻语，随沿河觅之，果得董姓者于河曲第三家。家有女未字，邵告以故，且求县宰纵臾⑤，遂娶焉。后十余年，董病且死，与邵诀⑥曰："此去当生襄阳王氏，所居滨江门前有二柳树，君几年后访我于此，与君当再合，生二子。"邵记其言，康熙己未在京师时，屡为予及同年傅侍御彤臣（宸）⑦、潘吏部陈伏（飐言）⑧言之。

《池北偶谈》

【注释】

①王士禛（1634～1711），原名士禛，卒后因避雍正帝（爱新觉罗·胤禛）讳，追改为士正。乾隆时，命改士祯。字子真，一字贻上，号阮亭，别号渔洋山人，人称王渔洋，谥文简。新城（今山东桓台）人，常自称济南人。博学好古，能鉴别书、画、鼎彝之属，精金石篆刻，书法高秀似晋人。善文、词，尤工诗，康熙时继

钱谦益而主盟诗坛,论诗创"神韵说",与朱彝尊并称"朱王"。著有《带经堂集》《池北偶谈》《香祖笔记》《古夫于亭杂录》等数十种。

②谒(yè)选:官吏赴吏部等候选派。

③檄(xí)署栖霞教谕:官文叫他代理栖霞教谕一职。檄,古代官府用以征召或声讨的文书。署,代理。

④聊赖:寄托,精神或生活上的凭借。

⑤纵臾(yú):怂恿,鼓动某人做某事。亦作"纵踊"。

⑥诀:诀别,不再相见的分别。

⑦傅侍御彤臣(庲):即傅庲(1604~1674),字兰生,一字彤臣,号丽农,山东新城人。顺治十二年(1655)进士,除直隶河间府推官;十四年,入京授御史。《古夫于亭杂录》:"侍御傅彤臣(庲),余同邑同年也。博雅能诗,为词曲亦有致。顺治辛丑,请急归。康熙戊午,应博学宏词之征,明年报罢。往来沧州道中,感秋柳赋诗二十首,多可诵。身后著述散佚。"

⑧潘吏部陈伏(飏言):即潘飏言(生卒年不详),字陈伏。顺治九年(1652)壬辰科进士,曾任宁晋县知县、吏部主事。

## 【赏读】

有什么样的现实,就有什么样的歌词。北朝民歌说:"老女不嫁,蹋地唤天。"当代歌词说:"相爱没有那么容易,每个人有他的脾气。"其实,相爱不难,能遇到那个对的人,却太难太难。因为命运早已注定:一见钟情、两情相悦的爱情,一辈子只许有一次!正如美国行为科学教授贺兰特·凯查杜里安所分析的:"爱情也以它的专一性而不同于其他感情,我们能爱许多人,但在一段时间里只会真正地爱上一个人。"所以,一旦遇到了,就相见恨晚,而不愿再分开,就像某个七夕,能爱许多人的唐玄宗与他的最爱杨贵妃肩并肩站在星空之下,"密相誓心:'愿世世为夫妇。'言毕,执手各呜咽"。这是白居易的粉丝陈鸿《长恨歌传》的记述。白居易的《长恨歌》则这样演绎:"七月七日长生殿,夜半无人私语时:'在天愿作比翼鸟,在地愿为连理枝。天长地久有时尽,此恨绵绵无尽期。'"恨者,爱也。此爱绵绵无绝期就是世世为夫妇的意思。

相爱相守,嬿婉绸缪,盟山誓海,为什么还要呜咽呢?其实大家都心照不宣,"世世为夫妇"的愿望很美很浪漫,却比遇到那个对的人还要难上亿万倍,或者说,简直就不可能实现,唐末吕岩(也就是道教里的纯阳祖师吕洞宾)《沁园春》词诘问得好:"奈今日茫然,不知明日,波波劫劫,有甚来由?"今天此时已茫然惘然,料不到下一秒会发生什么,又怎知有没有明日来世呢?他接着感慨道:"人世风灯,草头珠露,我见伤心眼泪流。不坚久,似石中迸火、水上浮沤。"人生苦短,爱情有时而尽,又怎能不执手各呜咽、伤心眼泪流呢?牛郎织女倒是可以世世为夫妇,就像宋人袁去华《鹊桥仙·七夕》词所云:"牛郎织女,因缘不断,结下生生世世。人言恩爱久长难,又不道、如今几岁。"然而他们为此付出的代价也着实不小,一年只有一夜能不期而会,良宵一度之后,又是一轮四季漫长的"眼穿肠断"。波波劫劫就是生生世世的近义词。

波波劫劫是佛说,吕岩却认它为胡说。当然相信乃至深信不疑的也大有人在,比如蒋坦,他不但信,而且以之安慰自己的爱人:"晚来闻络纬声,觉胸中大有秋气。忽忆宋玉悲秋《九辩》,击枕而读。秋芙更衣阁中,良久不出。闻唤始来,眉间有秋色。余问其故,秋芙曰:'悲莫悲兮生别离,何可使我闻之?'余慰之曰:'因缘离合,不可定论。余与子久皈觉王,誓无他趣。他日九莲台上,当不更结离恨缘,何作此无益之悲也?昔锻金师以一念之誓,结婚姻九十余劫,况余与子乎?'秋芙唯唯,然颊上粉痕已为泪花污湿矣。"九十余劫犹言九十余世。

如果邵峄晖没有撒谎的话，那他就是最幸福的人了，虽然不能世世为夫妇，或者结婚姻九十余劫，但经三世的等待、寻觅终成眷属，已够唯美，让人难以置信，又无限神往！

## 蓬山<sup>①</sup>路远  袁 枚

怀宁诸生<sup>②</sup>劳竹如，诗人也。少年丧偶，里<sup>③</sup>中有陈氏女，美亦能诗，遣媒说之。女窥见竹如，欣然愿嫁。两人已目成矣，为里中富人强聘去。女临行，寄劳生云："闻说乘鸾许上天<sup>④</sup>，几番临镜自疑仙。不知沦谪缘何事，便隔蓬山路几千。""梦见文箫私语<sup>⑤</sup>时，想花心事要花知。分明匣底双珠在，不忍还君只泪垂<sup>⑥</sup>。"

《随园诗话补遗》

【注释】

①蓬山：即蓬莱山，传说中的东海神山，在诗文中除称"蓬山"外，又作"蓬丘""蓬岛"等。

②怀宁诸生：怀宁，县名，地处安徽省西南部。诸生，明清时期经考试录取而进入府、州、县各级学校学习的生员。生员有增生、附生、廪生、例生等，统称诸生。

③里：邑。

④乘鸾许上天：传说春秋时萧史（一作"箫史"）娶秦穆公之女弄玉，教弄玉吹箫引凤。后来，弄玉乘凤，萧史乘龙，升天而去。后世以吹箫侣指美满婚姻或神仙伴侣。

⑤文箫私语：唐人裴铏《传奇》记载：唐大和年间，书生文箫中秋日游钟陵郡西山游帷观，遇见一美丽仙女，口吟："若能相伴陟仙坛，应得文箫驾彩鸾。自有绣襦并甲帐，琼台不怕雪霜寒。"文箫听后私语道："吾姓名其兆乎？此必神仙之俦侣也。"后来双方

相互爱慕，忽有仙童到来宣布天判："吴彩鸾以私欲而泄天机，谪为民妻一纪。"两人遂成夫妇，最后双双骑虎仙去。

⑥分明匣底双珠在，不忍还君只泪垂：语本唐人张籍《节妇吟寄东平李司空师道》诗："君知妾有夫，赠妾双明珠。感君缠绵意，系在红罗襦。妾家高楼连苑起，良人执戟明光里。知君用心如日月，事夫誓拟同生死。还君明珠双泪垂，何不相逢未嫁时？"

## 【赏读】

蓬山远不远？

远，而且可以很远，所谓"刘郎已恨蓬山远，更隔蓬山一万重"。

也可以很近，所谓"蓬山此去无多路"。

后者见于李商隐著名的《无题》诗，全诗如下："相见时难别亦难，东风无力百花残。春蚕到死丝方尽，蜡炬成灰泪始干。晓镜但愁云鬓改，夜吟应觉月光寒。蓬山此去无多路，青鸟殷勤为探看。"也是恋人别后相思，无法逾越其间横亘的空间，尽管无多路，也只好寄希望于传说中的青鸟代为探看。青鸟暗喻信使，蓬山代指所思恋之人的住所。清代文学评论家何焯以为诗的尾联是"末路不作绝望语，愈悲"，相形之下，陈氏女直言"便隔蓬山路几千"，悲情减等不少。因为"相见时难"，无多路之隔也如海中仙岛，可望而不可即；但若有信使暗通消息，蓬山也就不再虚无缥缈了。因为被强聘嫁作他人妇，别后难以再会，所以你我虽共处一里之中，也像间隔着几千里路程，一如仙山与尘世仙凡永隔、不通音问。

"于千万人之中遇见你所要遇见的人，于千万年之中，时间的无涯的荒野里，没有早一步，也没有晚一步，刚巧赶上了，那也没有别的话可说，惟有轻轻地问一声：'噢，你也在这里吗？'"这是现代女作家张爱玲对男女互相一见钟情的经典描述，其第一任丈夫胡兰成亦云："千万年里千万人之中，只有这个少年便是他，只有这个女子便是她，竟是不可以选择的，所以夫妻是姻缘。"袁枚则简而言之曰"两人已目成矣"。目成一词来自《楚辞·九歌·少司命》："满堂兮美人，忽独与余兮目成。"看来，眉目不但可以传情，而且还能定情，不用开口问，也知道是自己所想要遇见的人，不然又怎会有后来的寄诗赠别、暗自垂泪？

法国社会学家、哲学家罗兰·巴特曾宣称："我一生中遇到过成千上万个身体，并对其中的数百个产生欲望；但我真正爱上的只有一个。"如果错过了，你别奢望它再卷土重来。陈氏女之"不忍"、之"泪垂"，应该是心领神会这个道理的。

于千万人之中能一见钟情，真真是万难之事、万幸之事，从这个意义上说，劳竹如与陈氏女的遇见该是多么让人艳羡啊！岂料突然横遭一劫，有情人终成不了眷属，如仙谪人间，不心眼同哭恐怕难以稍解此恨。此恨绵绵，或许远比李商隐的情事更加悲惨，但是其诗不如李诗会用曲笔。然而对于这样一位古代弱女子来说，如此直抒胸臆已属难能可贵，我们也就不必苛求她去匹敌唐人的写作水平了。

# 陈　芸　沈　复[①]

陈名芸，字淑珍，舅氏心余先生女也，生而颖慧，学语时，口授《琵琶行》[②]，即能成诵。四龄失怙[③]，母金氏，弟克昌，家徒壁立。芸既长，娴女红，三口仰其十指供给，克昌从师脩脯[④]无缺。一日，于书簏中得《琵琶行》，挨字而认，始识字。刺绣之暇，渐通吟咏，有"秋侵人影瘦，霜染菊花肥"之句。余年十三，随母归宁，两小无嫌，得见所作，虽叹其才思隽秀，窃恐其福泽不深，然心注不能释，告母曰："若为儿择妇，非淑姊不娶。"母亦爱其柔和，即脱金约指[⑤]缔姻焉。此乾隆乙未七月十六日也。是年冬，值其堂姊出阁[⑥]，余又随母往。芸与余同齿[⑦]而长余十月，自幼姊弟相呼，故仍呼之曰淑姊。时但见满室鲜衣，芸独通体素淡，仅新其鞋而已。见其绣制精巧，询为己作，始知其慧心不仅在笔墨也。其形削肩长项，瘦不露骨，眉弯目秀，顾盼神飞，唯两齿微露，似非佳相。一种缠绵之态，令人之意也消。索观诗稿，有仅一联，或三四句，多未成篇者，询其故，笑曰："无师之作，愿得知己堪师者敲成[⑧]之耳。"余戏题其签曰"锦囊佳句[⑨]"，不知夭寿之机此已伏矣。是夜送亲城外，返已漏三下[⑩]，腹饥索饵[⑪]，婢妪以枣脯进，余嫌其甜。芸暗牵余袖，随至其室，见藏有暖粥并小菜焉，余欣然举箸，忽闻芸堂兄玉衡呼曰："淑妹速来！"芸急闭门曰："已疲乏，将卧矣。"玉衡挤身而入，见余将吃粥，乃笑睨芸曰："顷我索粥，汝曰

'尽矣',乃藏此专待汝婿耶?"芸大窘避去,上下哗笑之。余亦负气,挈老仆先归。自吃粥被嘲,再往,芸即避匿,余知其恐贻人笑也。

至乾隆庚子正月二十二日花烛之夕,见瘦怯身材依然如昔,头巾既揭,相视嫣然。合卺[12]后,并肩夜膳,余暗于案下握其腕,暖尖[13]滑腻,胸中不觉怦怦作跳。让之食,适逢斋期,已数年矣。暗计吃斋之初,正余出痘之期[14],因笑调曰:"今我光鲜无恙,姊可从此开戒否?"芸笑之以目,点之以首。廿四日为余姊于归[15],廿三国忌[16]不能作乐,故廿二之夜即为余姊款嫁,芸出堂陪宴。余在洞房与伴娘对酌,拇战辄北[17],大醉而卧,醒则芸正晓妆未竟也。是日亲朋络绎,上灯后始作乐。廿四子正[18],余作新舅送嫁,丑末[19]归来,业已灯残人静。悄然入室,伴妪盹于床下,芸卸妆尚未卧,高烧银烛,低垂粉颈,不知观何书而出神若此。因抚其肩曰:"姊连日辛苦,何犹孜孜不倦耶?"芸忙回首起立曰:"顷正欲卧,开橱得此书,不觉阅之忘倦。《西厢》之名闻之熟矣,今始得见,真不愧才子之名,但未免形容尖薄耳。"余笑曰:"唯其才子,笔墨方能尖薄。"伴妪在旁促卧,令其闭门先去,遂与比肩调笑,恍同密友重逢。戏探其怀,亦怦怦作跳,因俯其耳曰:"姊何心春乃尔[20]耶?"芸回眸微笑,便觉一缕情丝摇人魂魄,拥之入帐,不知东方之既白。

《浮生六记》

【注释】

①沈复(1763~?):字三白,号梅逸。长洲(今江苏苏州)

人。幕僚兼商人。著有《浮生六记》，今存前四记。《元和县志》录有他的七律诗二首，为出使琉球时所作。亦能绘画，尤工花卉，有山水一帧、梅花一幅留世。

②《琵琶行》：唐人白居易的七言古诗，共六百一十六字。

③失怙（hù）：《诗经·小雅·蓼莪》："无父何怙？"怙，依靠，仗恃。后因称丧父为失怙。

④脩脯：干肉，亦指致送老师的酬金。也作"脯脩"，又称"束脩""脩金"。

⑤金约指：金戒指。

⑥出阁：出嫁。

⑦同齿：同年。

⑧敲成：推敲定稿。

⑨锦囊佳句：典出唐人李商隐《李长吉小传》。因李贺短命，所以后言"夭寿之机此已伏"。

⑩漏三下：三更时分。"漏"是盛水计时器具，一般用铜制。

⑪饵：糕饼，此泛指食物。

⑫合卺（jǐn）：旧时夫妻结婚，把一个匏瓜剖成两个瓢，新郎新娘各拿一个一道饮酒，名为"合卺"。后世改用杯盏，乃称"交杯酒"。

⑬暖尖：温暖的指尖。

⑭暗计吃斋之初，正余出痘之期：暗自计算她开始吃斋的日期，正是在我出天花的时候。此句说明芸是为了作者出痘顺利而吃斋许愿的。

⑮于归：《诗经·周南·桃夭》："之子于归，宜其室家。"朱熹集传："妇人谓嫁曰归。""于"是语气助词，无意义。

⑯国忌：皇帝及皇后的死日。

⑰捋战辄北：划拳总是输。北，败北。"北"是"背"的古文，

"败北"意思是打不过转背而逃。

⑱子正:夜间十二点。

⑲丑末:凌晨三点。

⑳心舂(chōng)乃尔:心跳如此。舂,比喻心跳得厉害。

**【赏读】**

　　书与人的因缘,有可记可叹者,容我略说。大约于 1807 年秋后,沈复完成了《浮生六记》前四卷的写作。但直到七十年后,即光绪三年(1877),其手稿才被杨引传于苏州某书摊上购得,他阅而心醉,即以活字版排印。"五四"新文人如顾颉刚、王伯祥、俞平伯、陈寅恪、林语堂、吴宓等均为之吸引,而其中尤以俞氏与之缘深,达数十年之久。俞平伯幼年在苏州,就曾读过此书,当时只觉得可爱而已。1923 年在杭州,俞平伯校点了它,并作《重刊浮生六记序》盛赞其没有酸语、赘语、道学语,俨如一块纯美的水晶。同年 10 月在上海为北京版撰《重印浮生六记序》,再次激赏其文辞之洁媚、趣味之隽永。半个多世纪以后,1980 年,俞氏在北京作《题沈复山水画》一文。同年 7 月,人民文学出版社将俞校点的《浮生六记》收入"中国小说史料丛书"付梓,虽然有点不伦不类,但大大提高了该书的知名度。翌年,德国教授马汉茂通过钱锺书介绍,转请俞氏为其《浮生六记》德译本作序。也是在 1980 年,钱先生曾为杨绛《干校六记》作《小引》,说自己"不很喜欢"《浮生六记》,言下之意还是有些喜欢。其夫人则应该很喜欢,不然又怎会模仿它来个《干校六记》呢。凡此种种,由隐而显,由中国而外域,皆为《浮生六记》之幸也!

　　幸运的还有沈复的感情生活。他与陈芸从青梅竹马到喜结伉俪,从新婚燕尔到流离困顿,"鸿案相庄廿有三年,年愈久而情愈密",直至病榻永诀,虽然未能白头偕老,但已足以羡煞难遇或错失真爱的世人。

读《西厢》一节，不由让人联想到《红楼梦》第二十三回里的相似情形。林黛玉问："什么书？"贾宝玉"慌的藏之不迭"。沈复问："何犹孜孜不倦耶？"陈芸"忙回首起立"。一慌一忙，相映成趣。随后的问答各自符合各自的角色，也匹配各自不同的环境，率真自然，更是精彩。宝玉说："不过是《中庸》《大学》。"黛玉笑道："你又在我跟前弄鬼。趁早儿给我瞧，好多着呢。"宝玉道："好妹妹，若论你，我是不怕的。你看了，好歹别告诉别人去。真真这是好书！你要看了，连饭也不想吃呢。"再听陈芸怎么说："不觉阅之忘倦。《西厢》之名闻之熟矣，今始得见，真不愧才子之名！但未免形容尖薄耳。"沈复也报以一笑："唯其才子，笔墨方能尖薄。"这妙语刚好可以移评钱锺书的《人·兽·鬼》和《围城》。是不是这剥肤见骨的一句让钱先生不很喜欢呢？我们大可悬揣一番。

卢梭《忏悔录》曾宣言道："我现在要做一项既无先例、将来也不会有人仿效的艰巨工作。我要把一个人的真实面目赤裸裸地揭露在世人面前。这个人就是我。"《浮生六记》在某种程度上亦然，所谓"不过记其实情实事而已"。古代文人以"洞房花烛夜，金榜题名时"为人生最为得意的时刻，然而汗牛充栋的历代文集中又有几段直接写到自己洞房里的真情实景呢？唯沈复敢于秉笔直书："戏探其怀，亦怦怦作跳，因俯其耳曰：'姊何心春乃尔耶？'芸回眸微笑，便觉一缕情丝摇人魂魄，拥之入帐，不知东方之既白。"

## 紫　姬　陈裴之①

余朗玉山房瓶兰先苗同心并蒂花一枝，允庄曰："此国香②之征也。"因为姬营新室，署曰"香畹楼"，字曰"畹君"。余因赋《国香词》曰："悄指冰瓯，道绘来倩影，浣尽离愁。回身抱成双笑，竟体香收。拥髻《离骚》倦读，劝搴芳人下西洲。琴心逗眉语，叶样娉婷，花样温柔。　　比肩商略处，是兰金小篆，翠墨初钩。几番孤负，赢得薄幸红楼。紫凤娇衔楚佩，惹莲鸿、争妒双修。双修漫相妒，织锦移春，倚玉纫秋。"一时词场耆隽③如平阳太守、延陵学士、珠湖主人、桐月居士，皆有和作。畹君极赏余词，曰："君特叔夏④，此为兼美。"余素不工词，吹花嚼蕊⑤，嗣作遂多。闺人请以"梦玉"名词，且笑曰："桃李宗师，合让扫眉才子⑥矣。"

闺中之戏，恒以指上螺纹验人巧拙。俗有"一螺巧"⑦之说。余左手食指仅有一螺。紫姬归余匝月，坐绿梅窗下，对镜理妆，闺人姊妹戏验其左手食指，亦仅一螺也。粉痕脂印，传以为奇。重闱⑧闻之，笑曰："此真可谓巧合矣！"

姬发长委地，光可鉴人，指爪皆长数寸，最自珍惜，每有操作，必有金弪⑨护之。弥留之际，郑媪为理遗发，令勿轻弃，更倩闰湘尽剪长爪，并藏翠桃香盒中。闰湘曰："留以遗公子耶？"含泪点首者再。叩其遗言，曰："太夫人爱我甚至，起居既安，必命公子复来，惜我缘已尽，不能少待为恨尔。"

姬如出水芙蓉，不假雕饰⑩，当春杨柳⑪，自得风流。太夫人恒太息曰："韶颜稚齿，素服淡妆，秀矣雅矣，然终非所宜也。"壬午初夏，婪尾娇春⑫，将侍祖太君为红桥⑬之游。萼姊、苕妹辈争为开奁助妆。璧月流辉，朝霞丽彩，珠襦⑭玉立，艳若天人。陇西郡侯眷属时亦乘钿车⑮来游，遇于筱园花际，争讶曰："西池会耶？南海游耶⑯？彼奇服旷世、骨象应图⑰者，当是采珠神女，步蘅薄而流芳⑱也！"计姬归余四年，见其新妆炫服，只此一朝而已。罗襟剩粉，绣袜余香，金翠丛残，览之陨涕。

姬最爱月，尤最爱雨，尝曰："董青莲谓月之气静，不知雨之声尤静。笼袖熏香，垂帘晏坐檐花⑲落处，万念俱忘。"余因赋《香畹楼坐雨诗》曰："剪烛听春雨，开帘照海棠。玉壶销浅酌，翠被罩余香。恻恻新寒重，沉沉夜漏长。宛疑临水阁，无那近斜廊。"清福艳福此际消受为多。今春《香畹楼坐月词》则曰："蟾漪浣玉，人影天涯独。镜槛妆成调钿粟，应减旧时蛾绿。归来梦断关山，卷帘暝怯春寒。谁信黛鬟双照，一般辜负阑干。"又《香畹楼听雨词》曰："梦回鸳瓦疏疏响，灯影明虚幌。争禁此夜客天涯，细数番风况近玉梅花。　比肩笑向巡檐索，怕见檐花落。伤春人又病恹恹，拚与一春风雨不开帘。"萧黯之音，自然流露。云摇雨散⑳，邈若山河。从此雨晨月夕，倚枕凭阑，无非断肠之声、伤心之色矣。

《香畹楼忆语》

【注释】

①陈裴之（1794～1826）：字孟楷，号小云，别号朗玉山人，

浙江钱塘人。其父陈文述是清代诗人，跟袁枚一样，积极倡导女学，并有女弟子三十余名。嘉庆十五年（1810），裴之娶文述的女弟子汪端为妻，两人常以诗唱和无间。裴之文武双全，屡次科考不中后，投笔为幕僚，有政绩，后经推荐为候补通判。著有《澄怀堂集》十四卷。其《香畹楼忆语》是他为悼念亡妾紫湘所作的回忆性文章。

②国香：《左传·宣公三年》："以兰有国香，人服媚之如是。"后因此称兰花为"国香"。

③耆隽：耆宿隽秀，有名望或有学问的老年人、优异出众者。

④叔夏：即南宋临安词人张炎（1248～1314后），字叔夏。

⑤吹花嚼蕊：指吹奏、歌唱，引申为反复推敲声律、词藻。纳兰性德《浣溪沙》（十八年来堕世间）："吹花嚼蕊弄冰弦。"

⑥扫眉才子：画眉的才子，有才气的女子。王建《寄蜀中薛涛校书》诗："扫眉才子知多少，管领春风总不如。"

⑦"一螺巧"：与今俗所谓"一螺穷"迥然不同。

⑧重闱：旧称父母或祖父母。

⑨金驱（kōu）：金属指套。

⑩出水芙蓉，不假雕饰：语本李白《经乱离后天恩流夜郎忆旧游书怀赠江夏韦太守良宰》诗："天然去雕饰，清水出芙蓉。"

⑪当春杨柳：是"如当春杨柳"的省语。承前略去"如"字。

⑫婪尾娇春：芍药花开。陶穀《清异录·花》："桑维翰曰：唐末文人有谓芍药为婪尾春者。婪尾酒乃最后之杯，芍药殿春，亦得是名。"

⑬红桥：桥名，在今江苏扬州。

⑭珠襦（rú）：用珠串缀而成的短衣。

⑮钿（diàn）车：用金宝嵌饰的车子。

⑯"西池"两句：比喻紫姬是神仙中人。"西池"是神话中西王母所居瑶池的异称，"南海"则为观音菩萨所在之处。

⑰奇服旷世、骨象应图：语本曹植《洛神赋》："奇服旷世，骨像应图。"世间少有那样奇丽的衣服，骨格相貌完全符合仙女的图像。

⑱步蘅薄而流芳：走在香草丛中而全身流芳。语出《洛神赋》。蘅薄，香草丛生。

⑲檐花：南朝诗中已有，如刘邈之"檐花照初月"。唐宋诗中更是屡见不鲜，如李白之"山鸟下听事，檐花落酒中"，杜甫之"清夜沉沉动春酌，灯前细雨檐花落"，白居易之"院柳烟婀娜，檐花雪霏微"，秦观之"檐花伴徐步，笼烛窥孤讽"。宋人赵次公曰："檐花，近乎檐边之花也。"

⑳云摇雨散：比喻情侣离散，此指作者与其妾生死相隔。

**【赏读】**

《香畹楼忆语》深受《影梅庵忆语》的影响，是显而易见的。后者是"忆语"体散文的开山鼻祖，前者乃对其心追手摩，于书名即可见一斑，此毋庸赘述。正如陈裴之友人所云："题曰《香畹楼忆语》，仍《影梅庵》旧例也。"

我们来看看内容上的雷同，或用现在的话说，是《香畹楼忆语》在向《影梅庵忆语》致敬。

《影梅庵忆语》写"姬最爱月"："夏纳凉小苑，与幼儿诵唐人咏月及流萤纨扇诗，半榻小几恒屡移，以领月之四面。午夜归阁，仍推窗延月于枕簟间，月去，复卷幔倚窗而望。语余曰：'吾书谢希逸《月赋》，古人"厌晨欢，乐宵宴"，盖夜之时逸，月之气静，碧海青天，霜缟冰净，较赤日红尘，迥隔仙凡。人生攘攘，至夜不休，或有月未出已鼾睡者，桂华露影，无福消受。与子长历四序，娟秀浣洁，领略幽香，仙路禅关，于此静得矣。'李长吉诗云：'月漉漉，波烟玉。'姬每诵此三字，则反复回环，日月之精神、气韵、光景尽于斯矣。人以身入波烟玉世界之下,眼如横波,气如湘烟,体如白玉,人如月矣,月复似人,是一是二,觉贾长江'倚影为三'之语尚赘,至'淫耽''无厌''化蟾'之句,则得玩月三昧矣。"《香畹楼忆语》也写"姬最爱月",不过略有转折、递进:"尤最爱雨,尝曰:'董青莲谓月之气静,不知雨之声尤静。'"此处借紫姬品论董姬之语,暗暗流露出作者陈裴之对《影梅盦忆语》的垂注与欣赏,也无异于在提醒读者注意两书之间的源流关系。

## 秋 芙[①] 蒋 坦[②]

  道光癸卯闰秋，秋芙来归。漏三下，臧获[③]皆寝，秋芙绾堕马髻[④]，衣红绡之衣，灯花影中，欢笑弥畅，历言小年嬉戏之事。渐及诗词，余苦木舌挢[⑤]不能下，因忆昔年有传闻其《初冬诗》云"雪压层檐重，风欺半臂单"，余初疑为阿翘假托，至是始信。于时桂帐虫飞，倦不成寐。盆中素馨，香气渀然[⑥]，流袭枕簟。秋芙请联句，以观余才，余亦欲试秋芙之诗，遂欣然诺之。

  夏夜苦热，秋芙约游理安[⑦]。甫出门，雷声殷殷，狂飙疾作。仆夫请回车，余以游兴方炽，强趣之行。未及南屏[⑧]，而黑云四垂，山川瞑合。俄见白光如练，出独秀峰[⑨]顶，经天丈余，雨下如注，乃止大松树下。雨霁更行，觉竹风骚骚，万翠浓滴，两山如残妆美人，蹙黛垂眉，秀色可餐。余与秋芙且观且行，不知衣袂之既湿也。时月查开士[⑩]主讲理安寺席，留饭伊蒲[⑪]，并以所绘白莲画帧见贻。秋芙题诗其上，有"空到色香何有相，若离文字岂能禅"之句。茶话既洽，复由杨梅坞至石屋洞，洞中乱石排拱，几案俨然。秋芙安琴磐磴[⑫]，鼓《平沙落雁》之操，归云渀然，涧水互答，此时相对，几忘我两人犹生尘世间也。俄而残暑渐收，暝烟四起，回车里许，已月上苏堤杨柳梢矣。是日，屋漏床前，窗户皆湿，童仆以重门锁扃，未获入视。俟归，已蝶帐蚊橱，半为泽国，呼小婢以筠笼[⑬]熨之，五鼓始睡。

桃花为风雨所摧，零落池上，秋芙拾花瓣砌字，作《谒金门》词云："春过半，花命也如春短。一夜落红吹渐满，风狂春不管。""春"字未成，而东风骤来，飘散满地，秋芙怅然。余曰："此真个'风狂春不管'矣！"相与一笑而罢。

秋芙每谓余云："人生百年，梦寐居半，愁病居半，襁褓、垂老之日又居半，所仅存者，十之一二耳。况我辈蒲柳[14]之质，犹未必百年者乎！庾兰成[15]云：'一月欢娱，得四五六日。'想亦自解[16]语耳。"斯言信然。

秋月正佳，秋芙命雏鬟负琴，放舟两湖荷芰之间。时余自西溪归，及门，秋芙先出，因买瓜皮迹[17]之，相遇于苏堤第二桥下。秋芙方鼓琴作《汉宫秋怨》曲，余为披襟而听。斯时四山沉烟，星月在水，琤瑽[18]杂鸣，不知天风声、环佩声也。琴声未终，船唇已移近漪园南岸矣。因叩白云庵门。庵尼故相识也，坐次，采池中新莲，制羹以进。香色清冽，足沁肠腑，其视世味腥膻，何止薰莸[19]之别。回船至段家桥登岸，施竹簟于地，坐话良久。闻城中尘嚣声，如蝇营营，殊聒人耳。桥上石柱，为去年题诗处，近为蜗衣[20]剥蚀，无复字迹。欲重书之，苦无从书。其时星斗渐稀，湖气横白，听城头更鼓，已沉沉第四通矣，遂携琴刺船而去。

秋芙性爱洁，地有纤尘，必亲事箕帚。余为举王栖云偈云："日日扫地上，越扫越不净。若要地上净，撇却苕帚柄。"秋芙卒不能悟。秋芙辩才十倍于我，执于斯者，良亦积习使然。

《秋灯琐忆》

## 【注释】

①秋芙（1823～1855?）：即关秋芙，名英（一作"瑛"或"锳"）。尝学书于魏滋伯（谦升），学画于杨渚白（澄），学琴于李玉峰。著有《三十六芙蓉诗存》《梦影楼词》《闺雅》等，尤喜佛经。观"秋芙性爱洁，地有纤尘，必亲事箕帚"云云，知其有洁癖和强迫症。其妹字侣琼，亦工诗词。

②蒋坦（1818?～1863?）：字平伯，号蔼卿，浙江钱塘人。秀才出身，擅长书法。道光七年（1827）与青梅竹马的表妹秋芙订婚，道光二十三年成婚，长年居住于杭州西湖。咸丰年间，秋芙病卒，"蔼卿为制《秋灯琐忆》，皆幽闺遗事"。咸丰十一年（1861），太平军攻杭州，蒋坦避祸慈溪，投靠朋友王景曾。后又回杭州，不久饿死。著有《息影庵初存诗》《百合词》《夕阳红半楼诗词剩稿》《微波集》等。

③臧获：古代奴婢皆有罪者为之，谓之臧获。后世泛指奴婢，不含褒贬。

④堕马髻：又写作"坠马髻"，一种偏垂在一边的发型，亦名"倭堕髻"。据说是东汉权臣梁冀的妻子孙寿发明的。《后汉书》记载：孙寿色美而善为妖态，作愁眉、啼妆、堕马髻、折腰步、龋齿笑，以为媚惑。

⑤木舌：犹言"结舌"。挢（jiǎo）：举，翘。

⑥滃（wěng）然：云气腾涌、烟雾弥漫的样子。

⑦理安：理安寺，在杭州。

⑧南屏：南屏山，西湖胜景之一。

⑨独秀峰：即飞来峰。

⑩开士：对僧人的敬称。佛经中又多呼菩萨为开士，以其能自开觉，又可开他人生信心。

⑪伊蒲：素食。

⑫磬磴：石搭的几案。

⑬筠笼：罩在火炉上的竹笼。此指烘笼。

⑭蒲柳：即水杨，因其早凋，常用来比喻衰弱的体质。

⑮庾兰成：即庾信（513～581），字子山，小字兰成，南阳新野（今属河南）人。他自幼随父亲庾肩吾出入于萧纲的宫廷，后来又与徐陵一起任萧纲的东宫学士，成为宫体文学的代表作家。

⑯自解：自我宽解。

⑰瓜皮：瓜皮船，亦称"瓜皮艇"，一种简陋小船。迹：追寻踪迹。

⑱玎玱（chēng cōng）：象声词。

⑲薰：香草。莸（yóu）：臭草。

⑳蠙（bīn）衣：青苔。又称蛙蠙衣、苔衣。

【赏读】

《秋灯琐忆》简直就是一曲对"秋"的赞歌。每当北斗之柄西指，每当合欢扇圆而复缺，秋已经起死回生。随后，牛女鹊桥约会，天下的痴男怨女又开始和露摘金菊，带霜烹紫蟹，煮酒烧丹枫，穿针乞手巧……巧的是，书名里有"秋"字，作者的爱人叫秋芙，他俩结合于秋天，文中描述的多是秋景以及其中的夫妻生活，仅拿林语堂《生活的艺术》一书选录的几段来说，就有"秋月正佳""秋来风雨滴沥""欲人知新秋消息也"等若干特写。而且从作者写作此文的时间上看，他和秋芙都已步入了人生的秋季；与《影梅盦忆语》《浮生六记》是在女主角去世后所著不同，《秋灯琐忆》则是老年夫人尚健在的时候所作。昔人诗云"春秋多佳日"。相比二人后来凄惨的结局（秋芙病死，蒋坦在兵荒马乱之中逃难竟至饿死）而言，《秋灯琐忆》所记叙的生活也正是他们夫妇一生中最美妙静好的岁月。

所谓"人生百年,梦寐居半,愁病居半,襁褓、垂老之日又居半,所仅存者,十之一二耳",早已是古今同慨。类似说法最早见于《列子》,其中有一段语录出自先秦杨朱之口,原文是这样的:"百年,寿之大齐。得百年者,千无一焉。设有一者,孩抱以逮昏老,几居其半矣。夜眠之所弭,昼觉之所遗,又几居其半矣。痛疾哀苦,亡失忧惧,又几居其半矣。量十数年之中,逌然而自得、亡介焉之虑者亦亡一时之中尔。"换而言之:一百岁,是人寿命的极限。能活到一百岁的,一千人中难得一人。即使有一人,婴幼时期和糊涂衰老的时间几乎占去了人生一半时间。夜间睡眠所消耗的,白天休息所贻误的,又几乎占去了一半。疾病痛苦,失意忧愁,又几乎占去了一半。估计剩下的十多年中,舒适自得、没有丝毫顾虑的时间也没有多少。若借宋词表达,就是王观的《红芍药》:"人生百岁,七十稀少。更除十年孩童小。又十年昏老。都来五十载,一半被、睡魔分了。那二十五载之中,宁无些个烦恼。 仔细思量,好追欢及早。遇酒追朋笑傲。任玉山摧倒。沈醉且沈醉,人生似、露垂芳草。幸新来、有酒如渑,结千秋歌笑。"或是范仲淹的《剔银灯》:"昨夜因看蜀志。笑曹操、孙权、刘备。用尽机关,徒劳心力,只得三分天地。屈指细寻思,争如共、刘伶一醉。 人世都无百岁。少痴呆、老成尪悴。只有中间,些子少年,忍把浮名牵系。一品与千金,问白发、如何回避?"总之,人生苦短,前除十年幼小,后除十年衰老,中间光景算来只有二三十年,还得经受许多奔波、烦恼、病痛。蒲柳之质的秋芙则跟杨朱一样悲观,说中间光景不过十余载而已。

## 夜奔相如  贾 茗

司马相如，蜀郡①成都人，字长卿。以资为郎②，事孝景帝，为武骑常侍③。因病免，客游梁④。梁孝王令与诸生同舍，乃著《子虚之赋》。会梁孝王卒，相如归，而家贫，无以自业⑤。素与临邛令王吉相善，相如往，舍都亭⑥。临邛令缪⑦为恭敬，日往朝相如。临邛中富人卓王孙为具召之，并召令。令既至，卓氏客以百数。长卿病不能往，临邛令自往迎相如。酒酣，临邛令前奏琴，曰："窃闻长卿好之，愿以自娱。"长卿辞谢，为鼓一再行⑧。是时，卓王孙有女文君新寡，好音，故相如缪与令相重，而以琴心挑之。相如之临邛，从车骑，雍容、闲雅、甚都⑨。及饮卓氏，弄琴，文君窃从户窥之，心悦而好之。恐不得当⑩也，既罢，相如乃令人厚赐文君侍者通殷勤。文君夜亡奔相如，相如乃与驰归成都。家居徒四壁立⑪。卓王孙大怒曰："女至不材，我不忍杀，不分一钱也。"人或谓⑫王孙，王孙终不听。文君久之不乐，曰："长卿第俱如⑬临邛，从昆弟假贷⑭，犹足为生，何至自苦如此！"相如与俱之临邛，尽卖其车骑，买一酒舍酤酒，而令文君当炉⑮。相如身自著犊鼻裈，与庸保杂作⑯，涤器于市中。卓王孙闻而耻之，为杜门不出。昆弟诸公更谓王孙曰："有一男两女，所不足者非财也。今文君已失身于司马长卿，长卿故倦游，虽贫，其人材足依也，且又令客，奈何相辱如此？"卓王孙不得已，分与文君僮⑰百人、钱百万及其嫁时衣被财物。文君乃与相如归成都,买田宅,为富人。

《女聊斋志异》

## 【注释】

①蜀郡:前277年,秦国置蜀郡,设郡守,成都为蜀郡治所。自汉至隋皆因之,唐升为成都府。

②以资为郎:用钱谋了个郎官。资,钱财。

③武骑常侍:西汉职官名。车驾游猎,常从射猛兽。后因以"武骑"称相如,例如北周庾信《拟咏怀》诗"无因同武骑,归守灞陵园",唐张文琮《赋桥》诗"已授文成履,空题武骑书"。

④梁:地名,今开封。

⑤无以自业:无业以维持自己的生计。

⑥都亭:此指临邛县亭中之室。县治所在之"亭"为"都亭"。亭的性质是治安机构,其中设有若干"室",可以止宿过往公务人员。详情可参看顾炎武《日知录》卷二十二"都乡侯""亭"诸条。

⑦缪:假装。

⑧一再行(xíng):一两首曲子。行,乐曲。

⑨闲雅、甚都:即司马相如《美人赋》"司马相如美丽闲都"之"闲都",大意是文雅漂亮、非常时髦。闲,即"娴",静美。杨慎曰:"山姬野妇,美而不都","闲雅之态生,今谚云'京样',即古之所谓'都'"。

⑩恐不得当:害怕不能得偿所愿。

⑪家居徒四壁立:家空无资储,只有四壁而已。成语"家徒四壁"或"家徒壁立"即从此化出。徒,空。

⑫谓:劝说。

⑬第俱如:只需一起去。

⑭从昆弟假贷：向兄弟贷款。

⑮炉：当作"垆"（lú），放酒坛的土墩。

⑯与庸保杂作：和庸保一起打杂。庸保，受雇用的仆役，犹言"伙计"。

⑰僮：家童，私家奴仆。

**【赏读】**

红拂夜奔，是野史中的私奔事件，是帅哥和侠女的传奇；文君夜奔，则是正史里的私奔事件，是才子与美女的故事，《史记》《汉书》之中都有记录。但两书都只说司马相如用琴曲撩拨卓文君的心弦，没提及琴曲有无歌词。直到《玉台新咏》《乐府诗集》编成，才收录了司马相如《琴歌》两章。明代文学家、史学家王世贞《艳异编》卷十七《幽期部》一《司马相如传》所载应该就是综合《史记》《汉书》《玉台新咏》《乐府诗集》等书而成，故事没有什么变动，对歌词则作了删改："凤兮凤兮归故乡，遨游四海求其凰。有艳淑女处兰房，室迩人遐毒我肠。何由交颈为鸳鸯？""凤兮凤兮从凰栖，得托孳尾永为妃。交情通体必和谐，中夜相从别有谁？"近人曾猜测："此歌殆两汉时琴工假托为之。"即便果真如此，也没关系，因为这些歌词的加入增强了故事的逻辑性和可信度。

这两首《琴歌》，后人又称为《凤求凰》。好音懂乐的卓文君当然能够闻弦歌而知雅意："凤兮凤兮归故乡"，这个凤不就是指从梁地回归老家蜀郡的相如他自己吗？"遨游四海求其凰，有艳淑女处兰房"，雄为凤，雌为凰，雄求雌，男求女，这个凰和淑女不就是说的我吗？遨游四海之后，他也想找个人生伴侣了。"室迩人遐毒我肠"，《诗经》云"其室则迩，其人甚远"，我现在户外偷窥，与他虽只隔一墙，却未互通情愫，这不是室迩人远又是什么？真闹心！"何由交颈为鸳鸯？"雄者为鸳雌者为鸯，止则相偶，飞则为双，这不明明白白说要同我结为夫妻、双宿双飞吗?"凤兮凤兮从凰栖,得托孳尾永为妃。交情通体必和谐",《尚书》云"鸟兽孳尾",孳尾就是雌雄交媾,就是交情通体;《左传》云"嘉耦曰妃",嘉耦就是佳偶。这些说得就更赤裸裸了。"中夜相从别有谁?"中夜就是夜半,这是在叫我半夜去找他吗?这里也没有别人呀,不是叫我又是叫谁呢?

这样显山露水的歌词当然不能当众唱出,所以民国"鸳鸯蝴蝶派"文学早期代表人物徐哲身在长篇小说《汉宫二十八朝演义》第四十回"翻戏党弹琴挑嫠女"一节里作了这样巧妙的处理,说司马相如:"弹出一套《凤求凰》曲,借那弦上宫商,谱出心中词意。文君是个解人,侧耳细听,便知一声声的寓着情词是:'凤兮凤兮归故乡,遨游四海求其凰。有一艳女在此堂,室迩人遐毒我肠。何由交颈为鸳鸯?凤兮凤兮从凰栖,得托子尾永为妃。交情通体必和谐,中夜相从别有谁?'"

听清了司马相如的弦外之音,又目睹了他那倾倒众生的风采,文君不由得"心悦而好之"。加之相如又在宴后买通她的侍者直接传达了自己的爱慕之情,心摇摇如悬旌的她自然忍不住要趁夜离家,私奔相如而去了。这一奔可了不得,竟然成了万古传名私奔的"祖师"。

## 卷四 女子有智

## 徐吾犯<sup>①</sup>之妹　左丘明

郑徐吾犯之妹美，公孙楚<sup>②</sup>聘之矣，公孙黑<sup>③</sup>又使强委禽<sup>④</sup>焉。犯惧，告子产<sup>⑤</sup>。子产曰："是国无政，非子之患也。唯所欲与。"犯请于二子，请使女择焉，皆许之。子晳盛饰入，布币<sup>⑥</sup>而出；子南戎服入，左右射，超乘<sup>⑦</sup>而出。女自房观之，曰："子晳信美矣，抑子南夫也。夫夫妇妇，所谓顺也。"适子南氏。子晳怒，既而櫜甲<sup>⑧</sup>以见子南，欲杀之而取其妻。子南知之，执戈逐之，及冲<sup>⑨</sup>，击之以戈，子晳伤而归。

《左传》

### 【注释】

①徐吾犯：春秋郑国大夫，复姓徐吾。

②公孙楚：姬姓，游氏，名楚，字子南，又称游楚，是郑穆公的孙子、公子偃的儿子、子蟜的弟弟，郑国下大夫。

③公孙黑（？～前540）：姬姓，驷氏，名黑，字子晳，又称公孙黑，是郑穆公的孙子、子驷的儿子、公孙夏的弟弟，郑国上大夫。

④委禽：下聘礼。古代婚礼，纳采用雁，故称。禽，指雁。

⑤子产：即姬侨（？～前522），字子产，又字子美，人们又称他为公孙侨、郑子产，春秋郑国（今河南新郑）人，与孔子同时。前543年至522年执掌郑国国政，是当时著名的政治家、思想家。

⑥布币：布下币帛，放下礼物。

⑦超乘（shèng）：跳跃上车。

⑧櫜（gāo）甲：衣内披甲。

⑨冲：十字路口，交通要道。

**【赏读】**

张爱玲曾这样谈女人："女权社会有一样好处——女人比男人较富于择偶的常识，这一点虽然不是什么高深的学问，却与人类前途的休戚大大有关。男子挑选妻房，纯粹以貌取人。面貌体格在优生学上也是不可不讲究的。女人择夫，何尝不留心到相貌，可是不似男子那么偏颇，同时也注意到智慧健康谈吐风度自给的力量等项，相貌倒列在次要。"但是正如《战国策》中孟尝君所云："睹貌而相悦者，人之情也。"不可否认，男女择偶，第一印象的好坏与对方的相貌直接相关。比如你刚喜欢一个人，对方问你："为什么喜欢我呀？"大抵男人对女人的答复无非是聪明、可爱、懂事、漂亮、灵性、妩媚、女人味，如此等等；女人对男人的套路则逃不出稳重、事业心、帅气、潇洒、小坏、有力、自信、智慧，如此等等。大家都把长相因素藏在诸多特点中间，这样既可表示自己不肤浅不唯外表，又可凸显自己还是在乎外貌不虚伪的。

林语堂也说："一般年轻女子，在观察男性的时候，总不免会为对方的美貌或体格所吸引。健美的体格固是男性健康，及其丰富生活能力的表示，但是容貌却只是婚后两三个月的问题，在继续三十年或四十年的结婚生活中，不久就能发现，到底是面貌美好而精神丑陋的男人好呢，还是面貌并不十分美好，而精神美丽的男人好？……女人也不必过分为男性外表的美所吸引。例如，足球健将或网球能手，不论他在运动方面多么出风头，在日常社会上却未必占着如何重要的地位。结婚不是一年两年的事情，而是终身大事，因此，绝不可为暂时的外表华美所误，而应该选取性格、头脑、体格真正的完美的男子。"徐吾犯的妹妹显然就是这样一个智慧的女性，把男人的相貌列在了次要的位置。这在不是女权社会的早期封建社会，是多么难能可贵啊！或许这就是女人的天性和本能吧，所谓"女人比男人较富于择偶的常识"。

早期封建社会里，女子被认为是男子的附庸之物，《左传》的作者就曾指出女性"从人也"的地位。她们完全没有婚姻的自由，春秋战国时期的混战，女性更是被当作国与国之间的联姻工具、一种政治的砝码，比如许穆夫人的婚姻。对于她们而言，婚姻自由还很遥远，就像徐吾犯嫁妹，却要先向执政者子产征求意见。然而如此环境下的她们依然保持着对婚姻自由的美好追求，这也是对人性的美好追求。徐吾犯之妹最终听凭内心作出了自己的抉择，比许穆夫人幸运多了，虽然婚后不久就遭遇了意外事故（求婚失败的公孙黑不甘心，要杀死公孙楚以夺取徐吾范之妹。公孙楚一怒之下把公孙黑打伤，结果招来了流放之横祸）。这种抉择也是值得称赞的。

## 教　子　杜泰姬[①]

中人情性[②]，可上下[③]也，在其检耳；若放而不检[④]，则入恶也。昔西门豹佩韦以自宽[⑤]，宓子贱带弦以自急[⑥]，故能改身之恒[⑦]，为天下名士。

《华阳国志》

【注释】

①杜泰姬（生卒年不详）：南郑人，东汉犍为太守赵宣（字子雅）之妻。

②中人：智力发展处于中等状态的人，对"上智"与"下愚"而言。情性：性情。

③可上下：可以使上，可以使下，犹言"可以变坏（入恶），可以变好"。

④放而不检：放任自流，没有法度。检，法度。

⑤西门豹佩韦以自宽：西门豹性情太急了，常把牛皮佩带在身上，提醒自己可以宽缓一点。西门豹，战国时期魏国人。魏文侯（前445～前396年在位）时任邺令，是著名的政治家、水利家。韦，经去毛加工制成的柔皮。

⑥宓子贱带弦以自急：宓子贱性情太慢了，常把弓弦佩带在身上，提醒自己可以急速一点。宓子贱，春秋鲁国人，孔子的学生，以治理单父（今山东菏泽单县）闻名。《韩非子·观行》："西门豹之性急，故佩韦以缓己；董安于之心缓，故佩弦以自急。"《论衡·率性》："西门豹急，佩韦以自缓；董安于缓，带弦以自促。"《幼学

琼林·器用》:"董安于佩弦以自勉,西门豹佩韦以自宽。"说的都是春秋晋国人董安于。此云宓子贱,当是传闻不同。

⑦改身之恒:改掉身上长期存在的缺点。恒,常。

**【赏读】**

汤用彤说三国时文学家刘邵的《人物志》"为汉代品鉴风气之结果",我要说杜泰姬的"中人论"是汉代品鉴风气的重要结论之一。

那什么样的人算"中人"呢?颜师古认为:"中人者,处强弱之中也。"中人之上是强者、精英,即古人所谓"上智";中人之下是弱者、普通人,即所谓"下愚"。为了让自己的七个儿子明白什么样的人算"中人",杜泰姬举了两个例子:西门豹、宓子贱。他们在"改身之恒"之前就是中人,改了之后,就晋升为"天下名士"了。毫无疑问,"天下名士"自然是"上智"之一种类型。七子之中,"若元珪、稚珪有望,五人皆令德",赵元珪、赵稚珪虽然算不上"天下名士",但也有名望,其他五个儿子则具备良好的品德。后来这七个儿子都被朝廷聘请和推荐,分别担任州牧、太守等职。在《华阳国志》的作者常璩看来,他们无疑已经跻身于"上智"之流了,而这当然与他们母亲杜泰姬的谆谆教诲、循循善诱密不可分。

《华阳国志》给了杜泰姬这样一句总赞:"杜氏之教,父母是遵。"杜氏一家之教,成了天下父母的宝典。这可了不得。也许怕口说无凭吧,常璩举了一个很有说服力的证据:"汉中太守、南郑令多与七子同岁秀、孝、上计,无不修敬泰姬,执子姓礼。"当时的汉中太守、南郑县令大多是和她的七个儿子同年被举为秀才、孝廉(汉代察举制推选的孝悌、清廉之士)、上计掾(古代佐理州郡上计事务的官吏)的人,对她都像对待自己的母亲一样。可见她的中人教子理论是多么普及和深得人心。

## 孟母三迁  刘 向①

邹孟轲②之母也,号孟母。其舍③近墓。孟子之少也,嬉游为墓间之事,踊跃筑埋④。孟母曰:"此非吾所以居处⑤子也。"乃去,舍市傍。其嬉戏为贾人衒卖⑥之事。孟母又曰:"此非吾所以居处子也。"复徙,舍学宫⑦之旁。其嬉游乃设俎豆⑧、揖让进退⑨。孟母曰:"真可以居吾子矣!"遂居。及孟子长,学六艺⑩,卒⑪成大儒之名。

《列女传》

【注释】

①刘向(前77~前6):原名更生,字子政,沛(今江苏沛县)人,汉皇族楚元王(刘交)的第四代孙。西汉经学家、目录学家、文学家,称得上孔子、荀子之后,对中国古代文献的整理和流传做出了重大贡献的人物。著有《洪范五行传》《别录》《新序》《说苑》《列女传》等,其文学作品《九叹》被编入《楚辞》。

②孟轲(前372~前289):字子舆,邹(今山东邹城东南)人,鲁国庆父后裔。战国思想家、教育家。晚年与门人万章、公孙丑等著有《孟子》一书。孟子继承并发扬了孔子的思想,成为先秦儒家学派的集大成者,对后世中国文化和社会的影响全面而巨大,有"亚圣"之称,与孔子合称为"孔孟"。

③舍:家。此为名词。下文"舍市傍""舍学宫之旁"之"舍"则用为动词,意思是"安家"。

④筑埋:筑穴埋葬。

⑤居处：安置。

⑥贾（gǔ）人：做买卖的人，商人。衒（xuàn）卖：沿街叫卖。

⑦学宫：此词早在西周时期就已出现，与"辟雍"一词意义相同，是周天子设立的大学，专门教授国子和贵族子弟的场所。后世多用"学宫"指称孔庙。

⑧俎（zǔ）豆：俎与豆，古代祭祀时盛放祭品的两种器物。

⑨揖让进退：打躬作揖、进退朝堂等古代宾主相见的礼仪。

⑩六艺：儒家要求学生掌握的六种基本才能，即礼、乐、射、御、书、数。

⑪卒（zú）：终于。

## 【赏读】

环境对人的影响大到让人习以为常、日用而不知，就像空气。人在环境里生，在环境里老，在环境里病，在环境里死，完全可以这样说：人不可须臾离环境，要想"跳出三界外，不在五行中"几乎不可能。大致而言，环境可一分为二：一为自然环境，二为社会环境。

一方水土养一方人，水土不同，生长于斯的人自然也会随之而异，西汉刘安主编的《淮南子》一书已暗示出这个道理："湍水人轻，迟水人重，中土多圣人……坚土人刚，弱土人肥，垆土人大，沙土人细，息土人美，耗土人丑。"这里的水土指的就是自然环境。

社会环境对人尤其是对儿童的影响之大有甚于自然环境者。因为儿童的模仿能力很强，他极有可能会随着社会环境的改变而改变，周遭的事物事情于他都是新鲜有趣的，不教不令，便会自发地去模仿。当住在墓地旁边的时候，年幼的孟轲学着大人跪拜、哭丧的样子，玩起办理白事的游戏；当住在市集旁边的时候，他学着商贩的样子，玩起沿街叫卖的游戏；当住在学宫旁边的时候，他的游戏节目是跟学生学着如何摆放祭祀的器物、如何行礼、如何恭让、什么时候该向前、什么时候该退避。"生有淑质"的小孟轲受社会环境的左右不可谓不明显。

人可以主动地去改变环境，例如《列子》里那个著名的寓言："太行、王屋二山，方七百里，高万仞，本在冀州之南、河阳之北。北山愚公者，年且九十，面山而居，惩山北之塞、出入之迂也，聚室而谋，曰：'吾与汝毕力平险，指通豫南，达于汉阴，可乎？'杂然相许。"愚公宁愿子子孙孙无穷匮地动土移山，改变早已存在的环境，不愿直接迁址搬家，一是因为"安土重迁，黎民之性"，难以说改就改；二是深切体会到了环境对人的限制，真心想要超拔出来。孟母的"三迁之教"则是另外一种摆脱环境的方式，她肯定也感受到了环境的潜移默化之力。

两千多年过去了，作为经典的教子故事和诗文典故，"孟母三迁"或"孟母迁邻"一直为后世所广泛传诵。孟母仉氏，当儿子孟轲三岁时，就死了丈夫，她坚守志节，含辛茹苦，一手抚养儿子长大，并从慎始、励志、教品、勉学等方面教育儿子。诸如此类，在年画、京剧、秧歌剧、动漫电影等版本的《孟母三迁》之中表现得更加淋漓尽致，感人肺腑。孟轲能最终成为一代大儒和伟大的思想家，与其母的言传身教绝对是分不开的。

## 郑婢对诗  刘义庆

郑玄①家奴婢②皆读书。尝使一婢，不称旨③，将挞之。方自陈说，玄怒，使人曳着泥中。须臾，复有一婢来，问曰："胡为乎泥中？"答曰："薄言④往诉，逢彼之怒。"

《世说新语》

【注释】

①郑玄（127~200）：字康成，北海高密（今属山东）人，为汉尚书仆射郑崇八世孙，东汉经学家、大司农。曾入太学攻《京氏易》《公羊春秋》《三统历》《九章算术》，又从张恭祖学《古文尚书》《周礼》《左传》等，继在大儒马融门下受古文经，游学十余年，后回乡聚徒授课，弟子达数百千人。党锢之祸起，遭禁锢，杜门注群经，以《毛诗传笺》（又称《毛诗郑笺》，简称《郑笺》）、《三礼注》影响最大，又著有《六艺论》《天文七政论》等。

②奴婢：通常男仆称奴，女仆称婢。后亦用为男女仆人的泛称。

③不称旨：不符合命令，未能很好完成任务。

④薄言：语助词。

【赏读】

2012年，山东高密的一位作家轰动了全世界，让平时不看书的民众突然有了临时抱佛脚的冲动。由此上溯到127年，山东高密的一个学者呱呱落地，他的大名早被大众忘却，他的大著却影响至今，例如"独恨无人作《郑笺》"的《郑笺》，毫不夸张地说，全世界研习《诗经》的人都绕不开它。他就是集两汉经学之大成的郑玄。《世说新语·文学》隆重地以他开头，连用三则故事丰满、高大、光辉了他的大师形象。也因了这几则逸闻，一千八百多年以来，读书人始终没有将他彻底忘却。特别是第三则——强将手下无弱兵，大师家的婢女也有才有智到了出众超群的地步。

  一次，郑玄指使一个婢女去做某事，结果没能称心如意，准备鞭挞她。看来大师也有大脾气，动辄就要搞家暴。而那个婢女也不是什么软骨头，当场便为自己申辩，惹得郑玄大怒，叫人将她拽到泥坑里罚站。倘若故事至此就戛然而止，史上就少了两位智慧的女性。不一会儿，另有一个婢女过来，问："胡为乎泥中？"为什么在泥中呢？被罚的婢女答道："薄言往诉，逢彼之怒。"我正要申诉，却恰逢他发怒。这两句妙问妙答，对不熟悉《诗经》的读者来讲，恐怕连冷笑话都算不上。可是，"给识货人看了，愈觉得滋味浓厚"。"薄言往诉，逢彼之怒"出自《诗经·邶风·柏舟》，"胡为乎泥中"出自《邶风·式微》，问以邶风，答亦以邶风，虽断章，取的却是原义，如此信手拈来，贴切调用成句以喻当时情境，足见二婢之强记与急智。

  《红楼梦》第六十三回记"群芳开夜宴"，行"花名签"酒令，贾宝玉的两个婢女——麝月、袭人也参与其中，她俩各掣得一签，签上各写着一句《千家诗》。曹雪芹这样安排，不是为了表现二婢的才智，而是借签诗暗示她们的命运走向，这显然跟《世说新语》大异其趣，尽管同为引用旧诗。袭人掣得的是《重订千家诗》的疑似编者谢枋得的诗句："桃红又见一年春。"该诗名叫《庆全庵桃花》，全文为："寻得桃源好避秦，桃红又见一年春。花飞莫遣随流水，怕有渔郎来问津。"此处曹雪芹是采用隐前歇后的手法，对袭人进行嘲讽。首句说，封建大家庭没落之时，她怕自己跟着倒霉，就去另寻安乐窝了；第二句，讥她嫁给蒋玉菡，好比两度春风；第三句,也就是"轻薄桃花逐流水"的意思;末句,"渔郎"若换成"优伶",就像专为袭人而作了。相形之下,刘义庆倒像是在暗暗赞赏郑家的婢女。明代思想家李贽《初潭集·夫妇·文学》(这个"文学"与《世说新语》的相同,都是广义)将郑家婢女同柳下惠之妻、崔篆之母、班固之妹、蔡邕之女等相提并论,说她们两个加起来当得一个才女,总算是把刘义庆的潜台词给坦白表明了,如果刘氏也这样想的话。

## 桓妇送新衣　刘义庆

桓车骑①不好著②新衣，浴后，妇③故送新衣与。车骑大怒，催使持去。妇更持还，传语云："衣不经新，何由④而故？"桓公大笑，著之。

《世说新语》

### 【注释】

①桓车骑：即桓冲（328～384），字幼子，小字买德郎，谯国龙亢（今安徽怀远西北）人。东晋杰出军事家桓温之弟。曾任车骑将军。性俭素，谦虚爱士。

②著（zhuó）：穿着。

③妇：指桓冲的妻子。

④何由：怎能。是"何缘"的同义词。

### 【赏读】

《桓妇送新衣》这则逸事被《晋书·桓冲传》表达为："冲性俭素，而谦虚爱士。尝浴后，其妻送以新衣，冲大怒，促令持去。其妻复送之，而谓曰：'衣不经新，何缘得故？'冲笑而服之。"很显然，这是为了证明桓冲的勤俭朴素而举的例子。

清人赵翼《瓯北诗话》云："人人意中所有，却未有人道过，一经说出，便人人如其意之所欲出，而易于流播，遂足传当时而名后世。如李太白'今人不见古时月，今月曾经照古人'，王摩诘'劝君更尽一杯酒，西出阳关无故人'，至今犹脍炙人口，皆是先得人心之所同然也。""衣不经新,何由而故"或"衣不经新,何缘得故"虽然不是脍炙人口的诗句,但也是"人人意中有,个个笔下无"。衣服不经过新的,又怎会变成旧的呢?这本是一个再朴素不过的常识,人人都知道,但在特殊的情景里,一经说出,竟能化"大怒"为"大笑",只因它道出了,不,是唤醒了听者的意中所有。与其说桓妇是"贤媛"(《桓妇送新衣》被《世说新语》归入《贤媛》类),不如说她是智女,在适当的时机机智地说出适当的话,即便很浅显,也可能有意想不到的效果。

"衣不经新,何由而故"或"衣不经新,何缘得故"——似乎也可以用来反驳每一个过分恋旧的人。有人认为:当然,桓冲不喜欢穿新衣服倒不是因为恋旧,而是魏晋的贵族经常吃五石散,吃后皮肤很脆弱,很容易破,所以他们喜欢穿旧衣服——软和。五石散用石钟乳、紫石英、白石英、石硫黄、赤石脂五味石药合成,本是一种治疗伤寒的药,乃东汉内科大夫张仲景所研制。但到了魏晋时期,五石散一下子就成为了士大夫津津乐道乐用的时尚消费品,所谓"服五石散,非唯治病,亦觉神明开朗"。曾有人问:诸葛亮为何四季皆用扇?我答:他也赶时髦,长期服食五石散,全身发热,故而如此。这其实是"诡答",跟说桓冲因服五石散而不敢穿新衣一样都不过是"想当然耳"。

## 卿　卿　刘义庆

王安丰妇常"卿"安丰①。安丰曰:"妇人卿婿②,于礼为不敬,后勿复尔。"妇曰:"亲卿爱卿,是以卿卿;我不卿卿,谁当卿卿?"遂恒听③之。

《世说新语》

【注释】

①王安丰妇常"卿"安丰:安丰侯王戎的媳妇常用"卿"来称呼他。

②婿:丈夫。

③听:任凭,随,听任。

【赏读】

中国有一个传统,或者说是一个习惯,就是喜欢把一些尊贵的称谓下移,也就是说,以前是比较高贵的称谓,渐渐成为民间普罗大众之间的称呼。典型的例子如"相公",那是唐朝人称呼宰相的专有名词,明清之后成为妻子对丈夫的称呼;再如"官人",唐朝用以称呼当官的人,宋以后变成对有一定地位的男子的敬称,到明清则成为妻子对丈夫的称谓。"卿"也是一个与此类似的例子。从先秦到东汉,"卿"一直是相当高贵的职位,在魏晋时有了新的用法。那时候,晚辈称呼长辈、位卑者称呼位尊者用"公",同辈之间或同等职位之间互称为"君",比较熟悉或亲昵的朋友以及上级称呼下级则使用"卿"。这是一种典型的下移。《南史》记载陆慧晓

"未尝卿士大夫，或问其故，慧晓曰：'贵人不可卿，而贱者乃可卿'"。就是说对于比自己尊贵的人不能用"卿"这个称谓，只有对比自己地位低下的才可称"卿"。古代社会讲究男尊女卑，当媳妇用"卿"来称呼自己的时候，贵为侯爷的王戎自然不高兴了，说什么"于礼为不敬，后勿复尔"，劝她以后别再这样没大没小了。

王戎妻的回答却很娇媚："亲卿爱卿，是以卿卿。"反问得又很泼辣："我不卿卿，谁当卿卿？"她似乎谙晓这样一个道理：男女感情愈深，称呼才愈亲昵；如果很客气，则感情很克制，成不了亲密爱人。"卿卿"中上"卿"字为动词，谓以卿称之；下"卿"字为代词，犹言"你"。冯小青的名句"卿须怜我我怜卿"，显然是在使用王妇语的原意，是女称男；黄仲则说"卿须怜我，我更怜卿"，则变成了男称女。两者相同之处在于，卿皆可翻译成"你"，只是如此一来，就削弱了感情色彩。

更多的时候，两"卿"字被连用为名词，作为夫妇、情人、朋友间的亲昵之称，如唐韩偓《偶见》"小叠红笺书恨字，与奴方便寄卿卿"，李绅《真娘墓》"还似钱塘苏小小，只应回首是卿卿"，李贺《休洗红》"卿卿骋少年，昨日殷桥见"及《出城》"卿卿忍相问，镜中双泪姿"，权德舆《朝回阅乐寄绝句》"曲罢卿卿理骀驳，细君相望意何如"，宋苏轼《浣溪沙》"且呼张丈唤殷兄，有人归去欲卿卿"，清曹雪芹《聪明累》"机关算尽太聪明，反算了卿卿性命"，觉民《与妻书》"意映卿卿如晤"。后世又将"卿卿"和"我我"连用为形容词"卿卿我我"，形容男女性爱、亲昵缠绵，如鲁迅《男人的进化》"它们在春情发动期，雌的和雄的碰在一起，难免'卿卿我我'的来一阵"。

## 狄仁杰堂姨[①] 李濬[②]

狄仁杰之为相也,有卢氏堂姨居于午桥南别墅[③]。姨止有一子,而未尝来都城亲戚家。梁公每遇伏腊[④]晦朔,修礼甚谨。尝经甚雪多休暇,因候卢姨安否,适见表弟挟弓矢、携雉兔来归,膳味进于北堂[⑤],顾揖梁公,意甚轻简。公因启姨曰:"某今为相,表弟有何乐从,愿悉力以从其旨[⑥]。"姨曰:"相自贵尔,有一子,不欲令其事女主。"公大惭而退。

《松窗杂录》

**【注释】**

①狄仁杰(630~700):字怀英,并州太原(今山西太原西南)人。唐武周时期杰出的政治家,武则天当政时期宰相。举明经,历官并州都督府法曹参军、大理丞、侍御史、宁州刺史、豫州刺史。武则天即位,任地官侍郎、同凤阁鸾台平章事,后为来俊臣诬害下狱,贬彭泽令,转魏州刺史,神功初复相,后入为内史,后又封为梁国公,故简称"梁公"。在女主武则天当政期间,以不畏权贵著称。堂姨:母亲的叔伯姐妹。

②李濬(生卒年不详):无锡人。会昌间宰相李绅之子。乾符四年(877),自秘书省校书郎入直史馆。六年春,乞假归无锡,撰《慧山寺家山记》。编次李绅所制诏书、章表等文章,又撰《松窗杂录》,所记为其早年闻于公卿间的逸闻逸事。

③午桥南别墅:"午桥"大概就是东都洛阳定鼎门护城河之桥,"午桥南别墅"应与裴度的"定鼎门别庐"("绿野堂")相去不远,

亦在洛阳外郭城正南门定鼎门外。

④伏腊：伏祭和腊祭之日，泛指节日。

⑤膳味进于北堂：将雉、兔等做成珍膳美味进献给母亲。北堂，古指士大夫家主妇居室，后以代称母亲。

⑥旨：心意。

**【赏读】**

20世纪50年代，与张之洞外孙女水世芳结为伉俪的荷兰汉学家高罗佩出版了他用英文写成的小说《大唐狄公案》，迅即在欧美世界引起轰动。全书以中国唐代宰相狄仁杰为主人公，描述狄公在州、县及京都为官断案、与民除害的传奇经历。作者笔下的狄公迥异于中国传统公案小说里的"青天大老爷"，他有着独到的办案风格：重效率而轻缛节，讲操守而又善变通，重调查推理，而不主观臆断，被西方读者称为古代中国的福尔摩斯。高罗佩曾亲自将《大唐狄公案》之中的《迷宫案》译成中文，名《狄仁杰奇案》，1953年由新加坡出版。从80年代开始，《大唐狄公案》又屡被国人译成汉语，出口转内销似的来到了中国读者的案前。也许就是从此时起，狄公成了包公、施公之外，又一个被民间文艺、影视剧所长期青睐的传奇人物，随时随地都是一副伟大、光明、正派的正能量模样。

相比之下，这则狄仁杰受辱的故事却少有人关注，仿佛成了他神探、清官形象上的小瑕疵，有意被曲护。在古代，很长一段时期以来，它却被文人们津津乐道，除了《松窗杂录》的首度披露而外，又见载于宋人王谠的《唐语林》、明人李贽的《初潭集》。简短的故事被不断重述，俨然成了难以磨灭的丑闻，而狄仁杰的姨娘卢氏却成了"贤妇"的代表（《初潭集》即将其归入《贤妇》门），狄仁杰则相应地成了滥用权力、任人唯亲的不肖之徒，尽管他只是出于好心，只是想，顶多算一个"任人唯亲未遂"。对于狄仁杰的位高权重，表弟也是不屑一顾的，甚至超过了他的堂姨。你看他，一边把野味敬献给高堂母亲，一边回过头只向狄仁杰礼节性地拱拱手，态度很是轻蔑、傲慢。可以推想，卢氏母子肯定是女主武则天的反对派（至少是暗中的、民间性质的），所以极其不满于狄仁杰的称臣效命。

## 亡妻王氏 苏 轼①

君讳弗,眉②之青神人,乡贡进士方之女③。生十有六年而归于轼。有子迈。君之未嫁,事父母;既嫁,事吾先君、先夫人④,皆以谨肃闻。其始,未尝自言其知书也。见轼读书,则终日不去,亦不知其能通也。其后轼有所忘,君辄能记之。问其他书,则皆略知之。由是始知其敏而静也。

从轼官于凤翔,轼有所为于外,君未尝不问知其详。曰:"子去亲远⑤,不可以不慎。"日以先君之所以戒轼者相语也。轼与客言于外,君立屏间听之,退必反覆其言曰:"某人也,言辄持两端⑥,惟子意之所向,子何用与是人言?"有来求与轼亲厚甚者,君曰:"恐不能久。其与人锐,其去人必速。"已而果然。将死之岁,其言多可听,类有识者。其死也,盖年二十有七而已。始死,先君命轼曰:"妇从汝于艰难,不可忘也。他日汝必葬诸⑦其姑之侧。"未期年而先君没⑧,轼谨以遗令葬之。

《东坡集》

【注释】

①苏轼(1037~1101):字子瞻,号东坡居士,眉州眉山(今属四川)人。北宋文学家、书画家、美食家。其文汪洋恣肆,与其父苏洵、其弟苏辙并称"三苏",与欧阳修并称"欧苏",为"唐宋八大家"之一;诗清新豪健,与黄庭坚并称"苏黄";词开豪放一派,与辛弃疾并称"苏辛";书法擅长行、楷,能自创新意,用笔

丰腴跌宕,与蔡襄、黄庭坚、米芾并称"宋四家",存有《赤壁赋》等墨宝;画学文同,善绘竹,喜作枯木怪石,论画主张神似,提倡"士人画",存有《竹石图》等。诗文有《东坡七集》,词有《东坡乐府》等。

②眉:眉州(今四川眉山),苏轼的故乡。

③乡贡进士方之女:"乡贡进士"还不是真正的进士,而是时人对中乡举的贡士的尊称。据宋人王宗稷《东坡先生年谱》的考证,王弗并非王方的亲生骨肉,而是他兄弟家的女儿,由他抚养长大。准确地说,王弗应该是王方的侄女暨养女。

④先君、先夫人:对已死父母的尊称。

⑤子去亲远:您离开双亲很远。子,相当于"您",对男子的尊称。亲,父母。

⑥持两端:采取模棱两可的骑墙态度。

⑦诸:"之于"的合音。

⑧未期年而先君没(mò):不满一年而我父亲也死了,指王弗死后不到一年,苏洵也去世了。没,同"殁"。

## 【赏读】

苏东坡一生与王姓女子结下了不解之缘。前妻王弗,为他生了一个儿子,名叫苏迈。后妻王闰之,是王弗的堂妹,为他生了两个儿子——苏迨、苏过。三子之中,数苏过的文学成就最高,著有《斜川集》二十卷,时人称为"小坡"。王闰之卒后,苏轼未再娶妻。不过后来"家有数妾",苏轼最爱的那一位也姓王,名朝云,也为他生了一个儿子——苏遁,可惜未满周岁就夭折了。更悲摧的是,这三位可爱、贤淑的王姓女子都先苏轼而去,让他痛悼不已,无处话凄凉。

"无处话凄凉"出自苏东坡那首著名的词《江城子·乙卯正月

二十日夜记梦》:"十年生死两茫茫。不思量。自难忘。千里孤坟,无处话凄凉。纵使相逢应不识,尘满面,鬓如霜。 夜来幽梦忽还乡。小轩窗。正梳妆。相顾无言,惟有泪千行。料得年年断肠处,明月夜,短松冈。"人鬼殊途,纵使相逢,恐已无法相认,而梦中所见还是生前的样子,只是对不了话,唯有相视而泣。字字带泪,句句含悲,怀念的就是第一任爱妻王弗。准确地说,王弗应该是毛方的侄女,"乡贡进士方之女",是将她视为王方的养女而言的。王弗很早就懂事了,是个有孝心的姑娘,侍奉王方夫妇恭谨而周到。十六岁时嫁给了苏轼,对苏轼的父母也照样孝敬顺从。

如果说孝是中国传统女性普遍的德行,并不稀奇,那么"敏而静"以至于"有识"就显得难能可贵了。一开始,王弗并没有告诉苏轼自己识字知书。每当苏轼读书,她就终日陪伴在一旁,也许偶尔会添一添香、斟一斟茶。后来苏轼忘记了某书某内容,她却能帮着回忆起来,又问其他的书,她也都能略微知道一些。这让苏轼十分惊讶,从此开始对她刮目相看。

和知人相比,知书又不过是小巫罢了。一次,苏东坡与客人在外室交谈,王弗站在屏风后听。嗣后,反复对苏轼说:"某某人,说话两面讨好,一味顺着你的心思说。"言外之意,此人圆滑不可交。又有一回,有个人想和苏轼结交为密友,她观察后说:"恐怕不能长久。他能跟人这么快就成为密友,背叛人也一定会很快。"后来事实证明,王弗的判断确然不虚。

东坡为官在外,王弗几乎每天都拿公公告诫丈夫的话来提醒他。她死时年仅二十七岁,公公苏洵特地交代儿子苏轼:你夫人是在你艰难的时候跟从你的,你可不能忘了她啊!他日你一定要把她安葬在你母亲的墓旁。可见在苏洵的眼中,王弗该是多么称职又称心的一位好媳妇呀!

## 磨杵成针  祝 穆[①]

磨针溪,在眉州象耳山下。世传李太白[②]读书山中,未成,弃去。过小溪,逢老媪[③]方磨铁杵[④],白怪而问之,媪曰:"欲做针。"白曰:"铁杵成针,得乎?"曰:"但需工[⑤]深!"太白感其意,还而终业[⑥]。媪自言姓武,今溪旁有武氏岩。

《方舆胜览》

【注释】

①祝穆(?~1256):少名丙,字伯和,又字和甫,晚年自号樟隐老人,谥文修。福建建阳人。曾祖祝确为朱熹的外祖父,父康国是朱熹表弟。著有《古今事文类聚》前后续别四集、《方舆胜览》七十卷。《方舆胜览》主要记载临安府(今浙江杭州)及其所辖的十七路等地的郡名、风俗、形胜、土产、山川、学馆、堂院、亭台、楼阁、轩榭、馆驿、桥梁、寺观、祠墓、古迹、名官、人物、题咏等,内容丰富全面,对于了解南宋时期江南各地的经济、文化、风俗、民情、山川、土产等有着极大的帮助。特别是录有不少现已失传的文献资料,参考价值甚高。《四库全书总目提要》说它:"盖为登临题咏而设,不为考证而设,名为地证,实则类书也。"

②李太白:即李白(701~762),字太白,号青莲居士,唐代著名诗人,有"诗仙"之美誉。

③媪(ǎo):妇人。

④杵(chǔ):舂米或捶衣的木棒。

⑤工:通"功"。

⑥还（huán）而终业：回到原处或恢复原状。此指回到山中（完成学业）。

**【赏读】**

李白的家庭虽不乏资财，但并非名门世家，大约属于不拘于"奉儒守官"的商人地主阶层。也就是说，家庭环境开放包容，物质条件有余有剩。他即使算不上"富二代"，也曾是一个不愁吃穿的不羁少年。据他的自述，他"五岁诵六甲，十岁观百家"；到了十五岁就更不得了了，"观奇书""好剑术""游神仙"。孔子当年十五岁才开始立志向学，李白却已在为今后的笑傲江湖打基础了。二十六岁时，李白毅然离开蜀地，"仗剑去国，辞亲远游"，终极目的是想自布衣一举而为卿相，"申管晏之谈，谋帝王之术，奋其智能，愿为辅弼，使寰区大定、海县清一"，并不甘心只做一个歌舞升平的御用文人。

如果"只要功夫深，铁棒磨成针"的故事真实发生过，那么应该在李白二十六岁去蜀之前，因为故事的发生地磨针溪位于四川眉山象耳山下。相传李白在象耳山中读书，学未成，却想中途而废，经过磨针溪，看见一个老太婆在磨铁杵。这也太巧了，老太婆像极了神仙故事里的神仙，化身成人，规劝世俗的迷途羔羊。

如果说磨杵成针是没有预谋的、巧合的劝学，那么磨砖成镜的故事就是刻意的棒喝。同为宋人的释道原在《景德传灯录》里记载了一段禅宗公案："唐先天二年始往衡岳，居般若寺。开元中，有沙门道一住传法院，常日坐禅。师知是法器，往问曰：'大德，坐禅图什么？'一曰：'图作佛。'师乃取一砖，于彼庵前石上磨。一曰：'磨砖作么？'师曰：'磨作镜。'一曰：'磨砖岂得成镜耶？'师曰：'磨砖既不成镜，坐禅岂得成佛耶？'……一闻示诲，如饮醍醐。"所谓"道一"就是后来被日本佛学大师铃木大拙誉为"唐代最伟大的禅师"的四川人马祖道一,幼年在罗汉寺出家,后来在渝州圆公律师处受具足戒。唐开元年间(713~741),马祖来到南岳衡山,在一个草庵里修习禅定。南岳般若寺的怀让禅师(677~744)觉得他可成大器,就去问他:"大师,天天枯坐在这里,图个什么?"马祖说:"图成佛。"怀让禅师于是捡起一块砖,在马祖草庵前用力磨起来。马祖问:"您磨砖干什么?"怀让禅师说:"我磨砖是想做一面镜子。"马祖问:"砖哪能磨成镜子呢?"怀让禅师说:"磨砖既然不能成镜,那么一味枯坐就能成佛吗?"马祖一听,豁然开悟,如醍醐灌顶,于是就投在怀让禅师的门下聆听教诲,最终成了禅宗的一代宗师。

相比之下,那个姓武的老妇人的智慧丝毫不亚于怀让禅师,没有机心,却更富禅意。

## 训子书 徐 媛①

儿年几弱冠②，懦怯无为，于世情毫不谙练，深为尔忧之。男子昂藏六尺于二仪间③，不奋发雄飞④而挺两翼，日淹岁月，逸居无教，与鸟兽何异？将来奈何为人？慎勿令亲者怜而恶者快！兢兢业业，无怠夙夜⑤，临事须外明于理，而内决于心。钻燧之火，可以续朝阳；挥翩之风，可以继屏翳⑥。物固有小而益大，人岂无全用哉？习业当凝神伫思，戢⑦足纳心，骛精于千仞之巅，游心于八极之表⑧；浚发于巧心⑨，摛藻如春华⑩。应事以精，不畏不成形；造物以神，不患不为器。能尽我道而听天命，庶不愧于父母妻儿矣！循此则终身不堕沦落，尚勉之励之，以我言为箴⑪，勿愦愦⑫于衷，勿朦朦于志。

《络纬吟》

## 【注释】

①徐媛（1566~1618）：字小淑，长洲人。范仲淹后裔范允临（1558~1641）的夫人，明代女作家。范允临字至之，别号长倩，南直隶苏州府吴县（今江苏苏州）人。神宗万历二十三年（1595）进士，官至福建参议。工书，当时与董其昌名相埒。少年时即潜心绘事，擅山水。有《轮廖馆集》。徐媛工诗词，好吟咏，与陆卿子相唱和，关中士大夫望风附影，交口誉之，海内称"吴门二大家"。有《络纬吟》十二卷，著录于《明史·艺文志》。该书卷首有范允临《小引》，作品包括赋、楚辞、四言诗、五古、七古、五律、五

言排律、七律、五绝、七绝、诗余、词余、尺牍等。

②年几弱冠：年近二十。几，接近。弱冠，古代男子二十岁叫作"弱"，这时就要行"冠礼"。《礼记·曲礼上》："二十曰弱，冠。"孔颖达正义："二十成人，初加冠，体犹未壮，故曰弱也。"

③昂藏六尺于二仪间：堂堂六尺之躯立于天地之间。昂藏，魁伟，气度轩昂。二仪，天与地。

④雄飞：比喻奋发有为。《东观汉记·赵温传》："大丈夫生当雄飞，安能雌伏！"

⑤无怠夙夜：就是"夙夜不怠"的意思，从早到晚从不懈怠，形容非常勤奋。

⑥屏翳：风师，古代传说中的风神。

⑦戢（jí）：收敛。

⑧骛（wù）精于千仞之巅，游心于八极之表：由陆机《文赋》"精骛八极，心游万仞"变化而来。骛，奔驰。

⑨浚发于巧心：（文思）从巧心深处发出，意即用心巧妙构思。

⑩摛藻如春华：语本杨泉《草书赋》"其发翰摛藻，如春华之扬枝"。

⑪箴：劝告，劝诫。

⑫愦（kuì）愦：昏庸，糊涂。

【赏读】

明朝万历乙卯年（1615），小说家钱希言曾为《络纬吟》写序道："夫人诗烨若朝采，皎若夜光，芬芳则楚畹幽兰，骀荡则灵和弱柳，落花依草，点缀有情，春蚕吐丝，绵连不断，薄雕缋而银汉疏星，绝粉饰而远山秋水。"如此等等，虽然溢美的是徐媛的诗，但同样可以移评她的文，比如这篇《训子书》。既云"烨若朝采，皎若夜光"，又说"薄雕缋而银汉疏星，绝粉饰而远山秋水"，看似矛盾之词，实则见道之语。简言之，富有文采，却不雕琢。

徐媛很注重子女的教育，也懂得因材施教，她认为男孩应"气质刚强，振翅奋飞，屹立天地之间"，而女孩则应"勤劳针织，善经家务"。"气质刚强，振翅奋飞，屹立天地之间"，反过来讲，就是："男子昂藏六尺于二仪间，不奋发雄飞而挺两翼，日淹岁月，逸居无教，与鸟兽何异？将来奈何为人？"在她看来，堂堂男儿当如大鹏挥翮雄飞，而不是像普通鸟兽那样浑浑噩噩，不识不知，虚度年华，浪费光阴。这是男儿起码要有的气度和态度，然后才谈得上具体的"为人"和"习业"。

为人，是首要之务。一要勤勉："兢兢业业，无怠夙夜。"二要理性："临事须外明于理，而内决于心。"三要注重细节："钻燧之火，可以续朝阳；挥翮之风，可以继屏翳。"钻燧取火，虽然不能与朝阳争辉，但是可以照亮黑夜；挥翮生风，虽不能与屏翳抗衡，但足以举体飞翔。

习业，是为了加强自身修养。一要专心致志："凝神伫思，戢足纳心"，不能到处瞎跑，要"收放心"，用在学业上。二要开放思想："骛精于千仞之巅，游心于八极之表。"要善于联想，举一反三。三要开发潜力："浚发于巧心，摛藻如春华。"从心出发，自然而然地表达自己，就像花树那样随春而扬枝。

可怜天下父母心。徐媛眼看儿子年近弱冠，却懦怯无为、不谙世情，不禁替他担忧着急起来。于是专门作书训示，希望他别自暴自弃，希望他能发奋成才，免得"亲者怜而恶者快"。一篇之中三致志焉，恰如春蚕吐丝，绵连不断，开始打比喻，讲道理，最后总而言之，不管为人处世还是习业做事，只须"勿愦愦于衷，勿朦朦于志"，"应事以精，不畏不成形；造物以神，不患不为器"。一片苦口婆心，跃然纸上，力透纸背，真是名副其实的"昔时贤文，诲语谆谆"。

## 马皇后① 冯梦龙

高皇帝②初造宝钞③,屡不成,梦人告曰:"欲钞成,须取秀才心肝为之。"觉④而思曰:"岂欲我杀士耶?"马皇后启⑤曰:"以妾观之,秀才们所作文章即心肝也。"上悦,即于本监⑥取进呈文字用之,钞遂成。

《智囊》

**【注释】**

①马皇后(1332~1382):名讳不详,明太祖朱元璋结发之妻。历史文献上记载她嫁人后的称呼是"马夫人",丈夫称帝后的名号是"马皇后",死后被谥为"孝慈高皇后"。部分野史与地方戏曲称之为"马秀英"或"马玉环",民间又称"大脚皇后"。

②高皇帝:即明朝开国皇帝朱元璋(1328~1398),俗称洪武帝、朱洪武,谥"高皇帝",庙号太祖。其统治时期被称为"洪武之治"。

③宝钞:即"大明通行宝钞",是明朝官方发行的唯一纸币,始造于明太祖洪武八年(1375),贯行于明朝二百七十年。

④觉(jué):梦醒。

⑤启:陈述,报告。

⑥监:明代宫廷置司礼监、内官监、御用监、司设监、御马监、神宫监、尚膳监、尚宝监、印绶监、直殿监、尚衣监、都知监等十二监,各设掌印太监等主管。

**【赏读】**

马氏原是反元大军元帅郭子兴的二夫人张氏抚养的一个孤女，没上过学，长相也一般。其母早亡，其父曾筹划起兵响应郭子兴，结果还未出师身先死。子兴十分感念，遂代养其女。后来为了把勇敢能干的朱元璋发展成自己的心腹体己，郭氏便和张夫人商量招他做上门女婿。朱元璋平白地做了元帅娇客，前程有了靠山，更何况是元帅主婚，自然满口应承，从此军中就改称他为"朱公子"，以示尊崇。这是典型的夫以妻贵。后来朱元璋当了镇抚、总管、元帅、丞相、吴国公、吴王，一直到了做皇帝，马氏则是妻以夫贵，从夫人成为皇后。还有一点值得注意：两人结婚时的年龄，男的二十五岁，女的二十一岁，照那时候的习俗说，都已经过了结婚的最佳年龄；用现在的流行语说，就是一对剩男剩女彼此拯救了对方。

然则郭子兴是个性情暴躁又多疑寡断的人，听到一些人拨弄是非，便也猜忌起朱元璋来。这时，马皇后常谨慎地孝敬子兴的夫人，从中消除疑忌。有一次，朱元璋被郭子兴禁闭在一间空屋子里，不给茶饭，马皇后背着人偷出刚出炉的炊饼，揣在怀里，送给朱元璋吃，把胸脯烫得焦红。是为有情。

那时候，朱元璋四处征伐，战无虚日，马皇后在后方亲自缝衣做鞋，支援前线。一次，元末伪汉王陈友谅的军队兵临城下，许多官员百姓都准备逃难，收整行囊的收整行囊，窖藏财物的窖藏财物。而马皇后却十分镇定，尽数拿出宫中的金玉布帛犒赏将士，激励将士奋战，给朱元璋御敌制胜以极大支持。朱元璋能够打天下、创帝业，有马皇后的莫大功劳。是为有义。

《明史》《明通鉴》等书都记载马皇后"仁慈，有智鉴，好书史"，这些优点在造钞事件中均表露无遗。她认为秀才所作文章就是他们的心肝，兴许是受了唐代诗人李商隐《李长吉小传》的影响。在小传中，李商隐讲了这样一个故事：除了大醉之时和吊丧之日，李贺几乎每天都要外出寻找作诗的灵感，他骑着一匹似骡而小的距驴，背着一个古老破旧的锦囊，路上一有心得，立即写下来投入锦囊。到晚上回到家中，母亲见囊中的诗句累积得很多，便心痛地说："是儿要当呕出心始已耳！"这孩子要把心都呕出来才算完啊！成语"呕心沥血"的呕心即典出于此。爱好书史的马皇后应该读过这个典故，而且还能举一反三，从作诗引申到作文章上来，巧妙地避免了一场杀士惨剧。是为有智。

类似的例子还有：朱元璋每每对群臣称述马皇后贤惠，可比唐太宗的长孙皇后。朱元璋于内室中将此话向马皇后讲时，马皇后却说："妾闻：'夫妇相保易，君臣相保难。'陛下不忘妾同贫贱，愿无忘群臣同艰难。且妾何敢比长孙皇后也？"婉谢赞誉之际，还不忘趁机进谏。难怪除了依循惯例尊重当朝元首的原因之外，冯梦龙将她列在了《智囊·闺智部·贤哲卷》之首，也算名实相副，堪为圭臬。

## 李邦彦<sup>①</sup>母　冯梦龙

李太宰邦彦父曾为银工，或以为诮<sup>②</sup>，邦彦羞之<sup>③</sup>，归告其母。母曰："宰相家出银工，乃可羞耳。银工家出宰相，此美事，何羞焉？"狄武襄<sup>④</sup>不肯祖梁公，我圣祖不肯祖文公，皆此义。

《智囊》

**【注释】**

①李邦彦（？～1130）：字士美，怀州（今河南沁阳）人。太学上舍生出身，大观二年（1108）进士，北宋末年"靖康之难"时投降派奸臣之首。宣和五年（1123），官至尚书左丞。钦宗时，金兵围攻汴京，力主割地议和。陈东领导太学生，反对投降，曾上书言其罪。高宗即位后被贬逐，死于桂州（今广西桂林）。

②诮（qiào）：嘲讽。

③羞之：以之为羞。

④狄武襄：即狄青（1008～1057）：字汉臣，汾州西河（今山西汾阳）人。范仲淹授以《左氏春秋》，狄青因此折节读书，精通兵法。平生前后二十五战，以皇祐四年（1052）正月十五夜袭昆仑关最著名。嘉祐七年（1062），追赠为"狄武襄公"。

**【赏读】**

古语云："上为之，下效之。"宋徽宗喜爱"踢圆"，他的臣子中也就不乏其人。比如在施耐庵《水浒传》中作为主要反派角色而广为人知的高俅（？～1126），最初只是苏轼的书童，"草札颇工"，很是称职。后事枢密都承旨王诜,因善"蹴鞠",获宠于端王赵佶。赵佶即位为徽宗后,高俅便飞黄腾达,很快官至太尉。几乎与此同时,又出了个进士李邦彦,也出身于浮嚣市井,此人外表俊秀,为文敏而工,是个美男兼捷才,且善调笑谑骂,经常以街坊俚语为词曲,被市民争相传唱。他尤其爱好"蹴球",球技高超,曾以"踢尽天下球"自诩,自号"李浪子"。后来扶摇直上,人送外号"浪子宰相"。所谓"踢圆""蹴鞠""蹴球",其实是一码事,"蹴"即用脚踢,"鞠"即用皮革制作的圆球。它是中国一项古老的体育运动,起源于春秋战国时的齐国故都临淄,唐宋时期最为风行,经常出现"球不离足,足不离球,华庭观赏,万人瞻仰"的热闹场景。

  球技是李邦彦的自信之源,但他也有自卑的时候。因为他有一个制作银器的工匠父亲。等他当了宰相以后,偶尔有人会用他的银工父亲来嘲笑他出身低贱。一旦传入耳中,堂堂一代太宰就变成了一个小孩子,竟然回家向母亲告状。骄傲而聪明的母亲只用一语醍醐灌顶,就点醒了李邦彦:"宰相家出银工,才可耻。银工家出宰相,这是美事,又何羞之有呢?"冯梦龙将《李邦彦母》归入《闺智部》,我觉得不如划进《语智部》来得更恰切。

# 王珪<sup>①</sup>母 冯梦龙

王珪始隐居时，与房、杜<sup>②</sup>善。母李氏尝曰："儿必贵，然未知所与游者何许人，试与偕<sup>③</sup>来。"会玄龄等过其家，李窥见，大惊，敕<sup>④</sup>具酒食，尽欢。喜曰："二客公辅<sup>⑤</sup>才，尔贵不疑。"见《新唐书》。一说：珪妻剪发供客，窥坐上数公皆英俊，末及最少年虬髯<sup>⑥</sup>者，曰："汝等成名，皆因此人。"少年乃太宗也。杜子美有诗纪其事。

《智囊》

【注释】

①王珪（guī）（571～639）：字叔玠，太原祁（今山西祁县）人。唐代初期著名的政治家。贞观二年（628）任侍中，进位宰相，成为与房玄龄、魏征、杜如晦等齐名的唐初四大名相之一。他敢于直谏，惩恶扬善，对唐代初期的政治发挥了重要作用。

②房、杜：房玄龄、杜如晦，二人有"房谋杜断"之美誉。房玄龄（579～648），一说字玄龄，一说名玄龄，齐州临淄（今山东淄博市临淄区北）人。唐朝开国宰相。参与玄武门之变的策划，与杜如晦、长孙无忌、尉迟敬德、侯君集并功第一。封梁国公，谥号文昭。曾受诏重撰《晋书》。杜如晦（585～630），字克明，京兆杜陵（今陕西西安东南）人。他是太宗李世民夺取政权、开创贞观之治的主要谋臣之一，凌烟阁二十四功臣之一。赠司空，徙封莱国公，谥曰成。

③偕：共同，一起。

④敕：同"饬"，整顿。
⑤公辅：三公、四辅，均为天子之佐，借指宰相一类的大臣。
⑥虬髯（qiú rán）：蜷曲的连鬓胡须。

## 【赏读】

《老子》曰："知人者智，自知者明。"王珪之母李氏正是这样的智者。她不但可以预知自己儿子的未来命运，而且还能窥见儿子朋友的前途。与其说她像"相士"，不如称她为"预测学大师"。这个传说搞不好就来源于杜甫《送重表侄王砯评事使南海》一诗，诗中有云："向窃窥数公，经纶亦俱有。次问最少年，虬髯十八九。子等成大名，皆因此人手。"最末两句不正是"汝等成名，皆因此人"的翻版吗？

另一种说法认为，有着知人之智的是王珪的老婆，而非他妈。例如南宋词人葛立方的《韵语阳秋》，就曾详细考证道——

余尝谓知人，虽尧帝犹以为难，而杜子美之曾老姑乃能知唐太宗于侧微之时，识房、杜辈于贱贫之日。子美载其语云："向窃窥数公，经纶亦俱有。次问最少年，虬髯十八九。子等成大名，皆因此人手。"噫，一何异邪！唐史载王珪微时，母李氏尝云："子必贵，但未见与汝游者。"珪一日引房、杜过之，母曰："汝贵无疑。"余尝观子美赠王砯使南海诗，然后知史所书皆误也。砯，珪之玄孙也，谓珪为高祖。其曰"我之曾老姑，尔之高祖母"，则砯之高祖母乃姓杜，非姓李也。其曰："尔祖未显时，归为尚书妇。"珪尝为礼部尚书，则尚书妇乃珪之妻，非珪之母也。故诗之中章云"及乎贞观初，尚书践台斗。夫人尝肩舆，上殿称万寿。至尊均嫂叔，盛事垂不朽"，皆谓珪妻尔。人徒见诗中有剪髻之事，有同乎陶母，故谓珪母。

审尔,岂不与尚书妇之句相抵悟哉?

据葛立方分析,读者见杜诗曾描写"长者来在门,荒年自糊口。家贫无供给,客位但箕帚。俄顷羞颇珍,寂寥人散后。入怪鬓发空,吁嗟为之久。自陈翦髻鬟,鬻市充杯酒",便想到"晋陶母剪发待宾"的故事(一次来了贵客,因家里贫困,著名诗人陶渊明的曾祖父陶侃之母就剪掉自己的头发卖钱购物待宾。后来这位客人在名流面前称赞陶侃的为人和才干,使他大获声誉),觉得应该是珪母剪髻待宾,而非珪妻剪发供客。但这样一来,诗开头的"归为尚书妇"就讲不通了,因为王珪曾当过礼部尚书,尚书妇只能是他的妻子。

## 罗 敷  冯梦龙

邯郸秦氏女，名罗敷，嫁邑人王仁。仁为赵王家令。敷出采桑于陌上，赵王登台见而悦之，因置酒欲夺焉。敷善弹筝，作《陌上桑》之歌以自明，赵王乃止。其一解云："日出东南隅，照我秦氏楼。秦氏有好女，自名为罗敷。罗敷喜蚕桑，采桑城南隅。青丝为笼系，桂枝为笼钩。头上倭堕髻①，耳中明月珠②。缃③绮为下裙，紫绮为上襦④。行者见罗敷，下担捋髭须。少年见罗敷，脱帽着帩头⑤。耕者忘其犁，锄者忘其锄，来归相怨怒，但坐⑥观罗敷。"其二解云："使君⑦从南来，五马⑧立踟蹰。使君遣吏往，问是谁家姝。'秦氏有好女，自名为罗敷。''罗敷年几何？''二十尚不足，十五颇有余。'使君谢⑨罗敷：'宁可共载不？'罗敷前致辞：'使君一何愚！使君自有妇，罗敷自有夫。'"其三解云："东方千余骑，夫婿居上头。何用识夫婿，白马从骊驹。青丝系马尾，黄金络马头。腰中鹿卢剑，可值千万余。十五府小吏，二十朝大夫，三十侍中郎，四十专城居⑩。为人洁白皙，鬑鬑⑪颇有须。盈盈公府步，冉冉府中趋⑫。坐中数千人，皆言夫婿殊⑬。"一解，极慕己容色之美。末解，画出一个风流佳婿。夫妇相爱之情，隐然言外。赵王闻之，亦不觉惭矣。

《情史》

## 【注释】

①倭堕髻：又叫"堕马髻"，发髻偏歪在头部一侧，似堕非堕，是东汉后期流行的一种时髦发式。一说："倭堕"就是"委佗"，美好的意思。

②耳中明月珠：意同繁钦《定情诗》之"耳中双明珠"。明月珠，夜光珠。因珠光晶莹似月光，故名。此指用明月珠做的耳环。

③缃：杏黄色。

④襦（rú）：短上衣，一般长不过膝。上襦下裙式套装是中国古代服装中主要的形式之一；按裙腰的高低，可分为中腰襦裙（又称"齐腰襦裙"）、高腰襦裙和齐胸襦裙。

⑤帩（qiào）头：同"幧头"，古代男子束发的纱巾。

⑥坐：因为。

⑦使君：汉代对太守或刺史的称呼。可以翻译为"先生"。

⑧五马：古代诸侯用五匹马驾车，此指使君的车。

⑨谢：问。

⑩专城居：犹言为一城之主。

⑪鬑（liáo）鬑：须长貌。

⑫盈盈公府步，冉冉府中趋：形容美好而迟缓的官步。

⑬殊：出众。

## 【赏读】

"使君自有妇，罗敷自有夫"，本来是秦罗敷拒绝赵王的话，但现在很多人用这句话述说相遇太晚，即使爱上了也无法在一起，因为不想伤害各自的伴侣。

曾经爱过的人，如果还有缘，总会有久别重逢的一天，如果到时候，无法回避，或者不想回避，我们除了口头互相问一声"好久不见"，心里也许还会盘踞着一些遗憾："我未成名，卿今已嫁"，是一种遗憾；"使君有妇，罗敷有夫"，则是另一种遗憾。

对付"使君"的调戏，"使君自有妇，罗敷自有夫"是再直接不过的拒绝，《艳歌罗敷行》第三解（犹言"乐章"）则是用编造的谎言来委婉地拒绝。丈夫王仁只是为赵王主管家事的小官而已，为了唬住使君，罗敷却把他夸张成了一位白马王子、一位真正的"高富帅"：他骑着一匹白色大马出门，后面跟着一千多个僚属、差役，都骑着黑色小马，更显得他出众超群；他的马匹，他的佩剑，全都装饰得华贵无比。他官运亨通，十五岁做小吏，二十岁就入朝做大夫，三十岁成了天子的亲随侍中郎；如今四十岁，已经坐上专权一方的高位。他皮肤洁白，有着长长的美髯，走起路来，步伐美好而迟缓，气度非凡。这么一层层夸奖下来，一个风流佳婿的形象便跃然纸上，反衬了使君的猥琐丑陋。罗敷是越说越神气，越说越得意；使君却是愈听愈扫兴，愈听愈泄气，终了只能惭愧地打消了自己不良的企图。

罗敷夸婿，智退色狼，令人鼓舞而佩服。而那些溢美之词，是不是也透露了她理想中另一半的样子呢，又令人好奇而遐想。

## 班婕妤① 冯梦龙

班婕妤，左曹越骑校尉况②之女，少有才学。成帝选入宫，以为婕妤，有宠。上尝游后庭，欲与婕妤同辇。辞曰："观古图画：圣贤之君，名贤在侧；三代昏主，乃有嬖妾③。今欲同辇，得无似乎？"上善其言而止。

及飞燕姊弟用事，潜其咒诅④，考问之，对曰："修正尚未蒙福，为邪欲以何望。使鬼神有知，不受小臣之诉。如其无知，诉之何益？"上善其对，赦之。婕妤恐久见危，乃求供养太后于长信宫。作《纨扇诗》⑤以自况⑥，云："新裂齐纨素，皎洁如霜雪。裁为合欢扇，团圆似明月。出入君怀袖，动摇微风发。常恐秋节至，凉飙夺炎热。弃捐箧笥中，恩情中道绝。"

刘令娴⑦作《婕妤怨》云："日落应门闭，愁思百端生。况复昭阳近，风传歌吹声。宠移终不恨，谗枉太无情。只言争分理，非妒舞腰轻。"

《情史》

### 【注释】

①婕妤（jié yú）：宫中女官，汉武帝时置。位视上卿，秩比列侯，在汉元帝时仅次于皇后和昭仪。

②左曹越骑校尉况：即班况（生卒年不详），西汉雁门楼烦（今山西宁武）人。后徙扶风安陵。班壹玄孙。举孝廉为郎，积功稍迁至上河农都尉，大司农考评政绩全国第一，擢为左曹越骑校尉。

家赀累千金,曾徙昌陵,昌陵罢,乃著籍于京师三辅。

③嬖(bì)妾:犹"爱妾"。

④谮(zèn)其咒诅:元人李冶《敬斋古今黈》卷之十二:"于是飞燕谮告许皇后、班倢伃挟媚道,咒诅后宫,詈及主上。"谮,说别人的坏话,诬陷,中伤。咒诅,犹"咒骂"。

⑤《纨扇诗》:又称《团扇歌》或《怨歌行》。

⑥自况:犹"自比"。

⑦刘令娴(生卒年不详):南朝梁代女作家,彭城(今江苏徐州)人。诗人徐悱(?~525)之妻,文学家刘孝绰(481~539)第三妹,世称刘三娘。有才学,徐悱卒,令娴为文(即《祭夫徐敬业文》,载《艺文类聚》)祭之,辞甚凄怆清绮。悱父徐勉本欲为哀辞,既睹令娴祭文,遂叹而搁笔。《隋书·经籍志》著录《刘令娴集》三卷,已佚。

## 【赏读】

梁代文学批评家钟嵘的《诗品》将汉魏至齐梁的一百二十二位诗人分等列品,以诗人成就的高低,分为上中下三品,"预此宗流者,便称才子"。《古诗十九首》的作者不详,但稳居上品排行榜第一名,剩下的十一人,最前两位是"汉都尉李陵"和"汉婕妤班姬"。《诗品》如是评价二者:李陵之诗"其源出于《楚辞》。文多凄怆怨者之流。陵,名家子,有殊才,生命不谐,声颓身丧。使陵不遭辛苦,其文亦何能至此!"班姬之诗"其源出于李陵。《团扇》短章,词旨清捷,怨深文绮,得匹妇之致。侏儒一节,可以知其工矣!"我们不必同意他的每一句话,但《楚辞》、李陵之诗、班姬之诗都是"怨深文绮"之流,这一点倒是不错的。为什么会怨呢?因为命途之中遭遇了辛苦。

班婕妤所遭辛苦是赵飞燕的谮告诬陷,然后是退居冷宫,就像凉秋已至，夏扇见捐。

清代词人纳兰性德《木兰花令·拟古决绝词柬友》云："人生若只如初见。何事秋风悲画扇。等闲变却故人心，却道故人心易变。

骊山语罢清宵半。泪雨零铃终不怨。何如薄幸锦衣郎，比翼连枝当日愿。""何事"一句用的就是班婕妤被弃如秋扇见捐的典故。"骊山"句之前是词的上片，我们可以理解为是在怨汉成帝变了心；"骊山"以下是词的下片，是在怨唐明皇变了心。

溯千年而上，刘令娴和他的哥哥刘孝绰好像都挺同情班婕妤的，也许是有点惺惺相惜的味道吧。刘令娴作《婕妤怨》诗，说"宠移终不恨""非妒舞腰轻"，显得理智而认命，正与"婕妤恐久见危，乃求供养太后于长信宫"的事迹相匹配；刘孝绰作《班婕妤怨》诗，说"妾身似秋扇，君恩绝履綦"，则已然是怨了，显然是对"弃捐箧笥中，恩情中道绝"的致敬。

## 夜辨绝弦 张　岱

蔡琰六岁,夜听父邕弹琴。弦绝,琰曰:"第二弦断也。"复故断一弦,琰曰:"第四弦也。"邕曰:"偶中耳。"琰曰:"季札观风,知四国兴衰①;师旷吹律,知南风不竞②。由是言之,安得不知乎?"

《夜航船》

【注释】

①季札观风,知四国兴衰:即嵇康《声无哀乐论》所谓"季札听弦,知众国之风",事见《左传·襄公二十九年》:"吴公子札来聘……请观于周乐。使工为之歌《周南》《召南》,曰:'美哉!始基之矣,犹未也。然勤而不怨矣。'为之歌《邶》《鄘》《卫》,曰:'美哉渊乎!忧而不困者也。吾闻卫康叔、武公之德如是,是其《卫风》乎!'为之歌《王》,曰:'美哉!思而不惧,其周之东乎!'为之歌《郑》,曰:'美哉!其细已甚,民弗堪也,是其先亡乎!'为之歌《齐》,曰:'美哉泱泱乎!大风也哉!表东海者,其大公乎!国未可量也。'为之歌《豳》,曰:'美哉荡乎!乐而不淫,其周公之东乎?'为之歌《秦》,曰:'此之谓夏声。夫能夏则大,大之至也,其周之旧乎!'为之歌《魏》,曰:'美哉沨沨乎!大而婉,险而易行,以德辅此,则明主也。'为之歌《唐》,曰:'思深哉!其有陶唐氏之遗民乎!不然,何其忧之远也?非令德之后,谁能若是?'为之歌《陈》,曰:'国无主,其能久乎?'自《郐》以下无讥焉。"季札(前576~前484),姬姓,名札,又称公子札、

延陵季子等。春秋时吴王寿梦第四子,政治家兼外交家。观风,从歌唱《诗经·国风》的音乐里看出各国的民风,语出《礼记·王制》:"命大师陈《诗》,以观民风。"四国,四方诸国。

②师旷吹律,知南风不竞:此语亦见嵇康《声无哀乐论》,事出《左传·襄公十八年》:"晋人闻有楚师,师旷曰:'不害!吾骤歌北风,又歌南风。南风不竞,多死声,楚必无功!'"师旷(前572~前532),字子野,又称晋野。春秋时期晋国羊舌食邑(今山西洪洞)人,一说鲁国平阳(今山东新泰)人。晋大夫,著名乐师。生而无目,故自称盲臣、瞑臣。博学多才,尤精音乐,善弹琴,辨音力极强,以"师旷之聪"闻名于后世。

## 【赏读】

蔡琰就是大名鼎鼎的蔡文姬。《后汉书》说她:"博学有才辩,又妙于音律。"这个《夜辨绝弦》的故事恰如注脚,刚好可以证明此断语信实可靠。蔡琰年方六岁,就能机智而排比地引用《左传》之名人乐事,以辩听弦知音之有可能发生,简直就是天才神童。

文姬听弦,堪比周郎顾曲。不对,若从年少早慧上说,是胜过了顾曲周郎。所谓周郎,就是周瑜周都督。唐人李端《听筝》诗云:"鸣筝金粟柱,素手玉房前。欲得周郎顾,时时误拂弦。"《三国志》称:"瑜少精意于音乐,虽三爵之后,其有阙误,瑜必知之,知之必顾,故时有人谣曰:'曲有误,周郎顾。'"喝了酒,人有点微醺,仍能辨别乐曲之阙误,实在厉害。

有其女,必有其父。《后汉书》又记载:"吴人有烧桐以爨者,邕闻火烈之声,知其良木,因请而裁为琴,果有美音,而其尾犹焦,故时人名曰'焦尾琴'焉。"原来,蔡邕也有着非同寻常的听力,文姬应该有所遗传。父女二人都拥有音乐家敏锐的耳朵,都博学多才,真是名副其实的"龙生龙,凤生凤"啊!

## 作歌明志　张　岱

陶婴,鲁国陶门之女也,夫早死,以纺织抚孤①。鲁人闻其少美,皆欲求聘之。婴闻而作歌②以明志,曰:"黄鹄之早寡兮七年不双,鹓③颈独宿兮不随众翔。半夜悲鸣兮故雄系肠,天命早寡兮独宿可伤!寡妇念此兮泣下数行,呜呼哀哉兮死者不可忘!飞鸟尚然兮况于贞良,虽有贤匹兮终不重行④。"鲁人闻而起敬,无复敢言往聘者。

《夜航船》

【注释】

①抚孤:抚养孤儿。
②歌:或名为《黄鹄之歌》。
③鹓(yuān):古书上指凤凰一类的鸟。
④重行:双飞双宿,指再嫁。

【赏读】

这位年轻貌美的少妇陶婴就是刘向《列女传》里的"鲁寡陶婴",后世以其为妇女贞节的典型。丈夫早死,独自以纺织糊口抚孤,人闻而欲求聘之,作歌明志以拒绝,这样的情节发展在后代史书、地方志里被一遍两遍千万遍地模仿、重构,一如遍地开花的贞节牌坊,千座一面。

想当初,卓文君也是年纪轻轻就当了寡妇,既"少美",又多金,有很多男人"欲求聘之",司马相如只是其中之一,最后唯有他成功抱得美人归罢了。卓文君听了司马相如的琴歌，就毅然决然地跟他离家私奔。这是爱情的力量，也是文学的佳话。陶婴呢，对逝去的爱人用情太深，而且考虑到孩子的成长问题，却不愿再嫁。人各有命，人各有志，我们不必是陶婴而非文君，也不必强文君以从陶婴。

很有趣的是，在古代，求爱与拒爱都可以作歌以明志，现代某些少数民族的男女对歌或许就是这种遗风的残留。司马相如唱《凤求凰》，是为了挑逗佳人的芳心；而陶婴唱《黄鹄之歌》，则是为了拒绝鲁人的求婚。更为巧合的是，《凤求凰》用鸟自况，《黄鹄之歌》亦然。甚至连赖以比喻的鸟都相近，雄为"凤"，雌为"凰"，而"鹄"又是凤凰一类的鸟。一个是"遨游四海求其凰"，一个是"鹄颈独宿兮不随众翔"；一个想"何由交颈为鸳鸯"，一个想"虽有贤匹兮终不重行"。一个风流，一个贞静，皆于直白的歌词之中脱颖而出。

## 裹足起自人间贱丈夫  袁 枚

杭州赵钧台买妾苏州[①]。有李姓女,貌佳而足欠裹。赵曰:"似此风姿[②],可惜土重。"土重者,杭州谚语,脚大也。媒妪[③]曰:"李女能诗,可以面试。"赵欲戏之,即以《弓鞋[④]》命题,女即书云:"三寸弓鞋自古无,观音大士赤双跗[⑤]。不知裹足从何起?起自人间贱丈夫!"赵悚然[⑥]而退。

《随园诗话》

【注释】

①买妾苏州:买妾于苏州,在苏州买妾。

②风姿:此处用作形容词,犹如说"风姿绰约"。

③媒妪(yù):媒婆。妪,古代俗称老妇曰妪。

④弓鞋:宋人黄庭坚《满庭芳》词云:"直待朱轓去后,从伊便、窄袜弓鞋。"妇女因缠足脚呈弓形,故其鞋有此名。明、清两代样式有平、高底多种,并饰以刺绣、珠玉等。

⑤观音大士:观音菩萨,佛教典籍《大智度论》称菩萨为大士,亦曰开士。双跗(fū):双足。

⑥悚(sǒng)然:此处对原义有引申,指恐惧中带有惭愧的样子。

【赏读】

在外国的经典美术作品之中,习以为常的是那种裸露、本真的写实状态,一如日本诗人大手拓次《香水夜话》所吟唱的那样:

"雪白的女人身体，如温暖的盛开的花朵；手也盛开着，脚趾也盛开着。……女人是白色的软袋，那只是白色的燕子。"其实在中国古代，也有很长一段时间承认女足的自然之美，即便没有高声赞颂。据宋元时期的学者说，他们从唐和唐以前的文献里找不到有关裹足的直接线索，而且从同期的画作内也未发现裹足妇女。

比较确切可考的起源，要从南唐后主李煜及其宠妃窅娘的故事讲起。李煜曾为窅娘制造了一朵六尺高的金莲花，又用布带把她的脚缠绕起来，使其足纤小、上翘，仿佛新月，让她在金莲上表演舞蹈，回旋有凌云之态。因此，窅娘一向总被画成裹足的形象，如清代早期著名的人物木刻版画书《百美新咏图传》之《缠足昭蟾影》。据说窅娘裹足引起了普遍的羡慕，所有妇女都争相仿效。

元朝人陶宗仪在《南村辍耕录》中说宋神宗"元丰以前犹少裹足，宋末遂以大足为耻"。所以，宋词里多有赞美弓鞋者，如黄庭坚《满庭芳》"从伊便、窄袜弓鞋"，张魁《踏莎行》"弓鞋湿透立多时"，赵令畤《浣溪沙》"稳小弓鞋三寸罗"，姚勉《贺新郎》"怕立损、弓鞋红窄"，仇远《何满子》"裙低略露弓鞋"，蔡伸《浣溪沙》"凤鞋弓小称娉婷"，卢炳《踏莎行》"凤鞋弓小金莲衬"，晁端礼《江城子》"早是自来莲步小，新样子，为谁弓"，等等，不一而足。

降至明朝，女子裹足之风更加炽盛，坊曲中的性工作者也以小足为取媚男客之具，文学作品自然随之水涨船高，少不了大肆渲染，如小说《欢喜冤家》第十八回《王有道疑心弃妻子》云："起来玉笋尖尖嫩，放下金莲步步娇。傂罢春风飞彩燕，步残明月听琼箫。"

可是到了清顺治年间，朝廷屡次下令禁止女子裹足。康熙元年（1662），再禁，违者罪及家长。当时某大员因怕得咎致祸，竟然主动上疏"奏为臣妻先放大脚事"，一度传为笑柄。更有甚者，有人趁机陷害告发，社会矛盾迭起。于是康熙七年，大臣王熙奏免其禁，民间女子又可公开缠足了。杭州赵钧台买妾之事就发生在几十年之后的乾隆时期。

李渔说:"相女子者,有简便诀云:'上看头,下看脚。'"看头,赵氏发现李姓女貌佳;看脚,却嫌她脚大。这不过是传统男人的审美故态而已。而李姓女的《弓鞋》诗,不但巧妙地作了自我辩驳,而且一针见血,直接戳穿了裹足陋习的原始动机——那就是男人的需要,其中和性有莫大关系。古语云:"为甚事,缠了足?不因好看如弓曲,恐他轻走出房门,千缠万裹来拘束。"这还只是表面现象,内层的缘由是,女子的小足在性生活中也能发挥"性感带"(erogenous zones)的作用,供男人昼间欣赏、夜间把玩之余,亦可激发女子的性欲。

## 女状元 袁 枚

俗传黄崇嘏①为女状元。按《十国春秋》:"崇嘏好男装,以失火系狱,邛州刺史周庠爱其丰采,欲妻以女。乃献诗云:'幕府若容为坦腹②,愿天速变作男儿。'庠惊,召问,乃黄使君女也。幼失父母,与老妪同居。命摄司户参军,已而乞罢归,不知所终。"今世俗讹称女状元者,以其献诗时,自称"乡贡进士"故也。严冬友曰:"徐文长③《四声猿》剧末一折为《女状元》,即崇嘏事。此俗称所始。"

《随园诗话》

【注释】

①黄崇嘏(gǔ):生卒年不详,五代前蜀临邛人,女诗人。关于黄崇嘏身世,有代兄考中状元一说,故其素有"女状元"之美称,为黄梅戏《女驸马》之原型。金元杂剧《春桃记》、明代徐渭《女状元辞凰得凤》、杨慎《杨升庵外传》均记有其事。

②坦腹:《世说新语·雅量》:"郗太傅在京口,遣门生与王丞相求女婿。丞相语郗信:'君往东厢,任意选之。'门生归白郗曰:'王家诸郎亦皆可嘉,闻来觅婿,咸自矜持。唯有一郎在东床上坦腹卧,如不闻。'郗公云:'正此好!'访之,乃是逸少,因嫁女与焉。"后因称人婿为"坦腹"、"令坦"或"东床"。

③徐文长:即徐渭(1521~1593),绍兴府山阴(今浙江绍兴)人。初字文清,后改字文长,号天池山人,或署田水月、田丹水、青藤老人、青藤道人、青藤居士、天池渔隐、金垒、金回山人、山

阴布衣、白鹇山人、鹅鼻山侬等。明代文学家、书画家、军事家。著有杂剧集《四声猿》，其中包括《狂鼓史》《翠乡梦》《雌木兰》《女状元》四部各自独立的戏。

**【赏读】**

　　黄崇嘏的父亲曾在蜀中任使君，她自幼受到良好教育，不仅"雅善琴弈妙书画"，而且善文工诗。十来岁，父母亡故，家境清寒，与老保姆相依为生。成年后，常女扮男装（不知是否"异性装扮癖"，还是有其他苦衷？），四处游历。某年，因故被诬为纵火人，她在监狱中写诗向刺史周庠辩冤。诗云："偶离幽隐住临邛，行止坚贞比涧松。何事政清如水镜，绊他野鹤向深笼。"周庠得诗后，惊赏其才情，便亲自召见黄崇嘏，查询实情。黄崇嘏自称"乡贡进士"（地方官府贡送到朝廷参加进士考试的读书人），并说：学生知文识礼，一向奉公守法，怎会做出纵火犯罪之事，实属被人诬陷，恳请大人明察。周庠瞧她举止斯文，态度从容，判定是无辜蒙冤，遂"随命释放"。

　　经过一段时间的近距离接触，周庠见黄崇嘏英俊多才，三十尚未成家，就主动提出把心爱的女儿嫁给黄崇嘏。黄无奈之下，便修书辞职，并附了一首诗，表明女性真身：

　　　　一辞拾翠碧江湄，
　　　　贫守蓬茅但赋诗。
　　　　自服蓝衫居郡掾，
　　　　永抛鸾镜画蛾眉。
　　　　立身卓尔青松操，
　　　　挺身铿然白璧姿。
　　　　幕府若容为坦腹，

愿天速变作男儿。

周庠览诗,方知"木兰是女郎"。急忙召见,仔细询问,才得知崇嘏为黄使君之女,周庠"益嘉其贞节",就顺从了她的意愿,赠送了一笔生活费,让她解绶归乡。

## 妾命累卿  袁 枚

　　毛大瀛海客①妻□②氏,能诗。初婚时,毛赠云:"他日香闺传盛事,镜台先拜女门生。"妻笑曰:"要改一字。"毛问何字。曰:"'门'字改'先'字,方妥。"毛大笑。

　　后寄毛家信云:"出门七年,寄银八两。儿要衣穿,女要首饰。'巧妇不能为无米之炊'③,此之谓也。至于年年被放,妾面增羞。此皆妾命不齐,累卿如此。夫复何言?"

《随园诗话补遗》

### 【注释】

　　①毛大瀛海客:毛大瀛(1735~1800),字海客,江苏宝山(今属上海)人。少以能诗名,为"练川十二才子"之一。由附监生充四库馆誊录,用州同,发陕西,累为河南巡抚毕沅、山东巡抚惠龄调用。后以军功擢授四川中江县知县、简州知州。屡入督抚幕府,工笺奏,业此者二十年。

　　②□:此处原缺一字,乃毛妻之姓。

　　③巧妇不能为无米之炊:巧媳妇做不出没米的饭来。比喻做事缺少必要条件,很难做成。这个俗语最早的语源可以上溯自陆游《老学庵笔记》:"僧曰:'巧妇安能作无面汤饼乎?'"

### 【赏读】

　　无可置疑,毛海客的妻子是个自负的才女。初婚之时,她就毫不客气,当了一回"一字之师",以表示自己不愿当女门生,而要当女先生。毛海客一笑置之，不以为忤，倒像是一个懂得忍让的合格丈夫。

后来毛海客进京赶考，七年不归，因为屡次名落孙山，无颜面对家乡父老。或许正在等着放榜的时候，却等来了妻子写来的家书。信中讲到家中生计之难："儿要衣穿，女要首饰。"我要吃饭，可你却只"寄银八两"，早就花得精光，已经到了古人所谓"巧妇不能为无米之炊"的田地。

毛海客的妻子又是一个刻薄的家庭妇女。在信末，她调侃道："至于年年被放，妾面增羞。此皆妾命不齐，累卿如此。夫复何言？"我真的无话可说，怪只怪自己命不好，害得你也年年被放，无法衣锦还乡、光宗耀祖。正是：深刻傍尖酸狂走，假意逐真心浮沉。然则，如此妙语连珠，诙谐调笑，也可入冯梦龙《智囊》之《语智部》，亦可入刘义庆《世说》之《排调》门。

"漂泊的抒情画家"、日本诗人竹久梦二曾说过："你是什么人便会遇上什么人，你是什么人便会选择什么人。总是挂在嘴上的人生，就是你的人生，人总是很容易被自己说出的话所催眠。我多怕你总是挂在嘴上的许多抱怨，将会成为你所有的人生。"我想借这段话告诉像毛妻一样的女性朋友：男人，尤其是有家有室的男人，是能感受到压力的，是知道上进的，可努力并非成功的唯一条件，成名也得靠机遇；不要成天抱怨，要懂得"给你爱的人以自由"，给你爱的男人以必要的宽容和等待，或许终有"守得云开见日出"的那一天。